M. C. Fritz

Weltmeister im Handtuchwerfen

D1664201

M. C. Fritz

Weltmeister im Handtuchwerfen

Roman

Silberburg-Verlag

Melanie C. Fritz, geboren 1982 in Kirchheim unter Teck, studierte Kulturwissenschaften in Lüneburg sowie Media and English an der University of Glamorgan in Wales. Sie interessiert sich für Fremdsprachen genauso sehr wie für ihren eigenen Dialekt und hat es sich auf die Fahnen geschrieben, die schwäbische Sprache auch für junge Leute (wieder) cool zu machen. Dies ist ihr erster Roman.

1. Auflage 2010

© 2010 by Silberburg-Verlag GmbH, Schönbuchstraße 48, D-72074 Tübingen. Alle Rechte vorbehalten. Umschlaggestaltung: Christoph Wöhler, Tübingen, unter Verwendung einer Fotografie von Nils Schubert. Lektorat: Bettina Kimpel, Tübingen. Druck: Gulde-Druck, Tübingen. Printed in Germany.

ISBN 978-3-87407-879-5

Besuchen Sie uns im Internet und entdecken Sie die Vielfalt unseres Verlagsprogramms: **www.silberburg.de**

1

Das ist alles in derselben Nacht passiert, als der Otto in hochnotpeinlichem Zustand ins Katharinenhospital eingeliefert worden ist.

Hochnotpeinlich heißt im Otto seinem Fall: klatschnasses Hemd, viel zu enger Mädchentanga und einen Socken, mehr hat er nicht angehabt. Und die Schminke hat dem langen Kerl mit dem langen Gesicht und der langen Nase auch nicht unbedingt gestanden.

Was dem Otto gefehlt hat außer Anstand und Geschmack? Eigentlich nichts. Ein bisschen zu viel trifft eher zu. Das ist beim Otto nichts Neues, bloß ins Krankenhaus hat er's damit noch nie geschafft. Das liegt aber da dran, dass er bis jetzt noch nie erwischt worden ist. Und heut Nacht ist er richtig reingeritten.

Die ganze Geschichte: Bier und Gras, Gras und Bier. So über den Tag verteilt. Dann abends noch das Wiesafeschdle, und wem der Tanga gehört und wie er damit in der S-Bahn Richtung Stadtmitte gelandet ist, werden nicht mal Holmes und Watson jemals rausfinden.

So wild war's dann aber auch wieder nicht. Und was hat die Omma, die den Aufstand gemacht hat, zu der Uhrzeit überhaupt in der S-Bahn verloren? Andre Leute haben ihm für das Spektakel auch schon mal fünf Euro in die Hand gedrückt. Na ja, für ein ähnliches. Zwischen die Zähne gesteckt.

Notarzt, Wiederbelebung, Magen auspumpen und Tropf wären dem Otto seiner Meinung nach auf alle Fälle nicht nötig gewesen. Da müsste der Otto ja einen anstellen, so eine Art Ersthelfer auf Abruf, der einem überall hinterherläuft und einen alle halbe Stunde wiederbelebt, wenn das heute schon krankenhausreif gewesen sein soll. Bei der Wiederbelebung hat er immerhin die ganze Zeit selber versucht mitzuhelfen.

Die Leute können schon ganz schön hysterisch werden, wenn sie nüchtern sind.

Zu seiner Schande muss der Otto aber schon gestehen, dass es so weit nicht gekommen wäre, wenn er sich halbwegs hätte artikulieren können. Mit dem Magen hat er gewöhnlich keine Probleme (wenn's rauskommt, kommt's raus), aber der Sprachapparat leidet immer. Deswegen pumpen sie einem aber noch lange nicht das Hirn raus.

»Schad drum«, denkt der Otto beim Aufwachen; alles klebt.

Eins von diesen fast schon überflüssigen Krankenhausleibchen klebt an ihm. Er selber klebt zwischen gestärkten und unwahrscheinlich sauberen weißen Leintüchern. Die Sonne klebt ihm im Gesicht, das Hirn klebt an der Schädeldecke, die Zunge klebt im Mund, die Augenlider kleben aufeinander, die Haare kleben an der Stirn und im Blickfeld klebt ein Polizeibeamter.

»Name«, heißt's gleich als Erstes, im Befehlston.

Gott sei Dank ist der Sprachapparat noch nicht wieder so weit.

»Mmah« ist alles, was rauskommt.

»Ja«, sagt der Polizist, »an deinr Schdell däd i jetz au nach meinr Mamma schreia. Du kasch was erläba, Bürschle, des vrzehle dr faih, du bisch dranna wäga Genusses illegalr Subschdanzen ond Erregong öffentlichen Ergrnisses, gell?«

Dann geht er Gott sei Dank.

Das Hirn vom Otto läuft zwar auf Sparschaltung, aber sogar in dem Modus hat es irgendwann raus, dass der früher oder später wiederkommt. Mehr als vom Tropf abnabeln schafft der Otto an dem Nachmittag aber nicht. Das ist die Krankenhausatmosphäre: Die macht einen kranker und schwächer, als man eigentlich ist. Der Otto fühlt sich wie eine tote Schnecke – bloß noch Rotz und Schleim, bloß noch vom Luftwiderstand am Zerfließen gehindert.

Idealer Zeitpunkt, sein Tun zu überdenken. Mal wieder. Und wie immer verschiebt's der Otto sofort auf eine Zeit, wo zwar das Denken besser funktioniert, aber auch der Gegenstand von aller Überlegung in ungreifbare Ferne rückt. Anders gesagt: Der Otto baut jetzt erstmal die Chemikalien ab, über die er nachzudenken vergisst, sobald er sie abgebaut hat.

So um sechs geht die Tür auf und rein kommt einer, den sie wahrscheinlich auch gern dabehalten würden, wenn der nicht bloß Besucher wär: der Kumpel vom Otto, der Jakob. Der sieht auf alle Fälle kaum weniger schlecht aus als der Otto: Die wilden rotblonden Haare sind aschfahl, der Unterkiefer hängt aus den Angeln, der Blick ist total wässrig, und wenn er sonst bloß leicht schielt, sieht er heut aus wie ein Chamäleon. Ein Wunder, dass er den Otto so gefunden hat! Entsprechend erleichtert kuckt der Jakob jetzt aus der Wäsche.

»Was gehd, du Sau«, krächzt er zur Begrüßung und braucht erst mal einen Stuhl.

Der Otto schnauft.

»D' Bolezei war faih scho da.«

»Dr Oide? Wie hoißd 'r?«

»Noi, ed dr Seggl. Der had me ned kennd.«

Der Otto strengt sich an und richtet sich auf die Ellenbogen auf.

»'s wär ganz gschiggd, wemmr gau ganga dädad, sonsch benne dra.«

Der Jakob nickt, auch wenn's auf dem Stuhl grad ganz gemütlich war. Einen andern Kumpel haben sie gestern Nacht schon drangekriegt. Das muss dem Otto jetzt nicht auch noch passieren.

»Da Moritz henn se scho«, berichtet der Jakob dem Otto.

»Wäga?«

»Koi Ahnung. 's Übliche, dengge.«

Der Otto kriegt ein bisschen Schiss und quält sich jetzt echt aus dem Bett.

»Hoppla, i hann ja eddamal a Ondrhos a«, entdeckt er jetzt erst.

»So kommsch uff älle Fäll ed ogsäa da naus«, stellt der Jakob fest und grinst.

Der Otto wird sauer.

»Des dengge mr scho«, grunzt er und schielt nach dem Jakob seiner Hose.

»Hasch du ebbes drondr, Kerle?«

Freilich hat der Jakob einen ganz schönen Aufstand gemacht. Die Hose wollt er nicht hergeben. Nach einer Weile ist er immerhin so weit, dem Otto die Unterhose anzubieten, aber dem Jakob seine Unterhose will der Otto nicht haben. Als Nächstes meint der Jakob, er würd sich mal auf dem Gang umkucken, ist aber ziemlich unkreativ und kommt mit leeren Händen zurück. Der Otto fragt nach der Farbe und dem Schnitt vom Jakob seiner Unterhose, und als er rauskriegt, dass das schlichte weiße Boxershorts sind, herrscht er den Jakob an, er soll sich nicht so anstellen und die Hose endlich hergeben.

Am Ende hat der Otto das verräterische Krankenhausleibchen und die Hose vom Jakob an und der Jakob sein T-Shirt, seine Boxershorts und seine Badelatschen. Dann kommt die Frage auf, ob man sich auf den Gang wagen oder durchs Fenster klettern soll. Dem Otto wär das Fenster lieber, trotz zwei, drei Meter freiem Fall, aber das macht nichts, so weit ist der Otto schon öfter gefallen. Aber das Dreckding geht natürlich nicht auf, bloß oben auf Kipp.

Also auf den Gang raus und ja der Schwester nicht in die Arme laufen. Die hat eh einen Charme wie ein Bügelbrett, besonders seit der Otto sich eigenmächtig vom Tropf abgeseilt hat.

»Du woisch, wo 's Dräbbahaus isch?«, hat der Otto den Jakob extra gefragt, bevor sie raus sind; und natürlich haben sie's dann doch nicht gefunden. Krankenhäuser sind wie Labyrinthe, nichts als Gänge, Gänge, Gänge, die alle im Nichts oder bei einem Patienten enden, und ein granatenmäßiger Kater macht's nicht einfacher. Eine gute Viertelstunde lang irren zwei verwirrte Typen wie bei »Telespiele« durch sterile Gänge. Schreien da echt grad mehrere Anrufer gleichzeitig dem Otto ihre Befehle ins Ohr? »Rechts!« »Rechts, rechts!« »Links!« »Weiter!« »Weiter, weiter!« »Rechts!«

Halluzinationen. Der Otto weiß doch Bescheid. Außerdem gibt's »Telespiele« ja bestimmt schon ewig nimmer.

Schad eigentlich. War immer spannend.

Zu spannend für manche. Am Ende versteckt sich der Otto entnervt auf dem Klo, während der Jakob einen Pfleger nach dem Weg fragt.

Das war wenigstens der Schlüssel zum Erfolg, und zwar auf der ganzen Linie: Als der Otto wieder aus dem Klo kommt, hat der Jakob den kompletten Durchblick und der Otto ist bis auf die nackten Füße als Krankenpfleger verkleidet. Der läuft rum wie ein Heiliger, der hat jetzt nämlich eine weiße Hose und ein weißes T-Shirt mit einem Namensschild an, auf dem »Karin Sommer« steht. Die Sachen geben ihm die Zuversicht, es doch noch irgendwie ins Freie zu schaffen. Die lenken von der Tatsache ab, dass der Otto halt schon eine Verbrechervisage hat: schlecht erkennbar, weil schon halb in den Wolken, weil er fast zwei Meter misst, dunkelbraune Haare in mindestens drei verschiedenen Längen und Lagen, nicht immer rechtzeitig ein Rasierer zur Hand, zornige Augenbrauen, verschlafener Blick. Der übliche Verdächtige. Der Otto hätt sich fast in seine weiße Hose gemacht vor Erleichterung, als sie endlich zum Ausgang raus sind.

Bei einem Abstecher in die Büsche, wo der Jakob seine Hose wiederhaben will, die aber wohl vor dem aufgebrochenen Personalschrank liegen geblieben ist und die sich trotz längerer Diskussion keiner von beiden traut wiederzuholen, fragt der Otto, wie der Jakob hergekommen ist, und betet, dass sie jetzt nicht zum Bahnhof müssen. Die gute Nachricht ist, dass der Jakob nobel im Wagen vorgefahren ist. Die nicht so gute Nachricht ist, dass der Jakob vom Gesichtsausdruck her nicht mehr so genau weiß, wo er die Karre abgestellt hat.

»Glaub ed uff'm Parkblatz«, sagt er und kratzt sich am Kopf. »Da en oinr von denne Seidaschdraßa, da wird se schdanda.« Der Otto lacht.

»Parkblatz hedd au Geld koschd, schdemmds?«

Typisch. Einen dicken Schlitten fahren, die Mamma und der Pappa zahlen das Studium, aber wenn man einem Kumpel die Eier retten muss, wird man zum Furzklemmer. Willkomma em Schwabaländle.

Das Auto haben sie dann irgendwann gefunden. Zeit und Aufwand sparende Methode: alle paar Meter den elektronischen Schlüssel hochhalten und draufdrücken. Und in der Wiederholdstraße blinkt's. Da steht die Karre.

Der Otto fällt auf den Rücksitz und pennt erst mal eine Runde. So eine Rolle als ausbrechender Schwerverbrecher zehrt ganz schön an den Kräften. Als er eine halbe Stunde später wieder hochschreckt, merkt er, dass das Auto immer noch in der Wiederholdstraße steht. Der Jakob pennt auf dem Fahrersitz. Ein Strafzettel klemmt unterm Scheibenwischer und flattert lustig im Wind. Das Geräusch erinnert den Otto an irgendeinen Splatterfilm. Gleich kommt die Politesse wieder und bringt die Axt mit.

»Erschmal den Schdrafzeddl endsorga«, denkt sich der Otto und macht sich ans Werk.

Dann rüttelt er den Jakob wach.

»I brauch a Bier«, schreit er ihm ins Ohr.

Der Jakob reißt die Augen auf, nickt, grunzt, lässt den Motor an und fährt los. Die Karre fährt Gott sei Dank fast von selber. Bloß der automatische Fensterheber spinnt mal wieder und die Anlage ist jetzt komplett am Arsch.

»Übrperfeggzionismusmagge« heißt das beim Jakob. Der kann sich's erlauben, sein Pappa entwickelt die Autos. Der Otto lacht, droht zum x-ten Mal mit einer mitternächtlichen Reparatursession und fängt an, im Handschuhfach zu wursteln. Irgendwann wird er fündig und dreht sich was Feines für unterwegs. Dann gibt er sich Feuer, inhaliert und reicht den Spliff weiter.

»Wo fahrmr na?«

»Zom Schengglr, der feierd heid onda am See.«

»Ohne Hos?«

Der Jakob überlegt. Die Sache hat er nicht mehr auf der Rechnung gehabt.

»'s wird eh bald donggl«, sagt er und reicht den Spliff zurück.

Das Ding ist brüderlich aufgeraucht, als sie am See ankommen. Das Beifahrerfenster spinnt immer noch und lässt eine letzte dünne Rauchfahne im sommerabendlichen Gegenlicht nach draußen steigen. Die ringelt sich um unsichtbare Säulen und schmiegt sich an die aufgeheizte, staubige Luft.

»I glaub faih manchmal, dei Karre isch genauso breid wie mir«, sagt der Otto.

Der Jakob lacht und dreht genau in dem Moment den Schlüssel um, als die Fensterscheibe fast ganz oben ist. Dann steigen sie aus und machen sich auf den Weg zur Liegewiese.

»Kommd d' Lo au?«, fragt der Otto, so beiläufig das geht.

Bringt nichts, der Jakob weiß eh ganz genau, dass der Otto jedes Mal zu sabbern anfängt, wenn er dem Jakob seine Schwester sieht.

»Dengg scho«, sagt der Jakob schulterzuckend.

»He, alda Wutz, was gehd?«, begrüßt er dann den Schenkler und streckt die Hand aus.

Der Schenkler schlägt ein.

»Was gehd, Mann? Grissgodd, Frau Sommr. Alles fidd em Schridd?«

Das ruft dem Jakob irgendwie die Unterhose ins Gedächtnis zurück. Doch noch nicht dunkel genug.

Der Otto lacht und köpft erst mal ein Bier. Die Aussicht auf Nudelsalat treibt ihn ans kalte Buffet. Seit gestern Morgen hat er nicht mehr bewusst feste Nahrung zu sich genommen und fühlt sich im Moment ein bisschen schwach. Er kann den Pappteller kaum halten, und die Plastikgabel wiegt mindestens zwei Zentner.

»Den hab ich gmachd«, sagt die Lorelei, die plötzlich neben ihm steht und alle seine Körperflüssigkeiten in Wallung bringt. Die Sprache ist grad komplett weg, deswegen grinst der Otto bloß blöd und lädt sich der Lorelei ihren Nudelsalat auf den Teller. Die Maschine ist heiß: lange schwarze Haare, volle dunkle Lippen und in jedem Auge ein leuchtender Stern. Nicht zu dünn, kaum Schminke und kein Bscheißer-BH. Und ihr Lächeln ist absolut umwerfend, besonders seit ein paar Wochen, seit sie mit einem abgebrochenen Schneidezahn rumläuft. Das ist beim Schlammwrestling passiert, denkt der Otto immer, weil er das mal geträumt hat.

»Isch dr Jakob au da?«, fragt sie den Otto. Wo der eine ist, da ist meistens auch der andere nicht weit.

Der Otto nickt und zeigt nach rechts.

»Da drüba, der Freak en dr Ondrhos.«

Die Lorelei lacht, gibt ihm einen Klaps und geht zum Jakob rüber. Und der Otto wie ein Esel, ohne nachzudenken, einfach hinterher. Der hat sein Bier und seinen Nudelsalat und der Lorelei ihren Po im Blickfeld, mehr braucht der im Moment nicht.

»He Gloina, alls glar?«, sagt der Jakob, als er seine Schwester sieht. Er schlingt einen Arm um sie, und der Otto wünscht sich kurz, er wär auch der Lorelei ihr Bruder. Aber bloß kurz, weil ihm dann einfällt, wie unpraktisch das auf Dauer wär.

Er streckt dem Jakob seinen Pappteller hin.

»Au a bissle ebbes von dr Lo ihrm Nudlsalad?«, fragt er wie der Oberkellner.

Im nächsten Moment hockt er unfreiwillig im Gras und der Boden wackelt wie eine Hüpfburg. Ist er grad auf die Schnauze gefallen oder was, fragt er sich selber. Der Jakob beugt sich zum Otto runter, gibt ihm den Teller zurück und rät: »Ess ebbes, Bua, drmid de ed vom Schdengele fellsch.«

Der Otto schüttelt heftig den Kopf und runzelt die Stirn. Das bringt das Karussell zum Stehen. Dann nickt er und greift nach der Gabel.

»Scheißdag«, murmelt er.

Das erinnert die Lorelei an was, und sie fragt: »Henn 'r des vom Moritz scho gherd?«

»Ja, so halbr«, sagt der Jakob. »Wie schaud's aus?«

Die Lorelei schüttelt den Kopf.

»Ed gud. Den henn se en dr U-Hafd bhalda.«

»Noi.«

»Doch. Der 'sch ondr Mordvrdachd, dr Moritz.«

»Ha?«

Die Lorelei wiederholt das nicht nochmal, aber plötzlich fällt dem Otto und dem Jakob auf, wie mies die Stimmung hier überhaupt ist. Sind auch nicht alle Leute da, kaum die Hälfte der üblichen Visagen. Da stimmt doch was nicht.

Bier und Gras helfen nicht unbedingt immer beim Denken. Die Lorelei lässt die beiden eine Weile geistig umnachtet in die Landschaft stieren, dann sagt sie: »Geschdrn beim Aldingr seim Feschdle, en dr Garasch henda. On dr Hansi 'sch heh, den henn se naggad näbam gfonda.«

»Dr Hansi 'sch heh«, wiederholt der Jakob.

Der Otto muss nochmal ein Bier aufmachen.

»Heiliga Scheiße«, sagt er leise.

Nicht dass man dem Hansi groß hinterherweinen müsst – gut, tot ist tot und das ist fast immer tragisch, aber wenn man dem Hansi lieber in die Fresse gehauen als ihn gegrüßt hätt, als er noch gelebt hat, braucht man nach seinem Ableben auch nicht auf einmal sentimental werden.

»Arma Sau«, denkt der Otto halt. Halbnackt und schlecht geschminkt ins Krankenhaus eingeliefert werden ist auf einmal gar nicht mehr so wild. Besser als komplett nackt im Fuhrpark vom Aldinger totgeprügelt werden.

Auch besser, wegen »Genusses illegalr Subschdanzen« und »Erregong öffendlichen Ergrnisses« dran zu sein und jetzt hier am See zu sitzen als mit Mord in der U-Haft. Da spaziert man wahrscheinlich nicht so einfach raus wie aus dem Katharinenhospital.

»Had dr Moritz ebbes gsaid?«, fragt der Otto irgendwann. »I moin, war er's au?«

Die Lorelei zuckt mit den Schultern.

»Dr gröschde Scheiß isch, dass 'r des ja selbr ed woiß, so dichd, wie der war. D' Hannah had abr gsagd, er häb gmoind, er glaub ed, dass 'r's gwäsa sei.«

Das ist jetzt sogar dem Otto ein bisschen zu viel. Selber knapp entkommen und den Moritz hat's erwischt, weil der Hansi auf halber Strecke liegen geblieben ist. Das ist echt zu viel. Der Otto und der Jakob hocken sich ans Ufer und verdauen erst mal die Infos. Nicht mal das altbekannte anderthalbbeinige Blässhuhn schert sich um sie und kommt so nah, dass es dem Jakob fast ans Bein pinkeln kann. Die beiden teilen sich schweigend dem Otto sein Bier.

Blöderweise ist das Bier das Einzige, was mit der Zeit einwirkt. Die Neuigkeit hält sich hartnäckig an der Oberfläche, keiner von beiden kapiert, was los ist. Wie eine Fliege, die ein ums andere Mal gegen die Fensterscheibe knallt: Sie kann durchsehn und kapiert nicht, warum sie nicht durchkommt. Genauso geht's der Lorelei ihrer Aussage mit den Hirnen vom Jakob und vom Otto: Die grammatikalische Struktur ist schon klar, bloß die Summe der einzelnen Bedeutungsträger ergibt keinen zusammenhängenden Sinn. Der Moritz sitzt. Nicht in der Ausnüchterungszelle, sondern in der U-Haft. Der Moritz hat vielleicht einen umgebracht. Den Hansi. Dafür kriegt er garantiert die Spritze. (Im schlimmsten Fall. Im besten Fall wird er in eine Geheimdienst-Killermaschine umgewandelt wie Nikita.)

Irgendwann kommen der Karle und der Veit mit mehr Bier rüber und reißen den Jakob und den Otto aus ihrer Apathie. Freilich wird heute von nichts anderm mehr geredet. Der Otto hat aber immer noch das unbefriedigende Gefühl, dass er überhaupt nichts schnallt. Er schiebt's aufs Bier und verflucht eins ums andre.

Dann kommen noch die Marlene, dem Jakob seine Freundin, die Lorelei, die Hannah und der Schenkler dazu, und das Ganze wird zur philosophisch-gesellschaftskritischen Endzeitstimmungsrunde. In einer Welt, in der es plötzlich möglich ist, die unschuldigen Kumpels von irgendwelchen Leuten in feuchten Verliesen schmachten zu lassen wie im finstersten Mittelalter oder in peinlichen Kostümfilmen, muss man sich erst mal zurechtfinden. Für die armen Trottel, die angenommen haben, dass so haarsträubende Absurditäten heutzutage ausgeschlossen sind, sollt an dieser Stelle schleunigst eine Neuorientierung erfolgen. Grad so Leute wie der Otto und der Jakob, für die das gilt, hocken aber bloß mit stumpfem Blick wie die Schafe da und schaffen weder eine Neuorientierung noch überhaupt irgendeine Form von Orientierung. So kann's gehn, wenn die Realität verrückter spielt als die chemischen Reaktionen in dem Nebel, der in ihrem cerebralen Frontallappen wabert.

So viel kommt immerhin am Ende raus: Das kann man so nicht hinnehmen, das mit dem Moritz. Solang der nicht eindeutig überführt ist, solang ist der erst mal unschuldig, und wenn's irgendwas gibt, was man tun kann für den Burschen, dann wird das gemacht. Ab morgen.

Mit dem Ergebnis ist dann auch der Otto zufrieden. Sie müssen was unternehmen; weiß der Teufel was und überhaupt wogegen, aber das ist im Moment noch nachrangig, das findet sich dann schon nebenher. Ohnehin dem Jakob und dem Otto ihre Lebensweisheit. Immer schön flexibel bleiben!

Der Otto fühlt sich eh wie Kautschuk. Er nimmt seinen letzten Zug, gibt den Spliff an den Schenkler weiter, rafft sich glücklich lächelnd auf und hüpft los. Schuhe hat er eh keine angehabt, das T-Shirt kriegt er mal wieder nicht über den Kopf, die Krankenpflegerhose dafür umso schneller runter, und ab ist er wie eine Ratte im Wasser. Lauwarme Brühe. Fühlt sich trotzdem gut an und macht einen so friedlich. Der Otto plätschert und singt und versucht Wellen zu Sandburgen aufzutürmen. Kurze Zeit später ist er umgeben von der Marlene, der Hannah, der Lorelei und zwei anderen Mädels, und der Wechselgesang von schwappendem Wasser und hellem Gelächter nimmt symphonische Ausmaße an.

»Freude, schöner ...«, frohlockt der Otto im Geist, hört auf zu schwimmen und versinkt wie ein Stein.

2

So gegen zwei Uhr nachmittags am frühen Sonntagmorgen wacht der Otto im Gästezimmer von den Layhs auf. Das ist eigentlich fast schon sein Zweitwohnsitz, bloß dass er hier seine Stereophonics- und Formel-3-Poster nicht aufhängen darf, weil in der Theorie auch mal andre Gäste kommen könnten.

Der Otto macht sich regelmäßig einen Sport draus rauszufinden, wie er da hingekommen ist, wo er gelandet ist. Und zwar möglichst, bevor ihm jemand anders mit den peinlichen Details auf die Sprünge hilft. An die Party vom Schenkler unten am See erinnert er sich immerhin schon mal – erster Erfolg. Als Nächstes kommt das Geknutsche im Wasser mit dem Mädel, das entweder Anita oder Christina heißt und am Flughafen schafft.

Dann dauert's kurz, bis ihm einfällt, dass die Lorelei bestimmt zehn Leute im Jakob seinem Auto heimgefahren hat, fein säuberlich auf dem Rücksitz übereinandergestapelt. Der Jakob braucht dringend einen Kombi.

Mehr Geknutsche mit der Anita Strich Christina im Stapelzustand auf dem Rücksitz. Noch am Strand Streit mit dem Jakob, der sich die Krankenpflegerhose geholt hat, während der Otto im Wasser war. Die Lorelei ist dem Otto zu Hilfe gekommen mit dem Argument, dass der untenrum eine Bedeckung braucht, wenn sie den ins Haus reinschleusen, falls die Mamma durch den Flur geistert, und auf alle Fälle wegen der Videoüberwachung.

Die Hose hat er immer noch an, stellt der Otto triumphierend fest.

Draußen regnet's grad in Strömen.

Der Otto merkt, dass er selber dringend Wasser lassen muss, und verbringt die nächsten zwei Minuten selig stöhnend überm Klo im Gästebad. Dann nimmt er eine ausgiebige Dusche, die alle Übel auf der Welt von ihm abspült und in den Ausguss schwemmt, wickelt sich in den Gästebademantel und macht sich auf den Weg Richtung Küche.

Unten an der Treppe empfängt ihn die Daisy, der Familienrottweiler, der eigentlich dazu da ist, Leute wie ihn aufzufressen, und der ihn, sehr zum Missfallen von der Mamma und dem Pappa Layh, abgöttisch liebt. Das Sabbermaul ist zu einem verzückten Grinsen verzogen und der Schwanzstummel rotiert wie ein kleiner Propeller. Wenn der Otto sich jetzt nicht schnell genug bückt, hat er das Viech volle Kanne am Hals und einen Treppenstufenabdruck quer überm Rücken.

»Jetz, Desi, glei. I komm ja«, versucht der Otto die Begeisterung zu bremsen. Ohne sichtbaren Erfolg.

Nachdem er sich über der Spüle das Gesicht gewaschen hat (und so eine volle Ladung Rottweilerschleim kann ganz schön hartnäckig sein), macht er sich Frühstück und hockt sich raus auf die Terrasse, wo die Lorelei Zeitschriften durchblättert. Scheint schon wieder die Sonne.

»Woschndrjakob«, fragt der Otto mit vollem Mund und stellt sich vor, die Lorelei würd statt der Daisy am Treppenabsatz auf ihn warten. Das Gesabber würd ihn dann gar nicht mehr so stören.

Die Lorelei kuckt bloß hoch zum Jakob seinem Fenster. Der Otto hört nicht mehr so besonders, aber wenn er sich konzentriert, kann er den Jakob und die Marlene schon ganz schön zur Sache gehen hören.

Der Otto lacht und beißt in sein Vollkornweckle. Gut und gesund ernährt wird man bei den Layhs. Das Erdbeergsälz ist selbergemacht. Vielleicht stampfen sie ja auch die Butter selber, wer weiß.

Dem Otto fällt nichts ein, was er zur Lorelei sagen könnt. Einfach über sie herfallen wär wohl das Beste, aber ausgerechnet bei dem Mädel kriegt er Gelenkversteifung und Kiefersperre. Stattdessen macht er vor ihren Augen und Ohren mit der Anita Strich Christina rum. Schande.

Wahrscheinlich hält ihn die Lorelei eh für den allerletzten Lällebäbbel. Der Otto hat den Verdacht, dass das Layh'sche Oberschichtgehabe bei der Lorelei ein bisschen wirkt, ganz im Gegensatz zum Jakob. Und zur Daisy. Womöglich findet die Lorelei ihn ja schon heiß (die beliebte Prinzessin-und-Prolo-Konstellation), hat aber Angst, dass er sich nicht benehmen kann. Dabei kann der Otto das schon, wenn er will. Vor allem bei der. Oh Mann.

In der Annahme, dass alles, was rauskommen könnt, eh Schwachsinn ist, gibt der Otto den Gedanken an Smalltalk auf und widmet sich voll und ganz seinem Erdbeergsälzweckle. Die Lorelei scheint damit kein Problem zu haben.

Die macht aber fast einen Satz, als der Otto plötzlich mit voller Wucht auf den Gartentisch haut, das frisch angefangene Nutella runterfällt und auf den Fliesen in die Brüche geht, der Otto auf seinen nackten Füßen steht und zum Jakob seinem Fenster hochbrüllt: »Jakob! Heilandzack, jetzt komm scho rondr, Kerle!«

»Sammal, hasch du en Schadda!?«, schreit die Lorelei den Otto an und hebt das Nutellaglas auf. Die Scherben kleben fast alle noch am Inhalt.

»Mir 'sch ebbes eigfalla«, rechtfertigt sich der Otto. Als die Lorelei völlig unbeeindruckt bleibt, fügt er hinzu: »Wägam Moritz. Was Wichdigs.«

Der Otto steht da wie der Depp, während die Lorelei die Sauerei ins Haus trägt. Die Daisy frisst den Rest vom Otto seinem Erdbeergsälzweckle und schleckt ihm dankbar die Hand ab. Als dann noch vorn die Haustür zufällt und der Daisy ihr Verhalten zeigt, dass Herrle und Fraule vom Jazzbrunchen zurück sind, merkt der Otto, dass es Zeit wird zu gehen. Kurz zögert er, weil er bloß einen Bademantel und nicht mal Schuhe anhat und dafür einen ganz schön weiten Heimweg. Eine kurze Erinnerung an der Mamma Layh ihren Gesichtsausdruck, wenn die ihren Lieblingsgast begrüßen muss, genügt ihm aber schon zur Entscheidung, sich lieber ungesehen durchs Gartentor vom Acker zu machen.

So was kann er in aller Herrgottsfrühe noch nicht brauchen.

Sonntagnachmittags warten, bis gnädigst ein Bus kommt, ist Zeitverschwendung, deswegen läuft der Otto erstmal den Buckel vom Luginsland runter. Weil er ganz gut aufgelegt ist, grüßt er mit einem fröhlichen Grinsen die Vorgartenwirtschaftler und die Spaziergänger, die mit Harken und Cockerspaniels bewaffnet sind und sich am hellen Sonntag nicht unbedingt barfüßige Chaoten mit Bademänteln in ihrem schönen Stadtteil wünschen. Wie er die Leute einschätzt, wissen die auch alle, dass er bei den Layhs logiert. Kein Wunder ist die Mamma immer so begeistert, ihn zu sehen.

Unten an der Augsburger Straße wird er fast vom Peppo über den Haufen gefahren. Der Jurij kurbelt das Fenster runter und schreit: »He, Aldr! Kak sam?«

»Nje plocha. Wo gahd's na?«

»En da Biergarda. Hasch Luschd, Mann?«

Der Otto reißt die Tür auf, wirft sich auf den Rücksitz und ruft: »Mach nara, Don Peppone!«

Beim letzten Schluck vom zweiten Bier fällt dem Otto ein, dass er gar kein Geld auf dem Leib hat. Wirklich nichts außer dem Bademantel, der ihm eh langsam zu heiß wird, selbst im Schatten.

»Em, legadr mr des drweilsch aus?«, fragt er ganz beiläufig.

Der Peppo und der Jurij setzen beide von einer Sekunde auf die nächste ihre besten Mafiavisagen auf.

Der Otto beschwert sich: »Selbr schuld, oddr, wennr me ohne ebbes a, bloss em Badmandl, en da Biergarda schloifad. Solle mr vleichd a Grediddkard aus dr Arschfald ziega? I geb's eich glei drhoim zrigg.«

Der Peppo und der Jurij kucken sich an und grinsen. Dann beugt der Peppo sich vor und fragt: »Wie, du hasch nix drundr?«

Nachdem der Jurij und der Peppo beschlossen haben, dem Otto aus der Patsche zu helfen, wenn er die Bedienung abschlabbert und ohne Bademantel aus dem Biergarten rennt, wird's haarig für den Otto.

»Na brauche abr a Dridds«, verhandelt er, um Zeit zu schinden.

»Des gäb mir dir aus«, sagt der Peppo grinsend.

Der Otto schaut sich diskret um, während er auf sein Bier wartet. Der Holzzaun ist schätzungsweise siebzig Zentimeter hoch, das ist eine leichte Übung. Zur Not einfach umrennen, der hat eh schon leicht Schlagseite. Der Parkplatz ist nicht asphaltiert, sondern geschottert, und die Karre steht irgendwo am andern Ende; wenn er die nicht gleich findet, ab ins Gebüsch und Vogelstimmen nachahmen. Die Kundschaft sieht auch harmlos aus: drei ältere Herren, eine Gruppe gackernder weiblicher Mittdreißiger, ein paar Abiturienten. Keine alleinerziehenden Mütter mit Kleinkindern. Auch keine Weltverbesserer, die einem hinterherrennen in der Absicht, einem sämtliche Knochen zu brechen. Und die Bedienung hat er auch auf seiner Seite, so wie die gekuckt hat, als er bei der zweiten Bestellung seinen Gürtel gelockert und sich bis zum Bauchnabel entblößt hat.

Der Otto stürzt sein drittes Glas fast auf einmal runter. Dann verlangt er die Autoschlüssel, trägt dem Peppo auf, den Bademantel mitzubringen, und macht sich ans Werk. Den allgemeinen Aufschrei des entzückten Entsetzens hört er gar nicht, so aufgepeitscht ist er. Wie der Blitz hat er sich die völlig perplexe Bedienung geschnappt und ihr einen dicken nassen Schmatzer auf den Mund gedrückt. So perplex ist die dann aber doch nicht und steckt ihm fast noch die Zunge in den Mund. Ganz schön dreist! Dann wieder wie der Blitz von ihr losreißen, dem Wirt ausweichen, über den Zaun hüpfen (Im Hindernislauf war der Otto schon immer ein Ass) und eine möglichst dicke Staubwolke aufwirbeln auf dem Weg über den Parkplatz. Sofort rein ins Auto und mit irgendwas bedecken. Blöderweise liegen auf dem Boden vorm Rücksitz bloß diese Herrenmagazine rum. Der Peppo ist schon eine Wutz.

Der Otto macht sich unsichtbar, liegt flach und schnappt nach Luft. Als der Peppo und der Jurij brüllend vor Lachen hinterherkommen, kriegt er selber einen Lachanfall. Der Peppo schielt nach der Ausgabe, mit der der Otto seinen Schwanz abdeckt, und wirft den Bademantel auf ihn drauf.

»Weldrekort, Oddo!«, ruft der Jurij. »Der Lauf gehd in die Gschichde ein, he!«

Die beiden schmeißen sich auf die Vordersitze und knallen die Türen zu.

»Schlüssl«, sagt der Peppo und der Otto wirft das Ding nach vorn.

»Nedde Tädowierung am Arsch, Aldr«, sagt der Jurij dann zum Otto.

Der hat den Bademantel wieder drüber und setzt sich auf.

»Wa fr a Tädowierung?«, fragt er.

Das Mafiaduo setzt den Otto direkt vor seiner Haustür in der Daimlerstraße ab. Er geht kurz hoch, zählt das Geld ab und bezahlt den Peppo wie einen Taxifahrer. Dann ist er die zwei Erpresser los und zieht sich zum ersten Mal, seit das Wochenende angefangen hat, was Ordentliches an.

»Au mal widdr em Lande«, begrüßt ihn die Lotte, eine vom Otto seinen WG-Mitbewohnern. Auch kein übles Gerät. Rakete im Bett, schwört der Jakob, aber das weiß der Otto selber. Der hat plötzlich das Bedürfnis nach zwischenmenschlicher Nähe und schließt die Lotte brummend in die Arme. Die hat dem Otto seine Bierfahne längst gerochen und bietet ihm ein kaltes Bad an. Der Otto spekuliert drauf, dass die Lotte mitbadet, und nickt, aber die Lotte muss weiterlernen, die hat nächste Woche Zwischenprüfung.

Der Otto zuckt mit den Schultern.

»Sagamal«, grunzt er dann, zieht sich das T-Shirt über den Kopf und dreht sich um, »hanne dahenda ebbes?«

»Wie moinsch?«

»A Tädowierung?«

Da fängt die Lotte an zu lachen. Mit dem Zeigefinger fährt sie weit unten, über der rechten Gesäßhälfte, ein s-förmiges Muster nach.

»Hasch des gar nemme gwissd?«

Der Otto kratzt sich am Kopf.

»Dui hasch taih gwieß scho a Weile«, klärt die Lotte ihn auf.

»Isch's wenigschns ebbes Gscheids?«, fragt der Otto.

»A Eidegs«, sagt die Lotte. »Ward, i hol d' Kammara gschwend.«

Die Lotte macht ein Bild vom Otto seinem Rücken, und zum Glück findet der Otto die Tätowierung nicht übel. Hat er halt zwei jetzt, plus die am Unterarm. Dann geht er ins Bad und legt sich eine Weile in die Wanne.

Der Otto wird ziemlich müde. Er hängt die Arme und den Oberkörper über den Wannenrand, um nicht abzusaufen, und fängt an zu sägen. Das geht so lange gut, bis die Lotte reinkommt und ihn wieder aufweckt, weil sie bei dem Lärm nicht lernen kann. Der Otto zeigt volles Verständnis und wälzt sich aus der Wanne. Dann zieht er sich wieder an und geht in sein Zimmer.

Zu seiner unbändigen Freude stellt der Otto fest, dass er sein Telefon nicht auf dem Weg durchs Wochenende verloren, sondern schlauerweise hier hat liegen lassen. Zwei neue Nachrichten: eine von der Anita Strich Christina, die jetzt eindeutig Anita heißt, und eine vom Jakob. Die vom Jakob lautet: »Alles steif o was los j«.

Da fällt dem Otto wieder ein, dass ihm was eingefallen ist, was den Moritz angeht, und er klopft kurz bei der Lotte an. Die scheint langsam leicht genervt zu sein, aber das verfliegt sofort, als er die Sache mit dem Moritz anspricht.

»I hann's von dr Hannah gherd«, sagt sie. »Des ka doch ed sei. Desch doch koin Grimmi dahanda.«

Der Otto zuckt mit den Schultern.

»I schnall's au ed.«

»Des ka doch au gar ed sei«, wiederholt die Lotte aufgebracht. »Doch ed wägam Hansi.«

»Dr Hansi 'sch heh«, murmelt der Otto vor sich hin. Das ist noch genauso unwirklich wie gestern, und so einen Rausch hat der Otto grad gar nicht.

Laut vor sich hinsagen hilft auch nichts. Das ist immer noch unwirklich.

»Des war dr Moritz gwieß ned«, sagt der Otto überzeugt, und die Lotte stimmt ihm zu.

»Kemmr da ed ebbes macha?«, fragt sie dann. »I hann glei d' Marie angrufa, dui heild Rotz on Wassr. Die 'sch ersch seid segs Wocha middam Moritz zamma on ka jetz a baar Jahr uffan warda oddr so.«

Der Gedanke an das Leid von der Marie tut dem Otto richtig weh. Die Marie ist so ein liebes süßes Mädel, der will man gar nicht wehtun. Und was da damals bei der Entjungferung passiert ist, tut dem Otto heut noch leid. Wenn's also nicht für den Moritz selber wär, dem schon mal fünfzehn Jahre lebenslänglich sicher sind, dann für die Marie. Das beschließt der Otto jetzt fest, und wenn der sich mal richtig was in den Kopf setzt, dann oha.

Kommt Gott sei Dank nicht so oft vor.

»Vleichd«, beantwortet der Otto der Lotte ihre Frage. »Mr brobierad's mal.«

Sagt's und kommt sich schon beinah genial vor, weil ihm schon wieder einfällt, was ihm vorhin eingefallen ist. Wenn das klappt, was der Otto vorhat, dann hat der Moritz schneller, als er »fünfzehn Jahre lebenslänglich« sagen kann, ein Alibi. Ein wasserdichtes.

Dazu braucht der Otto erstmal dringend den Jakob. Er kuckt auf die Uhr und textet »8 am Wasen«. Dann macht er sich gleich selber auf den Weg, mit einem Umweg zu dem Vollidioten, der sich »Marley« nennt, obwohl er Florian heißt, und den Otto gegen ein kleines Entgelt mit Cosa fina und so eindeckt.

Der Otto und der Jakob treffen sich an der üblichen Stelle, Parkbank am Neckarufer. Der Otto qualmt schon aus Mund, Nase und Ohren und reicht dem Jakob was, das nach Extra Large aussieht.

»Had d' Lo sich widdr eikrigd?«, fragt der Otto gleich.

Der Jakob fragt: »Wa hasch 'n gmachd?«

Der Otto schüttelt den Kopf.

»Nix, oddr.«

Er hockt sich neben den Jakob und nimmt den Spliff wieder entgegen. Alles mit Bewegungen, die einem Riesenfaultier Ehre machen würden.

»Musch du morga ed schaffa?«, fragt der Jakob.

Der Otto überlegt kurz und betrachtet das glühende Kraut wie eine blühende Blume. Dann nimmt er nochmal einen Zug und gibt das Ding an den Jakob zurück.

»Doch«, sagt er. »Gud, dass de me dran erennrsch.«

Dann kommt er zum Thema.

»Du, mir 'sch was eigfalla bei eich heid Morga em Garda.«

Er fokussiert ein abgefallenes Kastanienblatt, um die nötige Konzentration aufzubringen. Dummerweise fliegt das Kastanienblatt weg.

»Jetz schwätz hald«, sagt der Jakob irgendwann.

Der Otto in seiner grenzenlosen Großartigkeit grinst triumphierend, kuckt dem Jakob tief in die Augen, zeigt auf ihn und sagt: »Du on i, mir senn doch da au dagwäa geschdrn Abad beim Aldingr.«

»Geschdrn Abad semmr beim Schengglr gwäsa«, widerspricht der Jakob.

Der Otto schüttelt den Kopf.

»Na hald vorgeschdrn. Da, wo dr Moritz da Hansi vrschossa had. Äh, hehgmachd moine. Ond ed dr Moritz, dr Moritz war's ja ned. Abr dr Hansi. Dui arma Sau.«

»Jetz schwädsch grad en ganz schena Bapp zamma, Bua. Wa hasch 'n da bsorgd?«

»'s Übliche. Heidanei, jetz iebrleg hald, oddr! Du on i, vorgeschdrn Abad, vor dem Wiesafeschdle semmr doch no gschwend zom Aldingr. Na semmr doch abghaua ond quer iebr d' Wiesa voll hendre. Woisch nemme?«

Der Jakob macht Riesenanstrengungen, sich zu erinnern. Irgendwann sagt er unsicher: »Ja, so donggl woiße's scho no.«

Dann wird er ein bisschen blass und fragt: »Moinsch, mir henn ebbes drmid zom doa?«

Auf den Gedanken ist der Otto noch gar nicht gekommen. Vor lauter Stolz auf sein sagenhaftes Gedächtnis, mit dem er dem Moritz ein Alibi verschaffen will, hat er gar nicht gemerkt, dass er sich damit selber weit aufs Wasser wagt. Was, wenn *er* den Hansi erwürgt hat? Oder der Jakob?

»Noi«, sagt der Otto. »I moin bloss, vleichd hemmir ebbes gsäa oddr warad zr Tadzeid middam Moritz zamma oddr woiß dr Deifl was. Hann i a Ahnung? Du woisch ja no wenigr, du woisch ja edmal meh, dass mir vor dem Wiesafeschdle au no beim Aldingr warad.«

»Jetz bleib mal cool.«

»I benn cool.«

Beide sind ein bisschen sauer aufeinander. Das Training vom Ruderverein auf dem Fluss wird für eine Weile interessanter als Verbrechensbekämpfung.

»Kommsch morga scho au zom Fußball?«, fragt der Jakob irgendwann versöhnlich.

»Jetz lengg ed ab!«, schnauzt der Otto, steht auf und fällt erst mal voll auf die Nase.

Der Jakob sitzt bloß da und lacht. Geschieht dem ganz recht, dem Arsch.

Zwei Jogger halten an und helfen dem Otto, das Gesicht vom Asphalt zu kratzen. Dem Otto seine Backe blutet. Die Jogger kapieren allmählich, was mit dem Burschen nicht stimmt, klopfen ihm aufs Kreuz und joggen kopfschüttelnd weiter.

Der Otto bleibt eine Weile auf dem Boden hocken und wundert sich über die Landschaft.

Dann krabbelt er auf die Parkbank zurück und erzählt dem Jakob ganz entspannt die Biergartengeschichte. Der Jakob kriegt sich nicht mehr ein vor Lachen und ringelt sich wie ein Wurm auf der wackelnden Bank, so lange, bis zwei Streifenpolizistinnen vorbeiwandern und fragen: »Alles klar, Jungs?«

Die beiden schrumpfen auf die Größe ihrer Schwänze zusammen und nicken stumm. Die Polizistinnen gehen langsam weiter, die sind nicht überzeugt. Davon ist der Jakob jetzt wieder halbwegs runtergekommen und beschließt, den Otto nach Hause zu bringen.

»Jetz bass amal uff«, sagt er zu ihm und hält dem Otto seinen Kopf fest. »Mir iebrlegad ons jetz mal boide separad, ob ons irgndebbes eifelld, was am Moritz weidrhelfa keed. Cool?«

»Cool.«

3

Der Jakob hat montags eine Vorlesung, von um vier bis um halb sechs, und die Semesterferien sind auch schon in Sicht (wenn da nicht die Klausuren den Blick versperren würden zumindest). Und abends haben er und der Otto Fußballtraining von um sieben bis um neun.

Für den Otto ist das Training eher eine Lachnummer. Das soll jetzt nicht heißen, dass der Otto übel spielt. Der Trainer, der Piet, sagt manchmal, wenn der Otto brav war, dass er fast was aus sich machen könnt, wenn er sich mal zusammennehmen und mehr dahinterklemmen würd. Aber das ist halt so eine Sache beim Otto. Der hat so viele gegenläufige Interessen.

Am Samstag wird gegen die Fellbacher gespielt. Das erwähnt der Piet im Vorfeld immer tausend Mal und umso öfter, je näher das Wochenende rückt. Das vergrößert die Wahrscheinlichkeit, dass die Kerle halbwegs nüchtern antreten. Und wenn sie dran erinnert werden, dann nehmen die das auch ernst. Das kommt nicht so gut, den Piet enttäuschen.

Der kuckt nicht sehr begeistert, als er den Otto zu Gesicht kriegt. Der Otto sieht aus, als ob er den Ball heut öfter auf die Nase als vor die Füße kriegen wird. Der Piet schickt den Burschen erst mal unter die Dusche, um den Kreislauf anzukurbeln, damit der nicht mitten auf dem Feld aus den Latschen kippt.

»Mondags emmr hard em Gschäffd«, lallt der Bursche zur Entschuldigung.

»Ja, ja«, sagt der Piet und denkt: »Legg me am Arsch, Kerle.«

Dann jagt er seine Mannen erst mal etwa hundert Mal um den Platz. Das wirkt. Der Otto kriegt wieder Farbe ins Gesicht, und beim Mann gegen Mann scheint er tatsächlich aufzuwachen. Seine Sache als Innenverteidiger macht er auf alle Fälle gut. Der Piet fragt sich, was der Otto da auf dem Platz anstellen würde, wenn das, was der sich übers Wochenende die Nase hochzieht, ihn nicht immer für den ganzen Rest der Woche aus der Bahn werfen würde. Dem Peppo und dem Jurij besorgt er's jedenfalls da draußen, als würd er einen Privatkrieg gegen die führen. Irgendwann muss der Piet mit seiner Trillerpfeife eingreifen, weil die ja schließlich auch zur Mannschaft gehören und am Samstag ohne Krücken und ohne psychologische Betreuung gegen die Fellbacher antreten sollen.

Der Otto kickt noch nach dem Abpfiff den Ball mit voller Wucht Richtung Tribüne, um nochmal deutlich zu machen, dass an ihm heut kein Ball vom Peppo oder Jurij mehr vorbeikommt, und dreht dem Trainer absichtlich den Rücken zu.

»Den holsch jetz abr«, schnauzt der Piet ihn an, und der Bursche joggt wortlos los.

Die Emotionen kochen grad irgendwie, deswegen setzt der Piet schon zum Abwärmen an und macht lieber noch ein bisschen Taktik. Der Piet weiß, dass grad alle ziemlich von der Rolle sind wegen der Sache mit dem Moritz. Er kann's selber nicht glauben, dass sein Torwart in der U-Haft sitzt. Er weiß ja auch, dass er hier keine Chorknaben trainiert, aber Mord? Das kann er sich nicht vorstellen. Zumindest beim Moritz nicht.

Als der Piet mit seiner Sporttasche aus der Umkleide kommt und hinter sich zuschließt, sieht er auf dem Geländer zwischen Parkplatz und Vereinsgaststätte den Jakob und den Otto hocken und halblaut über irgendwas diskutieren. Der Piet geht auf die beiden zu. Die Diskussion wird sofort abgebrochen.

»I fahr jetz no gschwind zom Moritz naus«, sagt der Piet zu den beiden. »Wie schaud's aus, kommad 'r mid?«

Der Jakob kuckt auf seine Uhr.

»Wie, jetz no? Lassad die ons da no nei?«

Der Piet grinst.

»I benn Sozialarbeidr, i komm zu jedr Dageszeid iebrall nei.«

»Saugschiggd.«

Die Burschen bequemen sich vom Geländer und folgen dem Piet zu seinem Auto, dem »schwarza Kaschda«. Riesiger VW-Bus, fast wie beim A-Team, und absolut genial, wenn man mal so auf die Schnelle elf Leute plus Auswechselspieler und Ersatzball transportieren muss.

Eine Viertelstunde später halten sie vor den geweihten Hallen des Gesetzes, der JVA Stuttgart in Stammheim, wo der Moritz einsitzt. Der Otto und der Jakob haben beide schon Polizeiwachen von ganz innen gesehen, aber das ist was andres. Der Piet merkt, die Burschen sind nervös.

»Henn 'r ebbes en de Dascha, wo 'r liebr em Audo lassa wellad?«, fragt er.

Der Otto durchsucht sich vorsichtshalber kurz, findet aber nichts. Er ist heilfroh, dass der Piet dabei ist. Ohne den würden ihn da keine zehn Pferde reinkriegen, selbst wenn die Lorelei da drinsitzen würd und er der Einzige wär ... na ja, dann würd er sich's überlegen. Auf alle Fälle ist er froh, dass er sich hinterm Piet verstecken kann, das erhöht die Chancen, da nicht nur rein-, sondern auch wieder rauszukommen. Und der Piet ist echt ein Held. Der wedelt ganz cool mit einer Besuchsgenehmigung rum, und sofort werden alle Türen aufgemacht. Und hinter der etwa hundertundersten Tür hockt der Moritz. Das war so unerwartet, dass der Jakob kurz wie angenagelt stehen bleibt und der Otto voll in ihn reinläuft.

»Depp. Mach deine Glotzbebbl uff«, schnauzt der Jakob, aber das sagt er bloß so grob, um die eigene Unsicherheit zu überspielen. Sie folgen dem Piet in den Raum, grüßen den Moritz mit Handzeichen und Gegrunze und hocken sich jeder artig auf einen Stuhl.

Das ist nicht dem Moritz seine Zelle, sondern ein relativ großer fensterloser Raum mit Gummigeruch, wohl so eine Art Besuchszimmer. Komplett in Beige gestrichen – wenn alle nackig und kahl wären, könnte man keinen mehr sehen, denkt der Otto.

Der Moritz grinst und wackelt mit dem Kopf zur Begrüßung.

»Was gehd«, sagt er. »Wie war 's Drening?«

Der Moritz sieht zwar leicht übernächtigt aus, aber für einen Mordverdächtigen ist der in verdammt guter Stimmung. Da stimmt doch was nicht, denken die drei Besucher.

»Ond wie laufd's bei dir so, Moritz?«, fragt der Piet.

Der Moritz zuckt mit den Schultern.

»Ganz gud. I hann heid Bsuch vom Anwald krigd. Der sagd, dui Anklag häb koi Hand ond Fuß, d' Beweislag sei z' lechrig, on wenne Gligg hann, komme bis zom Donnrschdag naus.«

»Des senn gude Neiichkeida«, sagt der Piet froh, unterstützt von seinem Backgroundchor Jakob und Otto.

»Gael, he«, sagt der Otto, und der Piet merkt, dass die Burschen das jetzt plötzlich total cool finden, dass der Moritz im Knast sitzt. Das gibt garantiert lebenslanges Street Cred für den Moritz. Schon ganz schön hirnverbrannt, findet der Piet; aber macht nichts, solang der Bursche da schnell wieder rauskommt. Vielleicht steht er ja dann am Samstag schon wieder im Tor.

Jetzt geht auf alle Fälle das vorpubertäre Gehabe los. Die Kerle drehen auf volle Leistung, alle drei johlen und fuchteln wild durcheinander – bis die zwei Aufseher sich beschweren und der Piet für Ordnung sorgt, bevor die's tun.

»Na sähmr ons schbädeschns am Samschdich, gell, Kerle«, sagt er, steht auf und streckt dem Moritz die Hand hin, in die der Bursche knallend einschlägt. Der Jakob und der Otto entscheiden sich für gangstermäßige Umarmungen, und dann muss der Piet das aufgedrehte Doppelpack irgendwie wieder aus der JVA schleusen. Beim Reinkommen haben die sich angestellt wie zwei Novizen vor der Papstaudienz, und jetzt haben die völlig vergessen, wo sie sind, und quasseln lauthals drauflos wie zwei Erstklässler im Schulhof.

Das ändert sich sofort, als der Otto dem Seggl in die Arme läuft.

Der Otto erschreckt sich wie die Prinzessin vorm Drachen, und der Kommissar Seggemann kuckt kurz überrascht, bis ihm

einfällt, dass ihn das Erscheinen vom Otto in der Justizvoll-
zugsanstalt eigentlich nicht überraschen braucht. Dann grinst
er breit und klopft dem Otto mit seinen beiden Pranken kräftig
auf die Schultern, als wär der Otto ein Holzpflock, den man in
den Boden treiben muss.

»So, Bua, lesch de au mal widdr bligga«, sagt er, und dem
Otto entfährt ein hauchdünnes »O fuck«.

Der Piet merkt, dass er jetzt echt den Helden spielen muss,
drängt sich dazwischen und stellt sich in aller beamteten Förm-
lichkeit dem Kommissar vor. Der kuckt beleidigt, als er »Sozi-
alarbeiter« hört.

Dann kuckt der Seggl den Otto wie der Räuber Hotzen-
plotz den Kasperl mit einem geschlossenen und einem offenen
Auge scharf an, bohrt ihm den Finger in die Brust und sagt:
»Du, sammal, Bürschle, warsch des du am Freidag mit dem ro-
sana Hösle on der Übrdosis?«

Der Otto weiß, dass er da drauf nicht antworten braucht,
weil der Seggl eh nichts machen kann. Er macht große Augen,
schüttelt den Kopf und sagt: »Koi Ahnung, wovon Sie schwätzad, Herr Seggemann.«

An die Farbe von dem Tanga kann er sich tatsächlich nicht
erinnern, und eine Überdosis hat er garantiert nicht gehabt. Im
nächsten Augenblick schubst ihn der Piet weiter Richtung Ausgang, und sie sind den Kommissar wieder los.

»Rosans Hösle«, wiederholt der Piet und findet das sogar
lustig.

Der Otto lacht verlegen mit.

»I brauch jetz erschmal ebbes Kühls«, sagt er.

Der Jakob und der Otto schleifen ihren Fußballtrainer ins
Pub und heben zusammen jeder ein Dunkles. Wirklich bloß
eins, weil der Otto morgen früh raus muss, und der Jakob hat
auch schon um zehn Vorlesung.

»Wie laufd's 'n em Schdudiom?«, fragt der Piet den Jakob und bekommt den üblichen nichtssagenden Bullshit zu
hören.

»On bei dir?«, wendet er sich an den Otto und stellt sich schon auf die gleiche Sahne ein.

Der Otto nickt so halb.

»D' Schul isch jetz ned so dr Hidd, außr Technig on Technologiepragdikum. Abr 's Gschäffd machd Schbass on dr Meischdr nemmd's Godd sei Dangg ed so gnau, solang gscheid gschaffd wird. Morga hemmr en Deidschteschd – Albtraum – i hann en meim Laba no nie a gscheids Deidsch brauchd außr en dr Schul, on vrschdanda dud mr me drotzdem, oddr? On mid Induschdriemechanig had des ogfähr so vill zom doa wie –«

Jetzt fällt dem Otto kein passender Vergleich ein. Also lässt er's bleiben, verabschiedet sich und macht sich auf den Heimweg, von hier hat er's nicht weit.

Dass der Moritz am Donnerstag rauskommt, spricht sich über Nacht anscheinend im gesamten Stuttgarter Kessel rum. Am nächsten Abend knallen statt der Sektkorken die Bierdeckel beim Schenkler im Keller, wo ein erlesener Kreis von fünfzig Freunden und Verwandten sich auf engstem Raum gemeinsam überlegt, wie man den Moritz wieder in die Gesellschaft integriert.

Dem Karle sein Cousin schafft im Inselfreibad. Für einen Kasten Bier lässt der schon mal irgendwo den Schlüssel stecken. Also die Location für die Party steht schon. Plan B: Drahtschere mitnehmen.

»Isch ed nedich«, sagt der Otto fachmännisch. »Henda gega d' Schbitze had's a Loch em Zaun.«

Die Mädels machen unter sich aus, wer den Kartoffelsalat mitbringt und wer den Marmorkuchen backt. Die Kerle kümmern sich mal wieder um den Ernst des Lebens: Bierkomitee, Stromversorgung, Musikanlage, Transportlogistik, Polizeifunk, alles ganz professionell, schnell, sauber und tödlich präzis.

»Subbr Uffhengr fr a Feschdle: Kumbl kommd aussam Gnaschd«, sagt einer.

Die Formalitäten sind schnell geklärt; jetzt kann man schon mal zum Probefeiern übergehen. Beziehungsweise weitermachen. Zur Feier des Tages schleppt der Otto die Christina ab. Das ist zwar nicht grad eine, der man kopflos hinterherrennt, und sie selber steht eigentlich gar nicht auf den Otto (sagt sie zumindest), aber beide scheinen grad ein bisschen Not zu haben.

»Hier oddr zu mir?«, haucht sie.

Der Otto schüttelt den Kopf.

»Hier.«

Die Christina wohnt zwar gleich ums Eck, aber so weit schafft der Otto das nicht mehr.

»Garda oddr Bad?«

Der Otto hat keine Ahnung, wo beim Schenkler das Bad ist, falls der überhaupt eins hat, aber er weiß genau, dass er mehr als die acht Treppenstufen in den Garten rauf nicht schafft. Wenn die Christina jetzt noch eine einzige Entweder-oder-Frage stellt, dann –

Zack, hat der Otto die Christina an der Hand hinter sich her in den Garten gezogen und da gegen die Hauswand gepresst. Weil der Otto Romantiker ist und bei dem Vorgang gern die Augen zumacht, merkt er erst, als er die Hose schon unten hat, dass die Schenklers auf der Terrasse einen Bewegungsmelder haben und ein Flutlicht direkt über seinem Kopf alles taghell erleuchtet.

Der Otto stöhnt weniger vor Wohlgefallen als vor Weltschmerz, hebt einen der kiloschweren Zierkiesel an der Hauswand auf und macht damit das Licht aus. Jetzt kann die Christina das Kondompäckchen nicht mehr sehen, und zuerst zehn und dann zwanzig Finger versuchen mit zunehmender Verzweiflung die Verpackung aufzukriegen. Der Otto denkt schon ans Aufgeben und Losheulen, da hört er den göttlichen Klang von reißendem Plastik. Der Rest ist Formsache, die Christina schreit »olé!« und verliert den Boden unter den Füßen. Im selben Moment hört der Otto hinter sich Stimmen, aber er ist grad zu beschäftigt, um da drauf zu achten.

»Worom gahd jetz des Lichd ed a?«, fragt die Mamma Schenkler. »Hallo? Wer 'sch da?«

Der Otto und der Jakob sind schon richtig heiß auf die Freibadparty am Donnerstag. Der Jakob faselt die ganze Zeit von der Marlene ihrem neuen Bikini und wie scharf er da drauf ist, das Ding zuerst an ihr dran zu sehen und dann von ihr runterzureißen. Und der Otto nimmt sich vor, sich um die restlichen Bikinis zu kümmern.

Die Zeit in der Werkhalle vergeht wie im Flug für den Otto, weil er seinen Inbusschlüssel zwar vor Augen, aber was ganz anderes im Kopf hat. Wenn die Maschine fertig ist, wird sie wahrscheinlich Bikinis produzieren statt Brezeln, wie sie soll.

Dem Otto wird noch heißer, als er an Bikinis aus Brezelteig denkt. Schön dunkelbraun ausgebacken, um der Lorelei ihren Körper geschlungen und an den richtigen Stellen mit Salz bestreut. Da darf gern mehr als dreimal die Sonne durchscheinen.

Der Otto braucht dringend eine Pause.

Er geht nach draußen vor die Tür, wo der Heinrich, der Meister, sich grad eine Zigarette mit dem Herbert teilt. Der Heinrich bietet dem Otto schon gar keine mehr an. Der Otto raucht ja nicht.

»Jetz, wie schaud's aus mid deim Bretzlkaschda?«, fragt der Heinrich.

Der Otto nickt.

»Demnägschd ferdich«, sagt er.

Sein Telefon vibriert und er holt's aus der Hosentasche. Der Jakob ist dran. Der klingt, als ob grad ein riesiger Komet die Erde oder zumindest Baden-Württemberg bedrohen würd.

»Du, des middam Freibad morga kemmr faih voll vrgässa«, sagt er niedergeschmettert. Dem Otto sein Brezelbikini bröckelt lieblos von der Lorelei herunter. Der Otto ist fassungslos.

»Wasch 'n los?«, stammelt er. »Kommd dr Moritz jetz doch ed naus oddr wie?«

Das hat der Otto bloß so gefragt, aber das ist echt so. Der Moritz bleibt drin.

»D' Hannah had d' Lo agrufa. Dr Moritz had vorhin a Vorvrhandlung ghed, wo 'r hedd nauskomma solla. Jetz isch's scheinds so, dass se 'n doch wäga Totschlag drakriegad. D' richdiga Vrhandlung sei frühschns em Novembr, d' Ondrsuchung sei abr so weid abgschlossa, dass se saga kennad, dr Moritz war's. Du, wa machmr 'en jetz?«

Im ersten Augenblick will der Otto fragen, ob sie die Party nicht trotzdem feiern können, aber dann kommt er sich sogar selber pietätlos vor und lässt's.

»Koi Ahnung«, sagt er. »Kommsch heid Abad gschwend vorbei?«

»Mache.«

»Bis dann.«

Der Otto klappt das Telefon zu und steckt's wieder ein.

»Alles en Ordnong bei dir?«, fragt der Heinrich.

Der Otto nickt.

»Ja. Alls glar.«

Der Otto macht seine Sache als Auszubildender ganz gut, und das, obwohl er manchmal kilometerweit neben sich steht, deswegen stellt der Meister keine großartigen Fragen. Der Heinrich hofft bloß, dass der Bursche nicht mal so richtig auf die Schnauze fällt. Blöd ist der ja nicht, der hat bloß nichts unter Kontrolle.

Die Brezelmaschine macht alarmierende Geräusche, aber sie läuft. Der Otto hat das zweite Jahr von seiner Ausbildung fast beendet und scheint echt ein goldenes Händchen für Reparaturen zu haben. Das liegt wohl da dran, dass der Pappa vom Otto in seinen besseren Tagen Kfz-Mechaniker war und der Otto schon als Bub mitgeholfen hat, irgendwelche Kärren auseinanderzunehmen und wieder zusammenzusetzen – Traumkindheit. Jetzt baut und repariert der Otto alles, was man ihm vor die Nase setzt.

Der Heinrich gibt dem Otto heute früher frei. Ist zu spät, jetzt noch was Neues anzufangen. Außerdem hat der Heinrich beim Otto noch nie diesen Gesichtsausdruck gesehen: Der Otto sieht nachdenklich aus. Das findet der Heinrich besorgniserregend. In dem Zustand kriegt der Bursche auf alle Fälle nicht mal mehr einen Bleistift in die Hand.

Der Otto nickt bloß, packt zusammen, sagt: »Bis morga«, und geht.

»Bass uff de uff, Bua, gell«, sagt der Heinrich.

»Mache«, sagt der Otto.

4

Das Bier hat noch nie so bitter geschmeckt. Der Jakob und der Otto sitzen beim Otto auf der Dachterrasse und brüten vor sich hin. Die letzte Bruchbude, in der der Otto wohnt: ehemaliges Firmengebäude mit ein paar Wohnungen in den oberen Stockwerken, die noch nie von einem Handwerker betreten worden sind; aber Wahnsinns-Dachterrasse in zwanzig Meter Höhe. Zwei klapprige Liegestühle, ein altersschwacher Sonnenschirm und ein paar Topfpflanzen von der Lotte und der Lena, samt kleiner Tomatenzucht. Cannabispflanzen vom Otto, der schließlich auch ein Pflanzenfreund ist, und dem Ernesto sein Tabak-Ozonwert-Projekt. Wie im Dschungel. Neckartal im Abendlicht.

Die Lotte bringt sich und den zwei Burschen noch ein Bier hoch und hockt sich mit dazu. Ihre Zwischenprüfung hat sie heut mit Glanz und Gloria bestanden, aber das interessiert im Moment eh keinen. Nach dem Hype mit der geplanten Party ist die Stimmung ganz weit unten im Keller. Zwei Übel auf einmal: Der Moritz kommt nicht raus und die Party fällt aus.

Der Jakob schüttelt den Kopf.

»Ed machbar, sich jetz no zom endsenna, was da beim Aldingr gloffa isch«, sagt er. »I hann mr echd Mühe gäba am Mondag, on da 'sch mr scho nix eigfalla.«

Der Otto macht die Augen zu. Alle Hoffnungen ruhen jetzt auf ihm. Alle seine eigenen zumindest. Aber auch er hat nicht mehr aus seinem Hirn hervorgraben können als die Tatsache, dass er und der Jakob auch vor Ort waren, als die Sache mit dem Hansi passiert ist. Alles andere wär zu viel Einbildungskraft.

Der Jakob und der Otto verfluchen ihre eigene Beschränktheit. Wie cool das wär, dem Moritz den Arsch zu retten! Und dann scheitert's an der riesigen Gedächtnislücke, die genau an der fraglichen Stelle prangt.

»Henn 'r die andre scho gfragd?«, fragt die Lotte.

»Welche andre?«, fragt der Jakob.

»Ha – die, wo sonsch no aufam Aldingr seim Feschdle warad. Vleichd henn die ebbes gsäa. Ond sich au no bhalda. On dr Moritz selbr.«

Dem Jakob und dem Otto dämmert, dass die Lotte sie grad auf die Spur bringt. Zeugen befragen. Klar.

Der Otto holt einen Stift und ein Stück Papier, und gemeinsam machen sie eine Liste von den Leuten, die zur Tatzeit beim Aldinger gewesen sein könnten.

»'s Gleiche had d' Bolezei gwieß au scho gmachd«, sagt der Otto.

»Ja, bloss mir senn ed d' Bolezei«, sagt die Lotte.

Das leuchtet ein. Der Otto würd dem Seggl nicht mal verraten, wann sein Oppa zum letzten Mal gebläht hat. Bestimmt sind die Zeugen bei einem Bierle und dem einen oder andern Zügle mit dem Otto und dem Jakob redseliger.

Der Otto drückt auf einen Knopf und die »Manics« fangen an, Krach zu machen.

»Mid wem fanga mr a?«, fragt er.

Der Jakob kuckt auf die Liste.

»Wie wär's middam Moritz?«, schlägt die Lotte vor.

Davor wollten sich der Otto und der Jakob eigentlich drücken, weil sie ja dann nochmal nach Stammheim müssen. Aber sie sehen selber ein, dass das ganz sinnvoll ist. Die Lotte kriegt zwei finstre Blicke ab.

»I ruf da Pied a«, sagt der Jakob und zückt sein Telefon. Den Piet können sie als Eintrittskarte in die JVA und als Leibwächter brauchen, vor allem, wenn der Seggl da wieder durch die Gänge geistert.

»Jakob, i kann euer Fahn durch d' Leidung riecha«, schnauzt der Piet in den Hörer, als der Jakob die Anfrage durchgegeben hat. »So fahre mid eich da garandierd ed naus, hasch me? Mir schwätzad morga beim Drening.«

Der Piet legt auf. Der Otto hört auf, »Brain dead mother fuckers« mitzugrölen.

»Ond?«

»Morga nacham Drening.«

Der Otto ist einverstanden und legt die Flasche an die Lippen. Von dem Liegestuhl steht der heut eh nicht mehr auf. Irgendwas Unsichtbares scheint einen durchsichtigen Klebstoff in der Hand zu haben und den Otto fleißig an seiner Unterlage festzumachen. Und mit der Lotte würd er sich gern zudecken. Er legt sein schiefstes Grinsen auf, weil er weiß, dass die Mädels da voll drauf abfahren, und zieht die Lotte an der Hüfte zu sich ran. Die lacht, lehnt sich quer über den Otto und verstrubelt ihm die Haare.

Der Otto macht zuerst die Augen zu und dann sein Bier alle. Er brummt ein bisschen, als er der Lotte ihre Nasenspitze an der Schläfe spürt und den Luftstrom von ihrem Atem an seinem Ohr. Oder sagt sie irgendwas? Ein letzter Sonnenstrahl wärmt ihm das Gesicht. Das Oettinger schaukelt schön in den Blutbahnen. Die Lotte merkt, dass der Otto so gut wie eingepennt ist, und regt sich nicht, bis es so weit ist. Dann setzt sie sich wieder auf, nimmt dem Otto seinen Kuscheltierersatz aus der Hand und stellt die leere Flasche auf den Boden.

Jetzt ist der Jakob dran mit schief grinsen. Die Lotte grinst zurück, überlegt kurz, steht dann auf und setzt sich zum Jakob auf den Liegestuhl. Der Jakob freut sich, dass der Otto schlappgemacht hat und er selber noch nicht so müde ist, und macht sich ans Werk. Das Einzige, was stört, ist, wenn der Otto's schafft, ihn zu übertönen. Der Otto spricht ständig im Schlaf.

Statt nach dem Training am Donnerstag wie ersehnt das Inselfreibad in Schutt und Asche zu legen, kidnappen der Jakob und der Otto den Piet und fahren mit ihm nochmal raus nach Stammheim.

Der Piet ist offenbar nicht so begeistert wie der Rest von der Mannschaft, als der Otto ihm den Plan darlegt. Immerhin nickt er so halb, als er erfährt, dass der Jakob und der Otto die Sache als Ermittler angehen wollen und nicht mit Fluchthubschrauber à la Steve McQueen in »Getaway«.

»Obwohl des no coolr wär!«, ruft der Jakob.

»Momend amale!«, sagt der Otto, der sich plötzlich mehr in »Bullitt« als in »Getaway« wähnt. »Wo fährsch 'n du na? Desch doch ed dr Wäg zom JVA!«

Wer kidnappt hier wen?

»Dr Bragsaddl isch dichd«, klärt der Piet seine zwei ahnungslosen Ermittler auf. »Mir fahrad hendarom.«

Nach einer kurzen Orientierungspause für den Otto fragt er: »Jetz sagad, wa henn 'r 'en eindlich vor?«

»Zeiga befraga!«, sagt der Jakob fachmännisch.

Der Piet nickt. Damit richten die Burschen wenigstens theoretisch keinen allzu großen Schaden an.

Der Piet hat zwei Buben, fünf und acht Jahre alt; und er kann ums Verrecken keinen Unterschied feststellen zu seinen beiden zweiundzwanzigjährigen Fußballchaoten mit ihrem Christkindlesbescherungsblick rund ums Jahr. Das würd direkt an kindliche Unschuld grenzen, wenn der Piet sich nicht so sicher wär, dass jede Zelle am Otto und am Jakob ihre Unschuld einzeln schon verloren hat. Deswegen findet der Piet das Verhalten von denen auch eher besorgniserregend als niedlich.

Und das wahrscheinlich Besorgniserregendste an den beiden ist, dass die ihre Ziele, zumindest für die Dauer eines Schmetterlingsflügelschlags, auch mit derselben bedingungslosen Entschlossenheit verfolgen wie seine Buben. Die Außenwelt ist dann komplett ausgeklammert und die erkennen ihre eigene Mutter nicht mehr. Und wenn man das jetzt auf zwei ausgewachsene Exemplare überträgt, die auf dem Papier zumindest eigentlich als mündig gelten und außerdem schon in ganz andern Ligen spielen, dann möchte der Piet lieber einen gesunden Abstand halten, wenn die Bombe detoniert.

Nicht dass der Piet denen nichts zutraut. Die sind wahrscheinlich beide nicht auf den Kopf gefallen, der eine studiert ja sogar; bloß halt des Öfteren ziemlich zugeräuchert. Klar, dass dann so Schnapsideen entstehen, wie auf Teufel komm raus Kumpels mit einer Zweimann-Kavallerie zu Hilfe eilen, neben der Butch Cassidy und Sundance Kid noch besser wegkommen.

Und dann erwarten die auch noch Applaus.

Und einen Beitrag vom Piet zur guten Sache obendrein. Sie parken auf dem fast leeren JVA-Parkplatz. Die Burschen lassen den Piet schön vorgehen und halten sich dicht hinter ihm. Der Seggl könnt ja hinter jeder Ecke lauern, und der Otto fängt sofort an zu halluzinieren; der Jakob aber auch. Am Schluss landen sie wieder in einem Besuchszimmer, das irgendwie ganz genauso aussieht und riecht wie das erste. Ist das echt dasselbe, oder war das das Werk eines Wiederholungstäters?

»Wo 'sch dr Moritz?«, fragt der Otto.

»Jetz ward hald, der kommd glei«, sagt der Piet.

Sie hocken sich hin und warten. Fünf Minuten sind's bestimmt. Dem Piet sein Image als Sozialarbeiter-Superagent kriegt einen leichten Knacks. Dann geht endlich die Tür auf und der Moritz wird reingebracht. Jetzt sieht er schon eher wie ein Verbrecher aus als am Montag.

Der Moritz macht ein Gesicht wie ein Parfümwerbemodel, bloß der posiert nicht, dem geht's tatsächlich dreckig. Damit hat ja keiner und am allerwenigsten der Moritz selber gerechnet. Ein toter Kumpel. Anklage auf Totschlag. Knast. Gut, er hat's schon öfters übertrieben, das weiß er selber, richtig wüst auch, ab einem bestimmten Schwellenwert gibt's kein Halten mehr, das ist halt so. Aber dass das mal so endet, ohne jede Vorwarnung, ohne jeden Ausweg, das kann irgendwie keiner glauben. Kein Wunder kuckt der Moritz wie ein Parfümtraumtänzer. Der kann's einfach nicht fassen, was da für Kräfte am Werk sind, die über sein Leben walten – selbst wenn er komplett auf E ist, hat er mehr Kontrolle über sich als jetzt.

Sich so vollständig aus der Hand geben müssen, das ist ein wahnsinniger Schock, nicht mehr wie ein verschwitzter Traum für den Moritz; dazu hat das hier einfach zu wenig mit seiner Realität zu tun.

»Was gehd m«, murmelt er und kuckt zu Boden.

Eigentlich will er grad gar keinen sehen. Einfach alles bloß scheiße. Er hockt sich hin und fängt an, mit einem Finger unter der Tischplatte entlangzufahren. Keiner sagt was. Der Jakob und der Otto stehen schon unter Strom, aber der Piet hockt ja daneben, da kann man nicht einfach mit allem rausplatzen. Vor allem nicht mit den delikateren Details.

Irgendwann macht der Jakob dann doch den Anfang. Er beugt sich vor, faltet die Hände auf der Tischplatte, kuckt den Moritz an wie der Herr Oberstaatsanwalt und legt ihm den Plan dar.

Der Moritz hört zu und schüttelt ganz langsam den Kopf.

»I war's ned«, murmelt er.

»Woisch des au ganz gwieß?«, vergewissert sich der Jakob.

Der Moritz wird sauer und heult fast.

»Herrgoddzack, worom sodd i da Hansi hehmacha, ha? On wie? Da benne ja vill z' dichd gwää da drzu, on außrdem –«

Schneller Seitenblick zum Piet, und der Moritz hält erst mal wieder die Klappe. Also so machen Ermittlungen nicht unbedingt Spaß.

Der Jakob fragt: »Wa had's 'n ghoißa, dass bassierd isch?«

Der Moritz lehnt sich zurück und überlegt.

»Scheinds«, sagt er irgendwann, »had me ebbr gfonda da en derra Garasch, näbam Hansi, ond i hann en dem seine Sacha kruschdld, wo näbam gläga senn.«

»Wa hasch da gsuchd?«

»Woiß i doch nemme! Wahrscheinlich –«

Noch ein schneller Seitenblick zum Piet.

»– was zom Raucha oddr so.«

Der Otto und der Jakob nicken verständnisvoll. Der Hansi hat eigentlich immer was dabeigehabt, vor allem Marke »oddr so«. Und zu dem Zeitpunkt hat er's garantiert nicht mehr gebraucht.

»Na«, fährt der Moritz fort, »isch dr Hansi ja dodgschlaga worda. Blud am Kopf on so. Ond i hann selbr au was uff d' Nas krigd ghed, blaus Aug on Blud, on am Hansi seins an de Hend. Dr Anwald had gsagd, des keed mr abr au ebbr andrsch gschlaga hann wie dr Hansi, ond 's Blud an de Hend däd vom Blud an de Glamodda komma, weil's war ed vill, des wärad koine gscheide Beweis. On jetz scheinds doch.«

Mehr hat der Moritz nicht zu sagen. Er senkt den Blick und schaut teilnahmslos zu, wie seine Hände sich gegenseitig die Finger zerquetschen.

Um wie viel einfacher das alles wär, wenn der Moritz sich wenigstens dunkel an irgendwas erinnern könnt! Aber der hat ja schon Mühe, sich das zu behalten, was der Anwalt ihm erklärt hat. Wie soll er denn da den Richter von seiner Unschuld überzeugen?

Die Burschen sind irgendwie ziemlich niedergeschmettert, als sie mit dem Piet wieder ins Auto steigen. Scheinbar ist die ganze Angelegenheit nicht halb so einfach wie erhofft. Die Drehbuchzeile, wo die Glühbirne aufleuchtet und die Helden »Heureka!« rufen, lässt auf alle Fälle auf sich warten.

»Ihr gäbad abr schnell uff«, zieht der Piet die beiden auf.

Das bringt den Otto sofort auf die Palme.

»Schdemmd doch gar ed!«, ruft er. »Mir iebrlegad bloss, wie mr jetz tagdisch weidr vorgangad!«

»Ond?«

»Woiß doch i ed. I brauch erschmal a Bier.«

Das Ergebnis, zu dem sie an dem Abend noch kommen, ist, dass als Nächstes auf jeden Fall der Aldinger befragt werden muss. Der hat die Party geschmissen, und wenn einer den Überblick hat, dann der.

Der Jakob hat die Nummer vom Aldinger und macht mit dem aus, sich morgen Abend auf dem Friedi seinem Wiesle zu treffen, wo der Friedi Geburtstag feiert. Da sind bestimmt gleich auch noch ein Dutzend anderer Zeugen vor Ort. Das Problem ist bloß, dass der Jakob und der Otto außer mit dem Aldinger eigentlich mit keinem von denen so arg intim sind. Das macht die Ermittlungen nicht grad einfacher.

»Des machmr hald au ned zom Vrgnüga, des wird a harda Arbeid«, sagt der Jakob.

Der Otto stöhnt bloß.

Der Bursche macht's ganz geschickt und scheint schon besoffen zu sein, als der Jakob ihn am Freitagabend abholt. Während der Otto gleich Kontakte knüpfen geht, die später nützlich sein könnten, lässt der Jakob den Aldinger erzählen, was er weiß, aber das ist nicht viel: Aus heiterem Himmel steht die Polizei im Hof, alle denken Razzia, die Hälfte vom Publikum verdünnisiert sich durch die Hintertüren und verheddert sich im Maschendraht, der Aldinger als Hausherr muss dableiben, kommt mit der Polizei in die Fuhrparkhalle, sieht die Sauerei und daneben hockt trotz eingeschlagener Visage glücklich grinsend der Moritz. Das ist alles. Gesehen oder gehört hat der Aldinger absolut gar nichts. Und aufgefallen wär dem wahrscheinlich nicht mal, wenn der Weihnachtsmann auf dem Osterhasen durch den Hof geritten wär.

»I glaub ja ned, dass 'r's war«, sagt der Aldinger zum Schluss. »Bloss so, wie dr Moritz drannaghoggd isch, felld's hald schwär … Deswäga sagad se jetz ja au Totschlag, des war ja koi Absichd, die henn sich hald om a Tüde brügld on dr Hansi had sein Kopf hald a baarmal saudomm naghaua …«

Der Jakob nickt lahm.

Sieht echt aus, als ob da nichts zu machen wär. Der Moritz hat dem Hansi im Rausch die Lichter ausgeblasen, und aus Versehen ist dann halt der Docht im Wachs ersoffen und das war's dann für den Hansi.

»Scheiße …«, sagt der Jakob.

»Oifach saudomm gloffa«, sagt der Aldinger.

»Ja …«, meint der Jakob und reibt sich die Backe. »I sag's mal am Oddo.«

Der hat sich mit beiden Armen in einen Kirschbaum eingehängt, um die Füße zu entlasten, und ist von lauter Mädels umgeben, denen er offenbar schlüssig dargelegt hat, wie er gedenkt, den Fall zu lösen und dem Moritz zwanzig Jahre Zwangsarbeit zu ersparen. Die Mädels sind auf alle Fälle völlig von den Socken und finden das ganz süß vom Otto und vom Jakob, dass die das für den Moritz machen.

»Wenn 'r faih a Hilfe brauchad on mir irgndebbes macha kennad …«, sagt eine ganz tief Beeindruckte.

Und schon sackt der Otto fünf neue Telefonnummern ein.

Die Klara gibt er mit Großbuchstaben ein. Die ist heiß.

»Ond, wa had dr Aldingr gsagd?«, wendet er sich dann ganz im Ermittlerstil an den Jakob.

»Des schwätz mr ondrwägs«, sagt der Jakob diskret und hängt den Otto aus dem Kirschbaum aus.

Die Enttäuschung ist beim Otto natürlich genauso groß wie beim Jakob. Der Otto springt erst mal mitten in der Nacht bei den Layhs hinten im Garten in den Pool, um sich wieder halbwegs klar zu kriegen.

Wie kann was, das ihnen selber so unklar ist und ihnen so verschlossen bleibt, gleichzeitig so eindeutig sein? Das kann doch schon allein deshalb nicht sein, dass der Moritz das war, weil diese Sache partout nicht in ihre Köpfe will. Gut, vielleicht passiert das aus so einer Art Selbstschutz heraus, aber trotzdem: Das, was der Kopf nicht erfasst, das existiert auch nicht. So, wie ein Blinder halt nicht sehen kann, und wenn du ihn hundertmal fragst, ob er Schmiere steht, während du mal kurz den Bugatti durchcheckst. Und genauso wenig, wie dir dann die Aussage »Äh, ja glar« weiterhilft, können der Jakob und der Otto was mit dem Gedanken anfangen, dass der Moritz wahrscheinlich zu Recht sitzt. Die wollen einfach bloß das Problem beheben und den Moritz da raushauen. Und wenn der Moritz echt schuldig ist, dann sehen sie ein bisschen alt aus.

»Komm, haumr ons uffs Ohr«, sagt der Jakob irgendwann. »Morga hemmr a Schbiel.«

Der Otto hievt sich aus dem Wasser. Ein Lindenblatt klebt ihm an der Schulter. Er steht tropfend da und fühlt sich ganz schön schäbig, weil er sich nicht gern eingesteht, dass er nichts machen kann, wenn er nichts machen kann.

»Des wird a Scheißschbiel morga«, prophezeit er, und hat recht.

Der Otto nimmt sich schon früh selber aus dem Spiel. Zuerst läuft er in den Fellbacher Linksaußen rein, und der segelt wie eine Feder zu Boden. Dann bloß ein bisschen Gerangel am Rande, und der Schiedsrichter zieht die gelbe Karte raus. Bevor ihn dann noch einer zurückhalten kann, hat der Otto schon das Maul aufgemacht und sieht Rot. Im Klo kriegt er noch eins vom Fellbacher Ersatztorwart auf die Fresse und läuft für den Rest vom Tag mit einem blauen Fleck am Auge rum. Glück für ihn, dass der Peppo in der zweiten Hälfte noch zwei reinmacht und die Sache unentschieden ausgeht, sonst hätt der Piet ihm in der Umkleide garantiert den Kopf abgerissen und damit höchstpersönlich noch ein Tor geschossen. Stattdessen kriegt der Otto bloß einen eisigen Blick ab und dann eine Eispackung fürs blaue Auge.

Dann geht's unter die Dusche, dann zum Veit, dann ins Pub und dann in die Disko. Der Otto steht überhaupt nicht auf diesen Housemüll, aber eine anständige Linie und ein bisschen Tequila reichen aus, und der DJ legt für den Rest von der Nacht nur noch deine Lieblingsplatten auf. Der Jakob, der Otto, der Schenkler und der Alex fuhrwerken wie die Berserker auf der Tanzfläche rum. Die Anita versucht sich eine Weile als Sandwichbelag zwischen dem Otto und dem Alex. Sie macht den Schinken, bis ein Salatblatt und ein hartgekochtes Ei dazukommen. Als sich dann noch die Mayonnaise nähert, wird die ganze Konstellation instabil. Der Otto tanzt mit der Marlene und der Klara weiter. Die Johanna hängt sich ihm um den Hals und brüllt ihm ins Ohr: »I find des faih echd geil von dir un 'm Jakob, was ihr fr da Moritz machad!«

»Ha?«

Der Otto kriegt einen Kuss mit ganz viel Zunge und kapiert, was die Johanna grad gesagt hat. Das ist auch gar nicht so schwer, weil sie so etwa die Fünfhundertste ist, die dem Jakob und dem Otto an dem Abend zur Eröffnung ihrer Privatdetektei gratuliert.

Die beiden vermeiden schon seit Stunden den Augenkontakt, aber wenn sich die Blicke dann doch mal kreuzen, dann ist da außer dem Staubnebel noch diese untrennbare Mischung aus schlechtem Gewissen und absolutem Wellenreiten. Zehn Prozent schlechtes Gewissen und neunundneunzig Prozent absolutes Wellenreiten.

Der Otto dreht den Kopf um vielleicht zwanzig Grad, und schon steckt die nächste Zunge in seinem Mund. Jetzt gibt er endgültig die Kontrolle über sich auf und muss gleich erst mal aufs Klo. Da kommt er erst eine Viertelstunde später wieder raus, weil er vor lauter »Geil, Mann, Oddo he, wenn 'r a Ondrschdützung brauchad, sagad Bscheid« lang nicht zum Pinkeln kommt.

Jetzt hat er erst mal wieder Durst und macht sich auf den Weg zur Bar. Das wird ein Spießrutenlauf durch unhörbare Zurufe, Handeinschläge, Schulterklopfer und geile Blicke. Der Otto ist froh, dass er sich für eine Weile gegen die Bar lehnen kann, als er seine Bestellung durchgibt. Dann schwappt ein Dunkles vor ihm, das er gleich halb leermacht. Als er das Glas wieder absetzt, steht irgendein Typ neben ihm, von dem er nicht mal den Namen kennt. Der fängt an, ihn vollzuquatschen mit sämtlichen »für den Fall relevanten Details«, die er sich aus der Nase ziehen kann. Dem Otto sein Hirn rotiert wie ein Kreisel in seinem Schädel, weil er tatsächlich versucht, sich ein, zwei Infos zu merken – der geborene Ermittler halt.

Der Typ ist zwar gar nicht auf dem Aldinger seiner Party gewesen, aber der scheint den Hansi ganz gut gekannt zu haben. Der sagt, er wisse aus sicherer Quelle, dass der Hansi in letzter Zeit öfters Ärger mit dem Marley gehabt hat und außerdem mit dem Grasshopper.

Der Typ entwirft eine ganze Gangstersaga da drüben an der Bar, und nicht mal der Otto ist weit genug auf dem Weg, um ihm die Sache abzukaufen: Der Marley ist ein harmloses Arschloch, der von seinem eigenen Spliff eine Fistelstimme kriegt, und der Grasshopper versucht sich zwar schon vordergründig als der Pate von Bad Cannstatt, aber den hat der Otto schon mal unter den Tisch gesoffen, der ist voll in Ordnung, der Kerl.

Als der Typ dann ganz beiläufig die Hand vom Otto streift, rutscht dem sofort das Herz in die Hose. Sämtliche rosaroten Signallampen gehen an, der Otto macht was, was er sonst nie macht – er lässt sein Bier stehen –, stolpert wieder Richtung Tanzfläche und rettet sich in die Arme von dem nächstbesten Mädel, das den Blick mit ihm kreuzt.

Das ist ausgerechnet eine, die er hier noch nie gesehn hat: lange glatte blonde Haare, grüne Augen, Mund wie ein Himbeerbonbon. Die muss neu sein.

»Äh … hai«, sagt der Otto.

»Hai«, gibt sie zurück, und irgendwie kann der Otto trotz dem Lärm ihre Stimme hören. Lilith, sagt sie, heißt sie.

Den Namen kann der Otto um die Uhrzeit nicht mehr aussprechen, aber das scheint sie süß zu finden. Sie schmiegt sich an ihn wie eine Liane und fängt an zu tanzen, das heißt, der Otto muss automatisch mitmachen. Dann verheddert er sich zuerst mit den Fingern und dann mit dem Gesicht in der Lilith ihren langen blonden Haaren. Dann dreht noch jemand die Nebelmaschine auf volle Leistung. Der Otto verschwindet in einer dicken feuchtwarmen Wolke und wird zusammen mit der Lilith auf sein Raumschiff gebeamt.

5

Als der Otto aufwacht, weiß er fast sofort, wo er ist: im Studentenwohnheim. Wie das Mädel heißt, dem das Bett gehört, ist schon weniger offensichtlich. Unaussprechlicher Name, soweit der Otto sich erinnern kann.

Dem ist hundeelend. Auf den Namen kommt er garantiert nicht. Seine linke Hand steckt zwischen ihren Schenkeln fest. Und sie merkt sofort, dass er wach ist.

»Hai«, flüstert sie, als sie die Augen öffnet, und macht »mmmh«, als er seine Finger aus ihr rauszieht.

Er grinst bloß schief und fragt, wo das Bad ist. An der gebrochenen Antwort merkt er sofort, dass er hier eine Austauschstudentin vor sich hat. Nach der Herkunft kann er ja fragen, wenn er im Bad fertig ist. Jetzt wälzt er sich aus dem Bett, bedeckt sich notdürftig mit einem Handtuch und traut sich raus auf den Gang.

»He Oddo, was gehd«, begrüßt ihn der Lorenz, und schon weiß der Otto, dass er in der WG 6 im Kadeheim gelandet ist. Der Lorenz studiert zusammen mit dem Jakob Fahrzeug- und Motorentechnik.

»He Lo'ns, lang ed gsää«, grunzt der Otto.

Der Lorenz merkt, dass der Otto's eilig hat, und weist ihm freundlicherweise nochmal den Weg. Eine halbe Stunde später kommt der Otto rundum erleichtert und frisch geduscht wieder aus dem Bad. Er geht erst mal in die Küche, erschreckt zwei Kommilitoninnen, die ihn bloß kennen als den, der vor vier Wochen die Vorhänge samt Halterung runtergerissen und den Kräutergarten auf dem Fensterbrett plattgemacht hat, erbettelt zwei Paracetamol und fragt den Lorenz diskret nach dem blonden Mädel ihrem Namen.

»Desch d' Lilith«, sagt der Lorenz, und beim Otto schnackelt's sofort.

»Glar. Des war's. Dangge, Mann«, sagt er und ignoriert die bitterbösen Blicke von den zwei anderen Mädels. »War des ed vorher am Hallr sei Zemmr?«, fragt er.

»Doch. Der 'sch mid seinr Fraindin zammazoga. D' Lilith machd iebr da Sommr en Schbrachkurs on na a Semeschdr Zeichalähre, glaube.«

»Zeichalähre. Des glengd gud«, sagt der Otto und denkt an die Millionen und Abermillionen von Zeichen, die da draußen rumschwirren im Raum.

Bevor's zu philosophisch werden kann, kommt die Lilith durch die Küchentür. Die freut sich riesig, als sie mitkriegt, dass der Otto und der Lorenz sich kennen.

»Ich komme aus Estland«, stellt sie sich vor. »Ich bin Studentin der Semiotik.«

Der Otto nickt beeindruckt und beglückwünscht die Lilith zu ihrem guten Deutsch. Er kann sehen, dass sie Mühe hat, ihn zu verstehen. Hoffentlich kann sie sehen, dass er mindestens genauso viel Mühe hat, sich verständlich zu machen.

»Was studierst du?«, fragt sie.

Im Augenwinkel kann der Otto das schmutzige Grinsen von den beiden hochstudierten Ziegen sehen, aber das ist ihm egal.

»Ich mach a Ausbildung zm Induschdriemechanigr«, sagt er so deutlich, wie's geht. »Mid andre Worde«, fügt er dann hinzu, umfasst der Lilith ihre Hüfte und zieht sie zu sich ran, »i mach me no richdig dreggad.«

Die beiden andern Mädels tun so, als wären sie mordsmäßig angewidert, stehen auf und verlassen demonstrativ den Raum. Der Otto lacht bloß, und der Lorenz schüttelt grinsend den Kopf.

»I sodd jetz los«, sagt der Otto dann, weil er sich dunkel erinnert, dass der Jakob und die Lorelei heut zum Baden fahren wollten. Ist schon was Großartiges, das Hirn vom Otto. Wie behält er sich so Sachen bloß immer, fragt er sich selber.

Er tauscht Telefonnummern mit der Lilith, holt von zu Hause seine Badesachen und radelt dann mit dem Fahrrad zum See.

Als er ankommt, braucht der Otto erst mal ein Eis, weil er mal wieder vergessen hat, übers Wochenende feste Nahrung zu sich zu nehmen. Mit einem weißen Magnum in der Hand macht er sich dann auf die Suche nach dem Jakob und den andern.

Der Jakob liegt bei den Brombeerhecken und streckt alle Viere von sich. Die andern scheinen grad alle im Wasser zu sein: lange Reihe leere Handtücher.

»Hasch mei SMS krigd?«

Die Frage ist an den Otto gerichtet, obwohl der Jakob einen Baumstumpf anschielt. Der Otto schüttelt den Kopf und kuckt auf sein Telefon. Speicherplatz voll.

Er hockt sich hin und schlotzt geräuschvoll sein Eis, während er die neuen Nachrichten durchgeht. Alles irgendwelche Infos von eifrigen Leuten über den Hansi und den Moritz.

Der Jakob sagt: »I glaub, ed mir vrfolgad den Fall, der Fall vrfolgd ons!«

»Wa machmr 'en jetz?«, fragt der Otto.

Der Jakob zuckt mit den Schultern.

»Zeid schenda«, schlägt er vor.

Der Otto schlotzt sein Eis auf. Jetzt hat er die Hände frei und zieht sich aus. Grad, als er sich das T-Shirt über den Kopf zieht, kommt die Lorelei von hinten angeschlichen und leert ihm einen Eimer Wasser drüber. Die Lorelei lacht hocherfreut über ihr gelungenes Manöver, der Otto macht brüllend einen Satz und das T-Shirt reißt.

»Rache frs Nutella«, erklärt die Lorelei.

Dann hält sie triumphierend das Eimerchen hoch, das sie irgendeinem Knirps geklaut hat, und schreit: »Gerächdichkeid fr die beschde Haslnussschmotze dr Weld!«

Und dann muss sie die Beine in die Hand nehmen, weil der Otto »Vendetta!« brüllt und ihr hinterherrennt. Die Lorelei rettet sich quiekend ins Wasser und versteckt sich hinter der Hannah. Die Marlene kommt von der Seite und zieht dem Otto die Badehose runter – so schnell war der Otto noch nie unter Wasser. Der Oppa, der neben ihm steht, bruddelt und die zehnjährigen Mädels am Ufer gackern wie die Hühner. Eine von den Müttern petzt beim Bademeister, aber der kennt den Otto schon und winkt mit einem müden Lächeln ab.

Am Ende hat der Otto die Lorelei erwischt und zieht sie unter Wasser. Er ist fast doppelt so schwer wie sie und braucht sich bloß sinken lassen und sie mit sich nehmen. Aber die Lorelei boxt und tritt nach ihm und macht einen Haufen Verrenkungen, bis sie sich losgewurschtelt hat und hustend wieder hochkommt. Der Otto taucht dicht hinter ihr auf, wirft lässig die nassen Haare zurück, dreht sie um, nimmt sie grinsend in die Arme und klopft ihr fürsorglich aufs Kreuz. Sie hält sich an ihm fest und legt den Kopf an seine Schulter. Dem Otto kommt's so vor, als würd der Griff plötzlich eisern, und er spürt nicht mehr, wo sein Körper aufhört und ihrer anfängt. Jetzt wird der Otto schon ein bisschen nervös.

Die Lorelei drückt mit dem Finger voll auf einen Knutschfleck im Otto seinem Nacken. Sie legt den Kopf zurück und lacht ihm ins Gesicht mit ihrer goldigen Gebisslücke. Wetten, das tut ganz schön weh, wenn die beißt. Der Otto kuckt nach der Farbe von ihrem Kaugummi. Lila.

Dann macht sie sich vom Otto los und watet ans Ufer. Er mal wieder hinterher, ohne zu überlegen, was er macht.

Und dann muss er irgendwie nochmal eingepennt sein. Auf alle Fälle macht er irgendwann die Augen auf, die Sonne steht schon richtig tief und die Pappeln rauschen im Wind. Der Otto grunzt verwirrt, hebt den Kopf und kuckt sich um. Die Lorelei liegt nicht weit weg von ihm und lacht sich schlapp über »Candide ou l'Optimisme«, das sie für ein Literaturseminar lesen muss. Der Jakob und die Marlene sind mit Armen, Füßen und Zungen unmöglich ineinander verschachtelt und machen Geräusche, die schon fast nicht mehr anständig sind. Der Schenkler, der Karle und der Veit machen das, was sie am besten können: Bierflaschen köpfen und alle machen.

»Niedr mid dr Pfanddos«, sagt der Otto und kriegt auch eins.

Er setzt sich auf und kratzt sich gähnend am Kopf.

»Broschd, ihr Sägge«, sagt er und legt die Flasche an die Lippen. Bäh, das Zeug ist pisswarm. Der Otto trinkt's trotzdem.

»Broschd, du Sagg«, sagt der Schenkler. »Jetzad. Wie weid senn 'en eindlich die Herren Holmes on Watson?«

Der Otto klappt sein Telefon auf, zeigt's rum und sagt fachmännisch: »Bei dr Beweisaufnahm.«

Die drei Kumpels wiehern los.

»Heißa Sach, so a Beweisaufnahm, ha«, sagt der Karle, züngelt dem Otto zu und stöhnt unanständig.

Der Otto macht den Mund auf und will denen schon unter die Nase reiben, dass das Mädel, das er zum Schluss abgeschleppt hat, aus Litauen kommt und keine Ahnung vom Hansi und vom Moritz hat. Im letzten Moment fällt ihm ein, dass die Lorelei neben ihm liegt und das vielleicht keine so gute Idee ist.

»Äh«, sagt er bloß und lässt sich auslachen.

Die Lorelei klappt ihr Buch zu und dreht sich auf den Rücken. Der Jakob und die Marlene scheinen sich auch weitgehend wieder entflochten zu haben.

»Jetz mal errlich, ihr zwoi«, sagt die Marlene. »Wie schaud's aus?«

Die Marlene hat so was Autoritäres. Der Jakob und der Otto verdrücken sich erst mal und gehen Pommes holen. Dann kommen sie aber nicht mehr drumrum. Die Mädels ahnen ja eh immer schon alles. Die sehen's dann auch ziemlich schnell ein, dass das einfach saudumm gelaufen ist mit dem Hansi und dem Moritz und dass man da nichts machen kann.

»Obwohl's ja scho a bissle komisch isch, dass dr Hansi naggichd war«, gibt der Jakob zu bedenken.

»Dr Hansi isch hald a alds Fergl«, sagt der Schenkler. Dann merkt er was, senkt züchtig den Blick und sagt: »Gwäa.«

Der Otto blättert wahllos seine Nachrichten durch.

»'s Oinzige, was mr no vrfolga kennad, isch a Sach middam Marley onnam Grassi. Mid denne had 'r scheinds Ergr ghed.«

»Woher hasch des?«

Der Otto zuckt mit den Schultern.

»Had mr geschdrn irgnd so en Depp vrzehld.«

Der Jakob nickt.

»I nemm mr mal da Marley vor, du machsch da Grassi.«

Der Otto und die Lorelei kucken sich kurz an. Dann steht die Lorelei auf, sammelt den Müll ein und fängt an zusammenzupacken. Das ist irgendwie das Zeichen zum Aufbruch. Der Rest kommt auch langsam auf die Füße. Der Otto zieht sich sein zerrissenes T-Shirt drüber und hebt sein Handtuch auf.

»Bis morga«, verabschiedet er sich vom Jakob und nickt den andern zu.

»Wemmr no was eifelld, sage dr soford Bscheid«, sagt der Karle mit ganz hoher Stimme und klimpert mit den Wimpern.

»Legg me«, brummt der Otto.

Dann schwingt er sich aufs Rad und radelt von dannen.

Der Otto ist grad daheim angekommen, steht in der Küche und regt sich über seinen leeren Vorratsschrank auf, da klingelt's an der Tür.

Der Ernesto geht aufmachen. Dann kuckt er in die Küche und sagt: »Fr di, Oddo.«

Der Otto grunzt genervt. So langsam hätt er echt gern mal seine Ruhe. Und was zum Essen. Er kommt in den Flur und bleibt wie angenagelt stehen.

Vor der Tür steht die Marie.

Die hat schon vorher weinerlich gekuckt. Jetzt fängt sie an zu schluchzen. Der Ernesto kuckt vorwurfsvoll, aber der Otto signalisiert ihm, dass das nicht seine Schuld ist, diesmal nicht. Dann geht er auf die Marie zu und nimmt sie in die Arme.

»He, Marie«, sagt er leise. »Scho gud, ha?«

Der Otto nimmt die Marie bei der Hand und steigt mit ihr aufs Dach. Er hockt sich mit ihr auf einen Liegestuhl und hält sie erstmal eine Runde fest. Sein Kommunikationspotenzial hat sich bereits erschöpft. Er hat keine Ahnung, was er sagen soll. Stattdessen tauchen bloß wieder die Bilder von vor drei Jahren auf. Er blutverschmiert und sie zeitweise ohnmächtig. Er haut einfach ab und ihre Mutter fährt sie zum Arzt. Ihre Schwester schlägt ihn karatemäßig zusammen, als er sich ein, zwei Wochen später endlich mal entschuldigen kommt, und sie steht regungslos daneben.

»Dud mr leid«, murmelt der Otto in den Cannstatter Sonntagabend und merkt, die Stimme ist nicht ganz da. »Dud mir leid wägam Moritz.«

Sie gibt ein paar hohe Töne von sich und nickt. Bei der Bewegung merkt der Otto, dass er einen großen nassen Fleck auf dem T-Shirt hat.

»Ich … ich wolld mich bloss bedangga … bei dir onnam Jakob«, stammelt sie.

Der Otto macht die Augen zu und atmet hörbar aus. Das wird ja immer schöner. Die Marie fasst das falsch auf und entschuldigt sich für das Theater, das sie macht.

»Noi noi«, sagt der Otto schnell. »Desch scho en Ordnong, Marie … 's isch bloss – mir vrsuchad's, dr Jakob on i, bloss vrschbrächa kemmr dr hald gar nix. Woisch, desch ned so oifach …«

»Ich weiß scho«, schluchzt die Marie. »Drotzdem. Ihr vrsuchad's wenigschns.«

Sie legt wieder das Gesicht am Otto seine Brust und fängt an, einen zweiten Fleck zu machen. Der Otto hält sie im Arm und streicht ihr übers Haar. Das erste Mal seit drei Jahren, dass er die Marie überhaupt wieder anfasst, fällt ihm auf.

Die Marie kann vielleicht Gedanken lesen; sie hebt den Kopf und schaut dem Otto in die Augen. Der hat Mühe, ihrem Blick zu begegnen, aber's geht, je länger's dauert.

Und dann braucht der Otto sich bloß noch ein bisschen runterzubeugen und seine Lippen auf ihre zu drücken. Der Marie ihre Augen weiten sich überrascht, aber dann macht sie sie zu und lässt ihn machen.

Dem Otto bersten sämtliche Synapsen. Irgendjemand lässt grad geräuschvoll die Luft aus dem Ballon, der seinen Kopf ersetzt hat. Vielleicht der Marie ihre Schwester. Rein gefühlsmäßig muss sich der Otto von der grad nochmal vermöbeln lassen, er spürt jeden Schlag.

Der Otto weiß nicht so ganz, was er da macht, also die Marie, die Freundin von seinem Kumpel Moritz, der im Knast sitzt und nichts machen kann, klarmachen. Soll er jetzt ein schlechtes Gewissen kriegen? Er küsst sie ja bloß ein bisschen. Außerdem macht sie ja mit.

Der Otto stutzt, als sie anfängt, das Ganze in die Hand zu nehmen, und löst seine Lippen von ihren. Als er ihr wieder in die Augen kuckt, ist ihm die Sache ganz schön peinlich. Was hat das jetzt darstellen sollen? Einen Wiedergutmachungsversuch? Eine Bitte um Verzeihung? Meint er, dass sie ihm dafür jetzt dankbar ist? So nach dem Motto: Für einen einzigen Kuss von dir geb ich meine Jungfräulichkeit gleich nochmal her? Der Otto beschließt, solche Sachen lieber bleiben zu lassen, bevor er alles bloß noch schlimmer macht.

Er nimmt der Marie ihre Hände in seine, bevor *sie* alles bloß noch schlimmer macht, lächelt sie hilflos an und sagt, so überzeugt das geht: »Mr guggad, wa mr macha kennad, dr Jakob on i, gell.«

Dann schickt ihm der Himmel noch eine Eingebung, und er fragt: »Sammal, wie 'sch 'n dr Moritz tellefonisch zom erreicha? Mir heddad nemmlich nomml a Frag.«

Die Marie hockt sich aufrecht hin und setzt die Füße auf den Boden.

»Der ruft mich immr von 'ra Tellefonkabine an. Selbr darfr keins habm.«

»Sagsch am 's nägsch Mal, er soll mi au arufa.«

»Mach ich … dangge, Oddo.«

Sie stützt sich an ihm ab und steht auf. Der Otto folgt ihr die Treppe runter und verabschiedet sie im Treppenhaus. Dann schließt er die Wohnungstür leise und atmet tief durch.

Der Ernesto kuckt ums Eck.

»Alls glar, Mann?«

Der Otto nickt.

Dann fragt er: »Hasch du mr was zom Essa, Neschdo?«

6

Beim Fußball erzählt der Jakob dem Otto, dass er heut beim Marley war und sich den Burschen mal vorgeknöpft hat. Dabei ist aber bloß rausgekommen, dass eher der Marley mit dem Hansi Ärger gehabt hat als umgekehrt. Der Jakob ist zu der Überzeugung gelangt, dass der Marley ein absoluter Hosenscheißer ist und auf keinen Fall was mit der Sache zu tun hat. Selber zuschlagen kann der ja gar nicht, und was organisieren, das kriegt der nie und nimmer auf die Reihe.

Das sind dem Jakob seine Neuigkeiten. Der Otto hat keine. Das mit der Marie erzählt er nicht.

»I ruf nachher mal da Grassi an on mach was middam aus«, sagt er.

Der Otto kann ja erst nach Schulschluss oder Feierabend. Der Grassi ist aber flexibel und hat schon am Dienstag Zeit. Also geht der Otto gleich am nächsten Abend rauf zum Grassi. Der wohnt verhältnismäßig schick, linkes Neckarufer, Haus am Hang, hübsche Blumen im Vorgarten, selber getöpferte Hausnummer. Drei kleine Buben hüpfen dem Grassi lärmend zwischen den Füßen rum, als er aufmacht.

Der Otto schlägt lachend in die Hand vom Grassi ein.

»Was gehd, Assi.«

»He Oddo, alda Sau. Benimm dich vor de Kurze.«

»Gehd glar, Mann. Alles deine, du Wutz?«

»Noi, halbdags binn i Bebisiddr – freilich senn's meine, du Depp! Da hogg de na. Wa brauchsch?«

Der Otto hockt sich aufs Sofa. Echt geschmackvolle Einrichtung, bis auf die Kleinkinderspuren überall. Der Otto kommt sich vor wie im Ikea-Katalog.

»Bloss a Imfo«, sagt er. »Wägam Moritz.«

»Ah«, sagt der Grassi, dem man anmerkt, dass er grad das

Interesse verliert. Er steckt die Hände in die Hosentaschen und meint: »Die Sach middam Hansi. I hann's gherd.«

Der Otto nickt.

»Dr Jakob on i, mir guggad grad, ob mr da Moritz irgngwie endlaschda kennad. Jetz had mr da irgnd so en Depp vrzehld, dr Hansi häb Ergr mid dir ghed –«

»Wär had des vrzehld?«, fragt der Grassi, für den's plötzlich wieder interessanter wird.

Der Otto zuckt mit den Schultern.

»Woiß i nemme. Uff älle Fäll –«

»On du glaubsch alles, was mr dr iebr mi vrzehld?«

Der Otto lehnt sich zurück und lacht.

»Noi. Abr desch grad d' oinziga Schbur, wo mr henn, woisch.«

Der Grassi grinst. Der Jakob und der Otto, die zwei bekifften Vollidioten, als Mordkommission. Und der Otto hockt auf seinem Sofa und grinst ganz unbedarft zurück.

»Willsch a Bier?«, fragt der Grassi.

»Emmr«, sagt der Otto.

Der Grassi hat sogar eine Hausbar im Wohnzimmer. Der Otto steht auf und steigt auf einen der Barhocker, während der Grassi ihm ein Bier auf- und ein Glas vollmacht.

Dem Grassi seine Buben rennen quiekend ins Zimmer.

»Gangad em Garda schbiela!«, brüllt der Grassi ihnen hinterher. Sechs trampelnde kleine Füße bewegen sich durch die Terrassentür.

Der Otto schüttelt lachend den Kopf.

»Volla Ladong Wendla wechsla, ha?«

Der Grassi grinst.

»Bass uff, di vrwischd's au no.«

»I hann scho ois«, sagt der Otto, der immer noch felsenfest davon überzeugt ist, dass der Zara ihrs zumindest zur Hälfte von ihm ist.

»So«, kommt er dann wieder zur Sache. »Vrzehlsch mr jetz, was da gloffa isch?«

Der Grassi zuckt mit den Schultern.

»Ed vill. Abr jetz, wo der Kerle heh isch, kommad se nadirrlich alle a on machad a Gschichd draus.«

»Worom, wer 'sch no komma?«, fragt der Otto.

»Niemand, dr Käßbohrer had hald a Schbässle gmachd. Dui Sach war so, dr Hansi had a bissle en Aufschdand gmachd beim ledschda Gschäffd –«

»Wann war des?«, fragt der Otto dazwischen und kommt sich schon ganz schön professionell vor.

Der Grassi überlegt kurz.

»Vor drei Wocha ogfähr. Ende Mai, Afang Juni. – Wellad Se sich's ed aufschreiba emma Notizbüchle, Herr Haubdkommissar«, zieht er den Otto auf.

Der schüttelt den Kopf.

»Des bhalde mr scho«, sagt er.

Jetzt kann der Grassi sich nicht mehr zurückhalten und bricht in schallendes Gelächter aus. In dem Moment kriegt der Otto einen gewaltigen Schub und merkt plötzlich, dass bei dem Bier das Reinheitsgebot verletzt worden ist. Jetzt kriegt er ziemlich Panik, springt von dem Barhocker runter, stolpert rückwärts und wirft das Ding um. Dabei verheddert er sich unglücklich zwischen den Stuhlbeinen und fliegt voll auf die Nase. Einer vom Grassi seinen kleinen Buben beugt sich über ihn und lacht sich schlapp. Dann ist der Grassi neben ihm und hilft ihm erst mal, seine Gliedmaßen zu sortieren.

Unter andern Umständen wär der Otto im Viereck gesprungen vor Freude über den kostenlosen Schuss Extrasahne im Bier. Im Moment sieht er sich bloß selber nackig und mit eingeschlagenem Schädel im Aldinger seinem Fuhrpark liegen.

O Godd, dr Grassi war's! Dr Grassi war's!, ist alles, was er denken kann. Und der Grassi hat ihn grad unter den Achseln und hilft ihm halbwegs auf die Füße.

»Schlaaafnszeiiid«, hört der Otto ihn rufen, und die Buben hüpfen kichernd davon.

Dann schleift der Grassi den Otto auf die Terrasse und lässt ihn auf einen Liegestuhl fallen.

»Grüß dich, Waldr«, sagt der Grassi zum Nachbar, der grad Rasen mähen anfängt, und winkt.

Dann hockt er sich auf den Otto drauf und presst ihm die Luft ab.

Hoffndlich machd sich der Bursche ned en d' Hos, denkt er kurz. Würd schwierig, seiner Frau zu erklären, weshalb er den nagelneuen Liegestuhl gleich wieder wegschmeißt.

Der Otto ist starr vor Angst, der liegt da wie ein Brett, die Augen sind weit aufgerissen und tiefschwarz, und dann fängt er an zu hyperventilieren. Das A kommt jetzt richtig fett.

»So, du glois Wiesl«, sagt der Grasshopper. »Jetz bass mal uff.«

Der Otto nickt heftig.

»Du moinsch, du kasch hier akomma on mi mid irgndamma Scheiß erbrässa, bloss weil oinr von eich gloine Pissr abnibbld, ha?«

Der Otto widerspricht: »Noi. Schdemmd ed. Des schdemmd ed. Noi. Schd…«

Der Grassi gibt ihm einen Klaps auf die Backe, weil die Schallplatte hängt. Dann fragt er nochmal, wer dem Otto das mit dem Hansi erzählt hat. Der Otto ist schon so weit unterwegs, der würd's ihm sogar verraten, wenn's sein eigner Oppa gewesen wär, aber er scheint's wirklich nicht zu wissen, versucht den Typen minutiös zu beschreiben und faselt was von schwul und aus Estland.

Der Grassi kennt keine schwulen Esten und klatscht dem Otto noch ein paarmal auf die Backe, um den Redeschwall zu stoppen. Das funktioniert nicht; anbrüllen aber schon.

»Sorrie«, sagt der Otto ungefähr zehnmal. Der ist jetzt schweißnass und zittert so heftig, dass der Grassi meint, er hockt auf einem gut eingeseiften Riesenvibrator.

»Oddo«, sagt er und hält seinen Kopf fest, um die Aufmerksamkeit von dem Burschen zurückzugewinnen. »Oddo – Oddo – her zu. Jetz sag ich dr was für dein mentales Notizbüchle, gell?«

»I merg's mr«, versichert der Otto. »I merg's mr ganz gwieß, i m…«

»Gosch halda«, würgt der Grassi ihn ab. »Kannsch dr da drenn neischreiba: Dr Grassi war's ned. Glar?«

»Glar! Alls glar. Glar wie Gloßbrüh. Glar wie Glarsichdf… olie. Glar wie Glarlagg. Glar wie –«

»Wäga so 'ra gloina Mischdflieg wie am Hansi mach i mr d' Hend ed dreggad. Hasch me?«

»– Glärschlamm. Glar –«

»Ond an deinr Schdell däde 's Dedegtivschbiela an da Nagl henga, da drzu daugsch ed, Oddo.«

»Glar. Mache. Glei morga. Ganz gwieß.«

»Weisa Endscheidong. Ond jetz no ebbes, was de dr merga soddsch: Da Hansi hann i ed hehgmachd, abr bei dir ieblrlege's mr, wenne irgndebbes her, dass du romvrzehlsch, i seis gwää.«

Dann fällt dem Grassi aber noch sein guter schlechter Ruf ein, und er fügt hinzu: »Ond genauso, wenn de romvrzehlsch, i seis *ed* gwää. Hasch me?«

Jetzt hört der Otto auf zu nicken. Jetzt ist sie da, die Total-konfusion. Der Grassi sieht ihm an, dass der Otto überhaupt nichts mehr kapiert, dass er merkt, dass er überhaupt nichts mehr kapiert und langsam durchdreht. Unmöglich, das dem Otto jetzt noch klar zu machen. Der Grassi kann hinter dem Otto seinen riesigen Pupillen sein Hirn zucken und zerfallen sehen; Supernova-Countdown zehn, acht, neun …

Der Grassi steigt vom Otto runter, zerrt ihn vom Liegestuhl und stellt ihn auf die Füße. Der Bursche zittert wie verrückt und winselt um Gnade. Der Grassi nimmt ihn wieder mit ins Wohnzimmer, drückt dem Otto einen Stadtplan in die Hand, macht irgendwo ein Kreuz und sagt: »An derra Schdell dreffmr ons en 'ra Schdond. Wenn de's ed rechzeidig schaffsch, begange an dir mein erschda Mord on begrab de ondr ma Kanaldeggl.«

Effektive Methode, den Burschen zum Teufel zu jagen. Der hält den Stadtplan von Palma de Mallorca wie eine Schatzkarte fest und rennt und stolpert und krabbelt den Buckel runter, was das Zeug hält. Wenn der in einer halben Stunde irgendwo im Straßengraben liegen bleibt, ist er auf alle Fälle weit genug weg, um noch irgendeinen Verdacht von der Sitte oder den Nachbarn auf den Grassi zu lenken. Der lässt breit grinsend die Tür zufallen.

Der Otto versucht über die nächsten drei Stunden, den Stadtplan richtig rum zu halten und die Stelle zu finden, die der Grassi markiert hat. Aber nach drei Stunden kopflosem Gerenne und Stadtplanzerfleddern ist dann irgendwann die Luft raus. Der Otto wankt eine Weile neben zwei grölenden Zechkumpanen her, die sich auch noch für was Besseres halten, weil die immerhin noch stehen können, als der Otto irgendwann zum x-ten Mal auf die Schnauze fliegt.

Der Otto bleibt liegen und fängt an zu wimmern. Jetzt kann er echt nicht mehr. Bestimmt kommt gleich der Grassi vorbei und schlägt ihm den Schädel ein, aber mittlerweile findet der Otto das gar nicht mehr so schlimm.

Statt dem Grassi kommt der Toto-Lotto-Kioskbesitzer aus dem Geschäft raus, vor dem der Otto liegen geblieben ist, und versucht ihn wegzuscheuchen, weil der Otto den Eingang blockiert.

»He, du, geh weg«, sagt der Mann und stößt den Otto mit dem Fuß an.

Der Otto schluchzt bloß. Der kann sich nicht mehr vom Fleck rühren.

Kurz hat er wieder Ruhe. Dann kommt der Toto-Lotto-Mann zurück und bringt den Besen mit. Damit versucht er den Otto wenigstens aus dem Weg zu fegen.

»Geh doch weg!«, ruft er, als das gewünschte Ergebnis ausbleibt. »Beweg dich! Sonsch rufe ich Polezei!«

Und wie das so ist, wenn man vom Teufel spricht, biegen grad zwei Streifenpolizisten um die Ecke.

»He! Hallo!«, ruft der Toto-Lotto-Mann und winkt die beiden her.

Die kommen rüber. Der eine grinst fast, als er den Burschen am Boden und den Besen sieht.

»So, wen hammr denn hier?«, sagt er, kniet sich zum Otto und dreht ihn auf den Rücken.

Der Otto kuckt den beiden kurz unter die Mützen. Der eine sieht aus wie der Seggl und der andre wie dem Seggl sein Zwilling. Der Otto fängt an zu brüllen wie die Marion im Norman Bates seiner Dusche, beide Polizisten machen einen Mordssatz vor Schreck, das gibt dem Otto Freiraum, und er springt auf und rennt die Tausendmeterhürdenstrecke an der Waiblinger Straße in elf Komma acht Sekunden; auf alle Fälle kommt ihm da keiner hinterher.

Dann hält er etwa eine halbe Stunde lang einen Baum umschlungen und versucht, ein Straßenschild zu entziffern. Den Stadtplan hat er nicht mehr, den hat wahrscheinlich der Seggl konfisziert. Den Straßennamen kriegt er trotz höchster Konzentration nicht raus, aber der Name, den er sich mit der Zeit erdichtet, kommt ihm so bekannt vor, das muss einfach die Stelle sein, die der Grassi gemeint hat. Der Otto ist saumäßig erleichtert, als er sich erfolgreich eingeredet hat, dass er's gefunden hat. Dann wartet er noch zwei Minuten, die ihm wie eine ganze Stunde vorkommen, und ist noch erleichterter, als der Grassi nicht auftaucht.

Dann lässt er den Baum los und geht nach Hause.

Die Lena steht grad im Flur, deswegen hört sie's, als was an der Tür kratzt und winselt. Die Lena ist unheimlich tierlieb, deswegen macht sie die Tür auf in der Hoffnung, dass sich der kleine schwarze Hund mal wieder verlaufen hat. Stattdessen liegt der Otto auf der Treppe und kratzt immer noch am Pfosten, obwohl die Tür jetzt offen ist.

Die Lena stöhnt und verdreht die Augen, als sie das sieht.

»Scheiße, Oddo«, sagt sie. Dann dreht sie sich um und schreit: »Lodde! Neschdo! Jetz isch von euch einer dran, ich hab ledschdes Mal scho!«

Der Ernesto wappnet sich erst mal mit den gelben Putzhandschuhen und seinem Malerkittel, bevor er den Otto anfasst. Weil der Otto ein baumlanger Kerl ist und der Ernesto nicht der Allerkräftigste, schleifen dem Otto seine Füße zuerst den Teppich und dann noch die Kabel mit.

Der Ernesto schnauft und schwitzt und bruddelt: »Komm jetz, Oddo, nemm de zamma on mach amal a bissle mid.«

Als der Otto nicht hört, setzt der Ernesto ihn wieder ab, hält seinen baumelnden Kopf fest und klatscht ihm ein paarmal kräftig auf die Backe. Da reißt der Otto plötzlich die Augen auf, brüllt: »Dr Grassi war's ned!« und fängt an, um sich zu schlagen. Der Ernesto geht zu Boden, die Lotte verschüttet das Wasser, das sie dem Otto grade bringen wollt, und alle drei Mitbewohner vom Otto rennen panisch in die Küche und halten die Tür zu.

Die Lena fängt an zu heulen und kreischt: »Der machd mich ferdich, der Wigsr!«

Die Lotte hockt sich mit der Lena auf den Küchenboden, damit die sich erst mal wieder beruhigt. Der Ernesto bewacht mit der Bratpfanne die Küchentür. Als er ein Geräusch hört, das von schräg gegenüber aus dem Bad kommen müsste, macht er die Tür einen Spaltbreit auf und kuckt raus.

Der Otto liegt in voller Montur in der Badewanne und sauft wie ein Kalb aus dem Kaltwasserhahn.

Nach einer halben Ewigkeit steigt der Otto wieder aus der Wanne, lässt das Wasser laufen, schlendert mit klatschnassen Klamotten durch den Flur und lässt seine Zimmertür hinter sich zufallen. Dann hört man keinen Mucks mehr.

7

Zum Glück hat der Otto den Mittwochmorgen freigekriegt, weil um elf die Beerdigung vom Hansi ist. Als sich um zehn immer noch nichts regt, klopft die Lotte mal vorsichtig beim Otto an.

Keine Reaktion.

»Oddo?«

Die Lotte klopft nochmal und macht dann die Tür auf. Der Otto kauert splitternackt auf seinem Kissen, klammert sich an den himmelblauen Elefanten, den die Lena schon seit Monaten vermisst, und lacht über irgendwas.

»Oddo?«

Er kuckt sie nicht an, aber sie sieht, dass er merkt, dass sie da ist.

»Kommsch grad rondr?«

»Scho d' ganza Nachd«, trällert der Otto, und die Lotte glaubt ihm aufs Wort, dass er kein Auge zugemacht hat.

»Kanne dr was helfa?«, fragt sie.

Er sagt irgendwas, das sich anhört wie: »Kannsch mr oin blasa?«

»Ha?«, fragt die Lotte drohend, und diesmal kriegt sie was zu hören, das schon eher nach »Glas Wasser« klingt. Sie bringt ihm eins, das er erst mal fallen lässt. Das zweite hält sie ihm hin, während er trinkt.

Dann holt sie seinen Anzug aus dem Schrank und macht ihm klar, dass er in einer Viertelstunde da drinstecken muss, weil da der Jakob kommt und sie zur Beerdigung abholt. Der Otto nickt und verbringt die nächsten vierzehn Minuten auf dem Klo. Dann quält er sich in seinen Anzug, auch wenn ihm im Moment sämtliche Berührungen an seinem Körper zuwider sind und er viel lieber nackt geblieben wär.

Als er grade mit den Knöpfen kämpft, klingelt's und die Lorelei steht vor der Tür.

»Senn 'r so weid?«, fragt sie und macht große Augen, als sie den Otto zu Gesicht kriegt. Sie macht schon den Mund auf und will was sagen, aber die Lotte signalisiert ihr, das lieber bleiben zu lassen. Wortlos gehen alle drei zum Auto runter. Der Jakob fängt an zu lachen, als er den Otto sieht, wird aber genauso davon abgehalten, einen Kommentar abzugeben.

Während der Autofahrt raus zum Hauptfriedhof Steinhaldenfeld herrscht Grabesstimmung. Bloß das Beifahrerfenster kann wie immer nicht an sich halten und geht lustig auf und zu. Das macht dann irgendwann auch den rechten Seitenspiegel meschugge. Auf einmal macht's an der Ampel Plopp! – und das Ding steht nicht mehr zur Verfügung.

»Schroddkarre, he«, flucht der Jakob, dem die Macken von seinem Auto sonst nichts ausmachen.

Der Otto kuckt dem Fenster stur beim Auf- und Zugehen zu.

»Dr Grassi war's au ned«, sagt er plötzlich, als sie grad auf den Friedhofsparkplatz rollen.

Der Jakob würgt den Motor ab.

»Oke«, sagt er.

Damit ist die Sache besprochen.

Der Otto hat ja keine Ahnung gehabt, dass es erst mal einen Gottesdienst gibt.

Der Hansi schaut gut aus. Das liegt wahrscheinlich da dran, dass der die ganze Zeit über beim Gerichtsmediziner im Kühlfach gelegen hat. Auf alle Fälle schaut er besser aus als der Otto, stellen der Jakob, die Lorelei, die Lotte und die meisten anderen Gäste fest. Aber im Gegensatz zum Hansi ist der Otto heut auch nicht geschminkt.

In einer Aussegnungshalle runterkommen ist schon ziemlich hardcore. Der Otto erfindet verzweifelt zehn neue Gebote, während der Christus am Kreuz frech hinterm Altar vorlinst.

Der Otto kommt sich vor wie bei der »Rocky Horror Picture Show«; bestimmt fangen alle gleich an zu singen und wild durch die Kirche zu steppen.

Er selber fühlt sich eher wie ein Statist in »Die Nacht der lebenden Toten«.

Manchmal kann er nicht anders und fängt kurz an zu wimmern. Er ist heilfroh, dass das ein Begräbnis ist und keine Hochzeit, das würd sonst richtig schwul kommen. Für eine Arktisfahrt könnt er hier auch trainieren – dem Otto ist arschkalt, und er zittert wie verrückt.

Der Otto kommt sich schon sehr bemitleidenswert vor, aber die Lotte und die Lorelei scheinen sich verschworen zu haben, kein Mitleid mit ihm zu zeigen. Die meinen wahrscheinlich, er hätt sich gestern mit dem Grassi einen lustigen Abend gemacht. Auf alle Fälle kriegt er von der Lotte, die neben ihm hockt, bloß ab und zu einen Ellenbogen zwischen die Rippen, der ihn fast aus der Bank wirft, und wenn er sich hilfesuchend zu ihr rüberbeugt, rückt sie weg, weil er stinkt wie ein rolliger Kater.

Und die Predigt dauert eine Ewigkeit.

Eine fette Kreuzspinne krabbelt am Boden.

»Drägsch au dei Greiz, ha?«, spricht der Otto sie an und kriegt bloß wieder einen Ellenbogen ab.

Der Otto muss jetzt langsam dringend mal pinkeln. Er kuckt zum x-ten Mal schwer atmend zur Lotte, die ihn nicht beachtet.

»I mach mr faih glei en d' Hos«, keucht er.

»Jetz vrheb's hald no zäa Menudda«, zischt sie.

»Zäa Menudda …«, wiederholt der Otto schwach.

Er hält sich mit beiden Händen an der Vorderbank fest, räuspert sich und setzt sich ganz steif auf. Ein paar Augenblicke später fängt die ganze Bank an zu wackeln. Die Lotte platzt fast lauthals raus mit Lachen. Dafür kriegt sie wenigstens auch mal einen Ellenbogen zwischen die Rippen.

Das Gute, wenn man dringend aufs Klo muss, ist, dass man dann alles andere vergisst. Obwohl der Otto jetzt richtig üble

Schmerzen hat, fühlt er sich plötzlich besser, weil das Weichspülergefühl unterdrückt wird.

Die Lotte weiß genau, wofür der Otto betet, als alle sich zum Schlussgebet erheben und die Glocke läutet. Der Otto ist der Erste, der aus der Kirche draußen ist, noch bevor der Pfarrer sich an der Tür postieren und ihm sein Beileid aussprechen kann. Der schafft's nicht mal mehr in die Büsche, der rennt bloß ums Eck und pinkelt an die Kirchenwand. Das ist auch die bessere Entscheidung, der Otto braucht was zum Anlehnen. Zuerst stützt er sich mit der Rechten und dann noch mit dem Gesicht und dem Oberkörper an dem Gebäude ab, schließt die Augen und frohlockt. Der Otto fühlt sich immer leichter, den hebt's grad aus der Hölle in den Himmel, mit Biodiesel-Raketenantrieb. Er hebt vom Boden ab und schwebt grad so auf Höhe von den Grashalmspitzen, die ihn an den Zehen kitzeln würden, wenn er barfuß wär. Das juckt den Otto aber überhaupt nicht, der ist schon öfters geflogen. Er kümmert sich auch nicht um die Leute, die gar nicht so weit entfernt stehen; und die kümmern sich erstaunlicherweise auch nicht um ihn. Womöglich ist der Otto grad entrückt worden. Keiner kann ihn mehr sehen.

Das stimmt dann doch nicht. Der Schenkler entdeckt ihn irgendwann.

»Da bisch!«, ruft er und kann sich das Lachen nicht verheben. »Hasch's gau? Se dragad en scho naus.«

»Komm glei«, grunzt der Otto.

Der muss erst mal prüfen, ob er a) überhaupt schon fertig und b) trocken geblieben ist bei der ganzen Angelegenheit. Wie durch ein Wunder zweimal positiv. Dann prüft der Otto mehrmals hintereinander, ob er die Hose auch tatsächlich zu hat. Die Lotte und die Lorelei tun das komischerweise auch mit schnellen Blicken, als er wieder zur Trauergemeinde stößt.

Sie halten sich gemeinsam mit den anderen Freunden vom Hansi diskret im Hintergrund. Von den Verwandten kriegen sie eh bloß verständnisloses Kopfschütteln und unverständliches

Gezischel ab, und einen Haufen Warum-seid-*ihr*-nicht-tot-Blicke, die dem Otto nicht bloß von Beerdigungen hinlänglich bekannt sind. So nach dem Motto: Wenn der Hansi sich mit dem Pack nicht abgegeben hätt, wär er bestimmt noch am Leben.

Davon kriegt der Otto nicht viel mit. Der ist froh, dass er ganz hinten stehen und sich gegen einen Baum lehnen kann. Der hat schließlich die ganze Nacht nicht geschlafen, und so langsam zahlt er die Rechnung.

Der Bruder vom Hansi, der Heiner, kommt kurz rüber. An den hat der Otto gar nicht mehr gedacht. Der studiert jetzt auswärts, Berlin oder so.

»He, Heinr«, krächzt der Otto und streckt die Hand aus.

Der Heiner ist voll in Ordnung. Der Otto erinnert sich an lange Nächte unten am Wasen: viel Bier, besonders im Sommer nach dem Abi; der Otto mit der Gitarre – wo ist die eigentlich? – und der Heiner mit diesen rattenscharfen Britney-Spears-Imitationen. Damit wollten sie auf Tour gehen …

Und jetzt kuckt der Heiner den Otto an, als müsst er Mitleid mit dem haben und nicht umgekehrt.

»Wie gehd's dr?«, fragt der Heiner.

Der Otto nickt.

»Gans gud. Dir?«

Der Heiner zuckt mit den Schultern.

»Gehd so.«

Damit hat sich das Gespräch erschöpft. Der Heiner begrüßt die andern und bedankt sich fürs Kommen, und dann fängt die Zeremonie am Grab an.

Der Otto kriegt den Heiner jetzt aber nicht mehr aus dem Kopf. Er kommt sich richtig blöd vor. Bisher hat er bloß an den Moritz gedacht und keinen Gedanken an den Hansi verschwendet, der bei der ganzen Sache immerhin die größte Arschkarte gezogen hat. Dem Hansi bringt's zwar nichts mehr, aber dem Heiner vielleicht, wenn …

Dem Otto sein erstaunlich zusammenhängender Gedankengang versickert, als ihm aufgeht, dass die einzige Spur, die der Jakob und er gehabt haben, ins Nichts geführt hat. Dass es der Familie vom Hansi wahrscheinlich ganz gut geht bei dem Gedanken, dass der Moritz hinter Gittern sitzt. Und dass er eh keine Lust mehr hat, wegen der Sache noch irgendwas zu unternehmen nach dem Reinfall mit dem Grassi.

Da klingelt plötzlich ein Telefon. Irgend so ein Depp hat vergessen, das Ding auszuschalten. Der Pfarrer unterbricht seine Grabesansprache, und alle drehen sich stocksauer um.

Der Otto kann sich schon denken, dass er der Depp ist, holt sein Telefon raus, entschuldigt sich per Handzeichen bei der Trauergemeinde und geht ran.

»Ha? Oh. Du bisch's, Moritz.«

Die Mamma vom Hansi schreit auf und fängt laut an zu weinen, und die übrigen Trauergäste regen sich jetzt richtig auf. Der Otto kapiert nicht, was los ist; der Jakob packt ihn am Arm und bringt ihn weg, bevor da einer Lynchjustiz verübt.

»Oddo, i hann ed so saumäßig vill Zeid zom Tellefoniera«, sagt der Moritz am andern Ende der Leitung. »Gibd's was Neis?«

»Äh.«

Scheiße, jetzt hat er auch noch vergessen, was er den Moritz fragen wollte. Am liebsten würd der Otto sich jetzt sofort mit zum Hansi ins Grab legen.

»D' Marie had gsagd, du heddsch a wichdiga Frag?«, sagt der Moritz ungeduldig.

»Äh. Ja«, sagt der Otto. »Her zu, ruf me 's nägsch Mal nomml a, Moritz, mir – mir felld's grad nemme ei, woisch.«

Der Moritz ist kurz still.

»Oke«, sagt er dann und legt auf.

Der Jakob und der Otto beschließen, im Auto zu warten. Wenn sie Glück haben, werden sie da von keinem gesehen. Der Otto schärft dem Jakob ein, dass er um zwei wieder zur Arbeit muss. Dann brechen sämtliche Dämme, und der Otto schläft wie ein Holzfäller, der wacht nicht mal auf, als die Lotte und die Lorelei zurückkommen und stocksauer die Türen zuknallen.

»Den ka mr echd nirgngs mid nanemma«, sagt die Lorelei böse.

Der Jakob versucht, was Versöhnliches zu sagen und kriegt dann bloß selber Ärger. Da lässt er's bleiben, der Otto merkt's eh nicht, der pennt.

Jetzt ist es kurz vor eins. Der Jakob fährt die Lotte und den Otto heim. Der Otto ist nicht besonders glücklich darüber, nach einer Dreiviertelstunde Schlaf schon wieder wach gerüttelt und -gehupt zu werden. Die Lotte stellt ihm einen Teller Spaghetti vor die Nase, und dann muss er schon wieder los.

Der Otto hat Glück: Der Meister ist heut außer Haus und kriegt den Otto so schon nicht zu Gesicht. Der Herbert fragt besorgt, was los ist, aber als er bloß die übliche ausweichende Antwort kriegt, lässt er's bleiben. Der Otto geht sich umziehen und verkriecht sich in den Gedärmen von einem Gabelstapler von der Nachbarfirma, der bloß noch im Kreis fahren kann. Da kommt er den ganzen Nachmittag über nicht mehr raus, und als das Ding wieder läuft, fährt er's rüber und macht Schluss.

Auf dem Betriebsklo kuckt der Otto in den Spiegel und findet, dass er immerhin schon wieder menschlich genug aussieht, um bei den Layhs vorbeizuschauen. Der Otto wünscht sich jetzt einen Sprung in den Pool und eine ordentliche Mahlzeit und sogar einen Schleimkuss von der Daisy.

Die Mamma Layh macht ihm die Tür auf. Wie immer ein herzlicher Empfang.

»Isch dr Jakob drhoim?«, fragt der Otto.

Die Mamma Layh kriegt einen Blick, der sagt, sie wünschte, sie könnt besser lügen.

»Henda em Garda«, sagt sie und lässt ihn rein.

Der Otto fängt schon im Flur an, sich das T-Shirt über den Kopf zu ziehen und die Hose aufzumachen.

»He Jakob, du Wutz. Kommsch mid ens Wassr?«, begrüßt er seinen Kumpel, schmeißt ihm seine Sachen vor die Füße und bringt die letzten Kraftreserven auf beim Spurt über die Gänseblümchenwiese mit Salto-mortale-Abschlusshüpfer ins Nass.

Der Jakob kommt ihm nicht hinterher. Als der Otto wieder auftaucht und sich die Haare aus dem Gesicht wischt, steht bloß die Daisy hechelnd am Pool. Wunsch Nummer eins ist erfüllt: Der Otto ist im Wasser. Wunsch Nummer zwei erfüllt ihm die Daisy, ohne dass er fragen muss. Wunsch Nummer drei treibt den Otto dann wieder aus dem Wasser.

»Wa had's bei eich heid zom Ässa gäa?«, brüllt er quer über die Wiese.

»Gaisburgr Marsch!«

»I gräppier faih glei vor Hongr«, schreit der Otto und kommt etwas umständlich wieder auf die Füße.

Der Jakob ruft: »Jetz schwätz, Oddo, wa hasch 'n geschdrn gmachd beim Grassi, ha? Hasch ja schlemmr ausgsäa wie d' Laich heid Morga.«

Der Otto schüttelt bloß den Kopf. Das erzählt er nicht, dass er sich vom Grassi hat reinlegen und fertigmachen lassen, nicht mal dem Jakob.

»Isch ed so oifach gwäa, dui Imfo aussam Grassi rauszomkriega«, ist alles, was der Jakob aus dem Otto rauskriegt.

Der Jakob fragt: »On glaubsch am des au?«

Der Otto nickt.

»Isch iebrzeugng gwäa.«

»Hm. Kemmr sonsch no ebbes macha?«

»Woiß ed.«

Der Jakob merkt, dass der Otto grad keinen Bock auf Miss Marple hat. Der braucht erst mal was zum Essen. Vielleicht kriegt er dann eine bessere Laune. Sie kucken in den Kühlschrank, und der Otto kriegt eine halbe Suppenschüssel voll Gaisburger Marsch. Die Mamma Layh steht daneben und bereitet einen mediterranen Tomatensalat vor.

Wenn die Blicke von der Mamma töten könnten, würd der Otto dem Tomatensalat jetzt nicht unähnlich sehen.

Wenn der Blick vom Otto kauen könnte, wär der Tomatensalat weg.

Der Otto bedankt sich ganz brav und trägt sein Essen außer Messerwurfweite. Das ungenierte »Heiliga Scheiße, isch des leggr« und das begleitende Geschlürf, das die Mamma Layh dann vom Garten her zu hören kriegt, schmeichelt ihr dann aber gegen ihren Willen schon. Das ist immerhin grundehrlich.

Der Otto schlabbert seinen Eintopf auf, kriegt danach tatsächlich noch eine Portion Tomatensalat mit Knoblauchbruschette und zum Nachtisch einen Joghurt. Dann lehnt er sich im selbergemachten Weidenflechtsessel zurück, lässt das Holz schön knarren und sich die Abendsonne auf den Pelz brennen. Er ist pappsatt und völlig übermüdet. Sein Kopf klingelt wie beim Feueralarm und fühlt sich an wie die obere Hälfte einer Sanduhr: Der Inhalt läuft aus. Er spürt den Blick von der Lorelei, die raus auf die Terrasse kommt, weil sie auch noch auf ein bisschen Salat spekuliert. Und dann gleitet er in den immer noch schönsten (und preiswertesten) Trancezustand, den er kennt: die paar Augenblicke zwischen Wachen und Schlaf.

Was den Otto nicht davon abhält, trotzdem noch an der Unterhaltung teilzunehmen. Der Jakob und die Lorelei lachen, die kennen das ja schon, und sogar die Mamma Layh grinst, weil der Otto im Schlaf spricht, aber nichts auch nur im Ansatz Verständliches sagt. Der Otto selber ist heilfroh über seine Fantasiesprache, aber andre würden schon gern wissen, was er da immer erzählt. Nach einer Viertelstunde heiterem Rätselraten, bei dem sogar die Mamma Layh mitmacht, geht vorn die Haustür auf und der Pappa Layh kommt heim. Die Daisy rennt freudestrahlend ins Haus und die Mamma Layh geht schnell noch ein paar Tomaten schnippeln.

Die Blicke vom Jakob und der Lorelei begegnen sich.

»Aufwegga«, sagen die fiesen Gesichtsausdrücke.

Die Lorelei beugt sich zum Otto seinem Ohr runter und flüstert ihm was zu. Der Otto wird überglücklich, rührt sich aber nicht vom Fleck, und der Jakob wartet vergebens auf ein

Küsschen, so nah er ihm seine Backe (die hinten unten, nicht die oben vorn) auch hinhält.

Jetzt ist der Jakob beleidigt, zieht die Hose wieder hoch, haut auf den Tisch und schreit: »Aufwacha, Bollezei!«

Da steht der Otto mit einem Aufschrei des Entsetzens stramm und die Lorelei fällt in die Pfefferminze und obendrauf der Flechtstuhl. Bruder und Schwester kugeln sich vor Lachen, während der Otto japsend am Terrassentisch steht und einen langen Weg zurück in die Wirklichkeit hat. Erst als er sich völlig sicher ist, dass die Polizei nicht irgendwo hinterm Busch lauert, wird er sauer und geht auf den Jakob los, aber der rennt wie eine gesengte Sau, da kommt der Otto heute nicht mehr hinterher. Also dreht er sich um und stellt fest, dass die Lorelei immer noch am Boden liegt. Die kriegt einen Blick ab wie die Gazelle vom Löwen in den Nachmittagsdokus vom Dritten, und Löwe, Gazelle und Zuschauer wissen auf der Stelle, dass es jetzt gleich blutig wird. Der Otto spannt die Muskeln, bricht aus der Deckung im Savannengras, packt sein wehrloses, kopflos flüchtendes Opfer nach einem kurzen Spurt und gräbt ihm die Reißzähne in den Nacken.

Gazellen schreien bestimmt nicht, aber die Lorelei schreit wie am Spieß und zappelt wie ein Wurm. Der Otto fängt schon an zu lachen, da packt ihn plötzlich was am Kragen, und der Pappa Layh zerrt den Otto weg und schubst ihn in die Holunderhecke. Im nächsten Augenblick ist der Pappa Layh von drei Seiten umzingelt, und alle reden gleichzeitig auf ihn ein und machen ihm klar, dass das bloß Spaß war. Der Otto hat Holunderblätter in den Haaren und Holunderblüten auf dem T-Shirt. Die Lorelei wirft ihrem Pappa lachend die Arme um den Hals, um die Wogen wieder zu glätten, und wedelt den Otto diskret weg. Der murmelt eine Entschuldigung und zieht sich ins Gästezimmer zurück. Da kommt er heute besser nicht mehr raus.

Jetzt ist der Otto wach wie eine Sechzigwattbirne und kriegt einen Schweißausbruch. Er nimmt eine Dusche, fragt sich, wo der Gästebademantel abgeblieben ist, zieht notgedrungen die alten Boxershorts wieder drüber und hockt sich aufs Bett. Die Dusche hat nichts geholfen, der Otto ist gleich wieder schweißnass. Zum tausendsten Mal schwört er sich (und wahrscheinlich auch zum tausendsten Mal vergebens), besser auf seinen armen Körper aufzupassen.

Er wischt sich mit der Hand über Stirn und Augenbrauen und murmelt: »Dr reinschde Schdress isch des dahanda. I vrregg gau amma Herzvrsaga.«

»Jetz flenn ed«, sagt der Jakob, der grad reinkommt.

Der Otto streckt ihm seinen schweißverklebten Arm hin und schreit: »Gugg! Jetz gugg na! Todesangschdschwoiß isch des! On morga liege näbam Hansi!«

»Droga senn gesundheidsschädlich«, belehrt ihn der Jakob. Der Otto kuckt finster.

»Beschde Fraind au.«

Der Jakob lacht.

»Jetz reg de ab, Kerle, d' Lo had da Pappa aufgläŕd, der –«

»Der vrschnibbld me heid Nachd no mid dr Heggaschär«, grummelt der Otto. »Na brengd au d' Laichaschmengge nix meh.«

Der Jakob nutzt das Stichwort, um wieder vom Hansi und vom Moritz anzufangen. Der Otto hat aber echt grad keine Lust mehr auf die ganze Sache. Ziemlich gereizt sagt er: »Kömmr mal a bissle Pause macha? I hann d' Nas grad gschdricha voll von dem Scheiß.«

»Mid was?«, fragt der Jakob frech und muss zur Strafe eine Runde Sumoringen mit dem Bettvorleger als Kampfarena mitmachen.

Am Ende liegen beide keuchend am Boden, und der Otto fragt den Jakob, ob sie sich oben unterm Dach noch einen Film ankucken.

»Was zom Abreagiera. Rocky oddr so.«

»Welchan?«

»Drei.«

Der Jakob und der Otto lachen sich zehn Minuten lang schlapp über Sylvester Stallone. Nach einer halben Stunde macht der Jakob den Fernseher wieder aus, weil der Otto pennt und der Jakob nicht riskiert, ihn heut nochmal zu wecken. Er zieht das Schlafsofa unter ihm aus, wirft eine Decke über ihn drüber und lässt ihn so liegen.

8

Am Donnerstag nach dem Fußball fängt für den Jakob und den Otto das Wochenende an: Der Otto hat am Freitag bloß Schule und der Jakob zwei Übungen. Am Donnerstag ist auch immer Aufreißertag: Irgendwie stehen die Mädels voll auf Typen mit frisch gewaschenen Haaren, die grad vom Fußballtraining kommen. Außerdem gibt's am Donnerstagabend im Pub Karaoke. Beim dritten Bier lässt der Otto sich vom Barmann, dem Harald, die Gitarre über den Tresen reichen.

»Nix Vrsaudes vor zwelfe, gell«, warnt der den Otto augenzwinkernd, und der Otto schüttelt entrüstet den Kopf.

Dann drängelt der Otto sich vor, stöpselt die Karaokemaschine aus und legt zusammen mit dem Jakob ein Duett von »Epicentre« von den »Manics« hin, das sich gewaschen hat. Der Otto hat schon ewig nicht mehr gespielt, aber die Akkorde hat er noch halbwegs drauf, und beide singen mit einer Inbrunst wie beim Länderspiel, da folgen die Hände von selber, und die Leute im Raum auch. Am Ende kriegen die beiden Standing Ovations, und das ganze Pub brüllt. Irgendwie werden sie dann aber mit einer Runde Freibier erfolgreich davon abgehalten, noch was zu spielen.

Der Otto hat sich vorgenommen, dieses Wochenende mal beim Bier zu bleiben; der Otto muss grad ein bisschen aufpassen. Er weiß, das wird schwer, vor allem weil der Jakob da nicht mitmacht.

»I werd doch wäga dir ed zom Abschdinenzlr!«, regt sich der Jakob auf und verzieht sich aufs Klo.

Der Otto starrt in sein Bier. Jetzt nicht schwach werden, Otto!

Ogoddibinsüchdig!, denkt er und kriegt einen Schreck. Aber dann lacht er über sich selber und denkt: Ja glar, freilich.

Er ist drauf und dran, dem Jakob aufs Klo zu folgen, da parken die Klara, die Johanna und die Tine direkt vor ihm. Der Otto versucht, sich die Methode zu merken, falls er je mal einen Entzug braucht. Er legt den ersten beiden einen Arm um die Hüfte, wünscht sich einen dritten und gibt Bisous zur Begrüßung.

»Wa laufd, Mädls«, sagt er.

Die Tine legt sofort los. Die ist eine der wenigen Bekannten oder Unbekannten, die dem Otto ihre Bewunderung noch nicht ausgesprochen hat. Dafür hat sie eine gute Ausrede, bis vor kurzem hat sie nämlich mit Sommergrippe flachgelegen.

Der Otto freut sich schon auf einen ereignisreichen Abend und lässt sich vom Harald ein neues Bier einschenken, da stellt die Klara die Killerfrage.

»Ond?«, fragt sie.

Als der Otto da nicht drauf einsteigt, macht die Johanna weiter.

»Wie senn so die erschde Ergäbniss?«

»Hasch mei SMS krigd? Had dui Info ebbes brachd?«, wechselt die Klara die Johanna wieder ab.

Die Tine ist auch nicht faul und sagt: »I find des faih subbr von eich.«

Der Otto erklärt ganz diplomatisch, dass absolut jede Info relevant ist. Dann erwähnt er die Spur zum Marley und zum Grassi, die der Jakob und er verfolgt haben, die aber in eine Sackgasse geführt hat, und beglückwünscht sich selber zu seiner unprätentiösen Ehrlichkeit.

»Aha«, sagt die Johanna nicht ganz so beeindruckt. »Ond wie gahd's na weidr?«

Jetzt gibt der Otto die Killerantwort.

»Mal gugga. Mir machad grad a greadifa Paus, dr Jakob on i.«

Der Otto setzt vergnügt sein Glas an die Lippen. Die Mädels sagen erst mal nichts. Als der Otto sein Bier wieder absetzt und grinsend in die Runde schaut, kuckt er in versteinerte Gesichter. Der Otto ist schon zu blau, um was zu kapieren, aber den Mädels dämmert da grade, dass es im Prinzip genauso unsinnig ist, irgendein Vertrauen in die Fähigkeiten von zwei chronisch vernebelten Volldeppen wie dem Otto und dem Jakob zu setzen, wie ein Irrlicht nach dem Weg zu fragen oder einer Eintagsfliege das Leben zu retten.

Pünktlich zu diesem Gong der Erkenntnis stößt der Jakob wieder zum Otto und begrüßt die Mädels mit glänzenden Augen und leicht entgleisten Gesichtszügen. Das mit dem Gleichgewicht hat er grad auch nicht so ganz drauf und beugt sich ein bisschen arg weit über der Klara ihr Dekolleté.

Das langt den Mädels dann. Wie die Aale winden die Johanna und die Klara sich aus dem Otto seinem Griff und verziehen sich zusammen mit der Tine. Der Otto versucht, die Kommentare zu verstehen, die sie von sich geben, aber er hört ja nicht mehr so gut, und im Moment grölen eh grad alle bei »Angel« von der »Kelly Family« mit.

»Wahaschn jetzschowiddr agschdelld?«, fragt der Jakob, dem die Stimme leicht überschlägt.

Der Otto zuckt mit den Schultern, bestellt noch zwei Bier und fängt an mitzugrölen.

Am nächsten Morgen wacht der Otto mit dem reinrassigsten Bierkater auf, seit er fünfzehn ist. Der Wecker geht beim Ausmachen mal wieder in die Brüche.

Der Otto nimmt sich eine Minute Zeit, um draufzukommen, weshalb der Jakob neben ihm liegt. Irish Pub gestern, Last Orders. Der Jakob hat sich die Linie, die für den Otto bestimmt war, gleich auch noch mit raufgezogen. Fünfmal hintereinander »Angel« von der »Kelly Family«. Der Jakob hat zusammen mit dem Hotte, der Jura studiert, Kants kategorischen Imperativ auseinandergenommen. Der Harald hat dem Jakob die Autoschlüssel weggenommen und gesagt, dass er die morgen abholen kann. Auf dem Heimweg singen der Jakob und der Otto

»Angel«, so leise das halt geht. Und dann haben sie noch kurz die verwirrte alte Omma heimgebracht, die nachts um halb zwei ihren Sohn in Düsseldorf besuchen fahren wollte.

Der Otto wälzt sich fluchend aus dem Bett. Hätt er auch mal lieber studiert! Dann könnt er jetzt bestimmt auch noch liegen bleiben.

Im Bad stellt der Otto fest, dass er noch nicht ganz nüchtern ist. Voll eingeseift fällt er in der Dusche um und flutscht wie ein Seifenstück quer durchs Bad bis unters Waschbecken. Da bleibt er erstmal kurz liegen und untersucht sich auf etwaige Blessuren. Außer blauen Flecken und ein paar ramponierten Knochen scheint er sich diesmal aber nichts getan zu haben.

Auf allen Vieren – sicher ist sicher – kriecht er in die Dusche zurück und wäscht im Knien die Seife ab. Beim Rasieren versucht er dann ein paar halbwegs verständliche Sätze zu bilden für den Fall, dass ihn der Herr Hartmann ungefragt drannimmt. Er selber ist ganz zufrieden mit dem Ergebnis, aber er ahnt schon, dass er achtkant aus dem Unterricht fliegt, sobald er das Maul aufmacht.

Der Otto hat mal wieder Glück. Er tut den ganzen Vormittag so, als würd er wie wild alles mitschreiben. Die meisten Lehrer haben ein Problem damit, ihre Schüler beim Schreiben zu stören.

Die sind wahrscheinlich schon froh zu sehen, dass der Otto einen Stift halten kann.

In der Mittagspause verabredet der Otto sich mit einer Anderthalbliter-Wasserflasche und würgt an einer Brezel. Er hockt sich im Schulhof an die Hauswand, schön in den Schatten, macht ein Wehedemwostört-Gesicht, schließt die Augen und entschwebt zu den seligen Inseln (zu seiner Version).

Er nuckelt grad am letzten Drittel von der Wasserflasche, als sein Telefon vibriert. Der Moritz ist nochmal dran, und so wie der klingt, ist das das letzte Mal, wenn der Otto's nochmal versemmelt. Der Otto hat heut aber ein besseres Gedächtnis als am Mittwoch und sagt: »Ja, ond zwar, dr Jakob had sich gfragd, worom 'en dr Hansi eindlich naggichd war.«

Am andern Ende der Leitung bleibt's ziemlich lang still. Scheinbar hält der Moritz von der Frage nicht viel.

»Woiß i doch ed«, sagt er irgendwann gereizt. »Wasch 'n des fr a saubleeda Frag? I war's uff älle Fäll ed, falls de des moinsch, glar? Aber des woiße faih gwieß, so dichd benne na au widdr ed gwäa, dasse Mennle on Weible nemme ondrscheida keed, on wenne dichd gnug gwäsa wär, na hedde des gwieß nemme nabrachd, glar?«

Der Otto stimmt zu.

»Sischde«, sagt er, »wenigschns ebbes, wo de gwieß woisch.«

»Des wird dr Hansi selbr gwäsa sei, dui alda Poddsau, dui alda, Herrgodd –«

Der Anruf wird unterbrochen. Der Otto fragt sich, ob die Gespräche abgehört werden und man den Moritz jetzt für Leichenbeleidigung notzüchtigt. Halt durch, Moritz, wir kommen.

Der Otto steckt das Telefon wieder weg und lässt den Blick schweifen. Er hat keine Ahnung, ob die Antwort vom Moritz die Ermittlungen weiterbringt, aber immerhin kann man den schon mal von der Liste der Freikörperferkel streichen, die nicht mal vor Leichen Halt machen. Bleiben bloß noch der Hansi selber und Mister X.

Die nächste Unterrichtsstunde verbringt der Otto damit, doch so was wie ein Notizbuch anzulegen. Praktischerweise muss das Matheheft dazu herhalten. Der Otto schreibt haargenau (das heißt, sofern er sich entsinnen kann) auf, was der Jakob und er bis jetzt unternommen haben. Er schreibt auch die FKK-Frage auf, macht eine Liste mit dem Moritz, dem Hansi und dem X und streicht den Moritz schon mal durch. Dann kommt er noch auf die glorreiche Idee, bei nächster Gelegenheit mal den Piet zu fragen, ob der irgendwie an die Akte vom Moritz rankommt. Die meisten Ermittler fahren voll auf Akten ab, soweit der Otto das weiß. Vielleicht steht da ja was Wichtiges drin.

Auf die Idee mit der Akte ist der Otto richtig stolz. Außerdem kann er sich damit heut Abend das Rumgeeiere von gestern sparen. Falls einer fragt, haben er und der Jakob sofort eine schicke Antwort parat; noch besser: Die hält bis zum Montag!

9

Der gute Vorsatz vom Otto überlebt den Freitagabend nicht.

Irgend so eine kubanische Bar, die die Hannah ausgegraben hat, spielt heut Abend Livemusik und die Mädels wollen unbedingt hin. Wenigstens hat's da keine Türsteher, das heißt für den Otto und den Jakob, sie können schon mit Mattscheibe da antanzen.

»Wird bei der Musick au nedig sei«, bemerkt der Jakob und macht ein paar Merengueschritte.

Der Otto lacht und packt sein Zubehör aus.

Anderthalb Stunden später steigen die beiden in die U1 Richtung Stadtmitte. Da bleiben sie drin, bis der Otto vom Alex einen Anruf kriegt. Der Otto und der Alex kommen irgendwie überein, dass sie an der nächsten Haltestelle aussteigen und er sie da einsammelt, weil der Jakob und der Otto eh nicht so genau wissen, wo's hingeht. Und jetzt stehen sie im Niemandsland, völlig zugedröhnt irgendwo in Ostheim. Zerfließen da echt grad die Schienen und versickern wie Quecksilber im Boden?

»I glaub, mir kommad hier nie meh weg«, sagt der Jakob weinerlich.

Der Otto denkt laut drüber nach, ob man nicht die Behörden übers Quecksilber im Grundwasser benachrichtigen sollte.

Der Otto hat höllischen Durst, der würd grad sogar aus einer Pfütze saufen (solang die nicht vom Grundwasser gespeist wird). Wie durch ein Wunder findet er eine Vogeltränke, verteidigt sie ritterlich gegen den Jakob und stürzt, so schnell es geht, den Inhalt hinunter, da wird er plötzlich angesprochen.

»Jetz gugg au, Ulrich! Desch doch dr Oddo!«

»Heilandsblechle, Oddo! Siehd mr de au mal widdr!«

»Desch abr schee!«

Das Erste, was der Otto sieht, als er die Vogeltränke absetzt und dem Jakob überlässt, sind zwei überfütterte Scottish Terrier, die Hexe und der Fetz, die ihm schwanzwedelnd am Schienbein hochsteigen. Dann hangelt sich sein Blick an einer der Leinen entlang und landet irgendwann im Gesicht vom Ulrich, einem von seinen Oppas aus Zivizeiten. Daneben steht die Hilde, seine Frau, und freut sich, wie sich eigentlich bloß Ommas freuen.

Der Otto lächelt lammfromm und streckt die Hand aus.

»Oppa Ulrich! Omma Hilde! So a Fraid ...«

Mit Händeschütteln kommt der Otto aber nicht davon. Er kriegt zwei dicke Umarmungen ab und von der Omma einen nassen, haarigen Kuss.

»Bisch du nomml gwagsa, Bua«, kichert die Omma Hilde und klopft ihm aufs Kreuz.

Der Otto hat Mühe, den Blick grade zu halten und die Kinnlade hochzuklappen. Der Oppa Ulrich und die Omma Hilde diskutieren zwei Minuten lang, ob der Otto nochmal gewachsen ist oder nicht.

»Wa machsch ’n jetz, Oddo? Bisch en dr Ausbildung, gell?«, wechselt der Oppa Ulrich irgendwann das Thema, weil die Omma Hilde dabei ist, die Diskussion zu gewinnen.

Der Otto nickt tapfer und sagt: »Nuschriemehanig. Drieba en Gaisburg beim Schdrähle.«

»Saubr, Kerle«, sagt der Oppa Ulrich und klopft dem Otto auf die Schulter. »Du machsch dei Sach scho, Oddo, gell.«

Der Otto zieht die Mundwinkel hoch und fragt mit flackernder Stimme: »On wie gahd’s eich so?«

Der Oppa und die Omma sind ganz versessen drauf, dem Otto die Frage zu beantworten, und fangen beide gleichzeitig an zu erzählen: Es zieht hier und da, aber die Hauptsache ist, dass man morgens aufstehen kann, der Zivi, der grad kommt, ist bei weitem nicht so lieb wie der Otto, der Omma Hilde ihre Schwägerin erholt sich grad von einem Schlägle, den Apfelbäumen auf der Wiese brechen heuer schier die Äste ab vor lauter

Äpfeln, das Enkele kommt jetzt bald schon in die vierte Klasse, das Hexle hat den Fetz ins Ohr gebissen, im Dach ist ein Loch, das will der Schwiegersohn selber richten, der Oppa hat einen Termin beim Arzt, wo er gar nicht gern hingeht, weil das ja so ein Blutsauger ist …

Der Otto verliert langsam den Faden. Er blinzelt und nickt, staunt und stutzt und bemüht sich, das immer an den richtigen Stellen zu tun und ansonsten die Klappe zu halten. Irgendwann hält endlich dem Alex sein roter Mazda neben ihnen und erlöst den Otto von dieser Strapaze. Der Otto kuckt erleichtert, zeigt auf das Auto und sagt: »So, da 'sch dr Alex. Der kommd ons nemmlich abholla, weil mir gangad heid nach Kuba.«

»Nach Kuba?«, fragt der Oppa Ulrich erstaunt.

»War da ed dr Onggl Goddlob au schommal em Urlaub?«, fragt die Omma Hilde.

»Awa!«, schnauzt der Oppa Ulrich, der jetzt offenbar besser Bescheid weiß. »Der moind doch dui gläsrna Gallrie en dr Schdadd onda! Schdemmds? Dui had doch abads so lang offa.«

»Da wellad mir au mal na, gell, Ulrich?«

»So, na machad 'r heid en Kunschd, ihr Burscha? Saubr«, sagt der Oppa Ulrich.

Der Otto nickt bloß und sagt: »Goya, Picasso …«

»Van Gogh«, hilft der Jakob mit.

»Mozart …«

Der Oppa Ulrich nickt anerkennend.

»Ja, da hemmr scho a feina Sammlong dahanda en Schdurgrd. Na machsch's no gud, Bua, gell, ond lass de au mal wiedr bligga, woisch ja, wo mr wohnad.«

»Da, fr da Eidridd«, sagt die Omma Hilde und drückt dem Otto fünf Euro in die Hand. »So Musea senn saumäßig deier, gell – i woiß no, wo mr fr femmfazwanzg Pfennig –«

»Auf jetz, komm, Hilde, lass die Burscha laufa, bis die da akommad, henn se scho alles von de Wend glaud.«

»Munch … Mirò … Monet …«, brabbelt der Jakob. »Seerosadeich bis zom Abwengga, he.«

»Da schbrichd dr Kennr, ha?«, sagt der Oppa Ulrich und schüttelt dem Jakob die Hand.

»Desch mei Kumbl, dr Jakob«, stellt der Otto den Jakob vor und klopft ihm mit der einen Hand auf die Schulter und mit der andern auf die Brust. Eigentlich will er dann noch dazusagen, dass sie zusammen Fußball spielen, aber irgendwie kommt das völlig falsch raus.

»Der schbield beim VfB.«

Das ist dem Otto wohl quergeschossen, weil er weiß, dass der Oppa Ulrich womöglich schon seit Vereinsgründung eine Jahreskarte hat. Entsprechend stutzig wird der Oppa, aber der Jakob hebt die Vogeltränke wie eine Titeltrophäe hoch und frohlockt: »Bei de Jurora!«

Der Oppa Ulrich strahlt.

»Saubr, Kerle! Na schdreng de a, na siehd mr de nägsch Sesong uffam Blatz!«

»Des wär schee!«, seufzt der Jakob und würd sich jetzt gern in Tagträumen verlieren, da beschließt der Alex endlich, das Kasperletheater zu beenden. Aber auch bloß, weil er vom Lachkrampfverklemmen Seitenstechen kriegt.

Er schreit: »So, was isch jetz, Leidies, schwengad 'r eure süße Hendra gau ens Audo?«

Der Otto kriegt nochmal eine Doppelpackung Umarmungen ab.

»So en aschdendigr Bub«, hören sie die Omma Hilde schwärmen, als die Türen zuknallen und der Motor angelassen wird.

Dann brausen sie los, und der Jakob ruft: »Wenn's no no meh so saubre Burscha gäba däd!«

Der Jakob und der Otto wiehern los.

Der Alex schüttelt grinsend den Kopf.

»Ihr henn echd 'n Dachschada, ihr zwoi«, sagt er.

»Noi noi, des hasch falsch vrschdanda, des senn dr Obba Ulrich on d' Omma Hilde, wo da Dachschada henn«, erklärt der Otto dem Alex. Der hat das mit dem Loch im Dach nicht mitgekriegt und prustet los.

»Volle Dröhnung, he!«, ruft er mit Tränen in den Augen. »Voll ankogld bei Oppa on Omma!«

Da hat der Alex schon eine Geschichte parat, die er gleich rumerzählen kann, mit dem Jakob und dem Otto alias 's Äffle ond 's Pfärdle als Anschauungsobjekten.

Bei der kubanischen Bar kommen sie nie an. In der Stadtmitte ist das so eine Sache: Egal von welcher Seite man reinkommt, der Otto bleibt regelmäßig im erstbesten Schuppen kleben, weil immer einer vor der Tür steht, mit dem er mal im Sandkasten Katzenkacke seziert hat. Heut macht das Tonstudio das Rennen und der Jakob und der Otto gehen sich erst mal umschauen. Spitze Mischung aus bekannten und unbekannten Gesichtern und irgendeine miese Studentenband. Der Otto packt gleich seine Schaufel aus und fängt an, ein paar Mädels anzugraben. Blöderweise sind die mit ihren Freunden da, aber die Burschen sind schon mindestens genauso breit wie der Otto, die sind voll in Ordnung, geben ihm ein Bier aus und quatschen ihn eine halbe Stunde lang übers Paragliden am Albrand voll. Klar kommt der Otto demnächst mal vorbei.

Die Band spielt sich die Seele aus dem Leib, und es ist so voll, dass man zum Tanzen keinen Partner braucht, weil an jedem Körper gleichzeitig ungefähr fünf andre reiben. Der Otto ist in seinem Element! Bis irgendwann der Alex am Otto seiner Schulter rüttelt, ihn aus einem Spinnennetz von Spaghettiträgern reißt und ihm was von illegaler Party, Lagerhalle und Güterbahnhof ins Ohr flüstert.

Wenn der Otto das Wort »illegal« hört, wird er ganz selig. Er fällt dem Alex dankbar um den Hals und lässt sich von ihm zum Auto schleifen.

Wie viele Leute passen maximal in einen Mazda? Der Otto hat keine Ahnung, wie viele auf ihm draufsitzen. Er liegt auf alle Fälle ganz unten. Beim Aussteigen ruft der Otto wie ein verlorengegangener Hund nach dem Jakob. Der ist in einem andern Auto gekommen – die Lorelei ist mit dem Jakob seinem da – und wird vom Otto erstmal in einen Liebesschwitzkasten genommen. Dann schleicht und stolpert etwa eine halbe Hundertschaft von Eingeweihten über die Gleise auf eine Halle zu, die kurz vorher aufgebrochen und zweckentfremdet worden ist.

»Worom schleichad mir eindlich?«, fragt einer.

Der Beat ist bestimmt bis zum Schlossplatz zu hören. Das gibt einen richtigen Razziakick.

Der Otto und der Jakob treten durch geweihte Pforten ins Walhalla ein. Das Blut peitscht durch den Körper, vom linken großen Zeh bis zum rechten Ohr und zurück. Der Kopf wird zum Dudelsack und der Raum fängt an zu pumpen wie ein Lungenflügel. Der Jakob und der Otto heulen wie die Wölfe, reißen die Arme hoch und fangen an zu hüpfen wie der Rest von der Meute. Das machen sie so lange, bis sie ehrlich nicht mehr können. Nicht mehr können heißt in dem Fall Höhen- und Tiefenkoller gleichzeitig, Gelenke, die zu Puderzucker zerfallen, und die leise Befürchtung, sich in »From Dusk till Dawn« wiederzufinden. Jetzt brauchen sie erst mal ein Stück Wand zum Dagegenlehnen; möglichst eins mit Damenbesatz. Das ist schnell eins entdeckt, und der Jakob und der Otto steuern auf direktmöglichstem Wege drauf zu.

»Was gehd, Määlz«, röhrt der Jakob und legt der Rieke den Arm um, aber die besteht auf Abstand.

»Vrpissd euch«, sagt die Songül, und die Mädels drehen sich weg.

Das Wichtigste ist erst mal, den aufrechten Stand mit Hilfe der Hallenwand zu sichern. Dann versucht's der Otto mit der Anita und der Christina, aber sogar die blocken heut ab, wenn auch ganz schön halbherzig (findet der Otto).

»Wasch 'n los?«, fragt er mit einem bescheuerten Grinsen und greift nach der Christina ihrem Nackenhaar. Die krümmt sich unter seinem Griff weg.

»Mensch, jetzt schnall's hald, oddr?«, ruft sie gereizt.

»Nix isch los«, faucht die Songül.

»Mid eich zumindesch«, fügt die Rieke hinzu.

»Guggd euch doch an«, legt die Songül jetzt los. »Ihr gnalld euch dn Schädl zu und meind, mir falln fedd rein auf die Masch mid'm Moritz helfn, ha? Vrarschn kömmr uns selbr!«

»Ond vor allem da Moritz benutza, wo em Gnaschd hoggd, gell.«

»Ihr senn scho ganz schene Wigsr.«

»Kreadiva Paus, ha? Meh wie kreadive Pausa kriegad ihr ja gar ed na!«

Dem Otto stößt's auf. Der Rülpser kommt wie eine Welle. Eine surfbare. Wie war das nochmal mit der coolen Antwort?

»Schdemmd doch gar ed«, sagt er. »Am Mondag holmr ons vom Pie' dui Agde ond desch mr scho heid Middag eigfalla egsdra wäga eich Bladra.«

»Figg dich, Oddo«, fährt ihm die Rieke übers Maul.

»Bis ihr iebrhaubd mal da Fengr aus dr Nas ziegad, kommd dr Moritz scho widdr so aussm Gfengniss.«

»Ihr henn echd bloss no Brei em Hirn.«

»Kommd, Mädls. Mir vrziehn uns.«

Die vier düsen ab. Dem Otto klatscht der Songül ihre Mähne ins Gesicht. Dann haben er und der Jakob ein großes Stück Wand für sich.

Die beiden stehen eine Weile da und starren sich gegenseitig auf irgendeine Stelle zwischen Kinn und Bauchnabel.

»Die henn's eich ganschee eigschenggd, ha?«, lallt der Schenkler und lacht. »Gschiehd eich rächd. Sogar da Moritz selbr henn'r da drmid vrarschd.«

»An eurer Schdell däde erschmal a Weile en da Ondrgrond ganga«, rät der Veit fachmännisch und kriegt einen Lachanfall.

Der Jakob und der Otto finden das nicht so witzig. Sie hangeln sich ein Stück an der Wand entlang, weit genug weg von den schadenfrohen Neidhammeln. Beide müssen mal und markieren ihren neuen Standort. Als der Otto sich wieder umdreht, wird er bleich.

Direkt vor ihm steht die Marie.

»Du Dreggsau!«, schreit die Marie den Otto an. »Du blödr Wigsr! Du bisch immr no 's gleiche beschissene Arschloch, woisch!«

»Du, Marie –«

»Hald dei Glapp!«

Der Marie ihre Judoschwester ist Gott sei Dank außer Sicht, aber die Marie fängt selber an, mit den kleinen Fäusten auf dem Otto seine Brust einzutrommeln. Das tut nicht weh, körperlich zumindest nicht.

Der Otto versucht der Marie ihre Handgelenke zu fassen zu kriegen.

»Jetz krig de ei, Marie«, sagt er. »I hann dr doch gsagd, i vrschbrech dr nix, on jetz brauchmr hald erschmal dui Agde vom –«

Sobald der Otto der Marie ihre Handgelenke hat, reißt sie das Knie hoch und erwischt den Otto voll auf der Sechs. Der Otto hört die Kirchenglocken läuten und landet japsend auf den Knien. Ein schwacher, aber fieser Schlag aufs Ohr nimmt ihn vollends aus dem Gefecht.

Über sich hört er die Marie lachen. Die braucht ihre Schwester scheint's nicht mehr.

»Vrzehl dein Scheiß woandrsch!«, schreit sie. »Was glaubsch 'n du? Was binn 'en ich fr dich, du Schwanz? Figg dich doch selbr, du blödr –«

Die Marie fängt an zu kreischen, als der Jakob versucht, sie in die Arme zu nehmen. Sie schlägt wild um sich und hält sich so alle vom Leib, auch die andern, die inzwischen aufmerksam geworden sind. Der Otto merkt, die Musik ist aus und die Anlage wird abgebaut. Jetzt ist auch noch das Einsatzkommando im Anmarsch; perfektes Timing.

»Schsch … Wasch 'n los, Marie?«, fragt die Hannah ganz ruhig. »Had dr der was doa?«

Der Otto versucht grad, mit Hilfe der Wand wieder auf die Füße zu kommen.

Wer hat da wem was getan?

»Desch alles grad a zimmlichs Missvrschdendniss …«, murmelt er, aber das hört keiner, weil die Marie so laut heult und schreit.

»Vrzehld mir Schdorries von wägn da Moritz aussam Gfengniss hola ond benutzd des bloss als Vorwand zum Grabscha!«, schreit sie.

Jetzt ist der Otto in Erklärungsnot.

»Du hasch doch midgmachd«, vertcidigt er sich, aber das ist scheint's das falsche Argument.

»He Leid! Machad, dass 'r wegkommad! D' Bolizei 'sch scho uff dr Brigg!«, brüllt einer.

Jemand beschließt dafür zu sorgen, dass der Otto noch da ist, wenn die Polizei ankommt. Er kriegt einen Tritt in den Bauch, der von einem Pferdehuf kommen muss, und geht zum zweiten Mal zu Boden. Dann hört er bloß noch, wie die Leute wegrennen.

»Scheiße, Oddo«, sagt der Jakob und zieht den Otto am T-Shirt. »Schdand uff.«

Der Otto hat nicht geahnt, dass der Jakob noch da ist.

»Hau ab«, krächzt er.

Aus dem Augenwinkel sieht er plötzlich die Lorelei auf sich zukommen. Jetzt kriegt er einen richtig üblen Schreck. Wenn die Lorelei wegen ihm auf der Polizeiwache landet, dann richtet der Pappa Layh ihn direkt vor Ort à la Rambo hin. So schnell wär der Otto normalerweise nicht mal nüchtern wieder auf die Füße gekommen. Dann zu dritt hinten aus der Halle raus, grad als vorn die ersten Einsatzwagen halten.

»Scheiße, die hamm Hund drbei«, ruft die Lorelei.

Der Jakob stolpert über eine Schiene und macht eine Bauchlandung.

»Wo 'sch die Karre?«, fragt er. »Wenn die des Audo säad, semmr gliefrd!«

Die Lorelei schüttelt den Kopf.

»I hann's wohlweislich ed an de Gleis pargd. 's schdahd drieba an dr Schdraß.«

»Lo, sau«, sagt der Jakob und meint's ernst.

Die Lorelei zögert, aber die beiden Burschen schubsen sie weg. Da rennt sie halt los und verschwindet im Dunkeln.

Der Otto kotzt sich einen Schwall aufs T-Shirt. So Tritte in die Magengegend sind nicht grad verdauungsförderlich. Gott sei Dank bloß Flüssigkeit. Der Jakob dreht sich um. Da kommen welche mit Taschenlampen angerannt. Die Hunde sind zum Glück an der Leine.

»Scheiße ...«

»Sau hald au«, sagt der Otto zum Jakob. Das versteht er schon.

Aber der Jakob lacht bloß verzweifelt.

»I bin au ed schnellr wie du«, jammert er.

Der Otto und der Jakob fühlen sich in der berühmten Zeitlupenblase inmitten einer Schnelldurchlaufwelt gefangen. Die haben ja schon Mühe damit, bloß dazustehen, und kucken sich entschlussunfähig um.

»Wo na? Wo na?«, fragt der Jakob und kommt sich vor wie in einem Stück vom Schiller. Sturm und Drang. Da packt ihn der Otto geistesgegenwärtig am Kragen, und sie stolpern auf einen rumstehenden Zug zu und werfen sich unter einen Waggon. Die Polizei hat sie wie durch ein Wunder nicht gesehen und die Hunde verfolgen wohl der Lorelei ihre Spur.

Würd der Otto auch machen, wenn er an denen ihrer Stelle wär.

Der Otto macht sich keine Sorgen um die Lorelei, die hat genug Vorsprung und das Auto. Er selber würd gern liegen bleiben, aber er ahnt, dass das nicht geht. Er spickelt übers Gleis und schaut sich um. Wenn sie sich wie in der »Brücke von Arnheim« von Waggon zu Waggon und von Gebüsch zu Gebüsch vorwärtskämpfen und es an die Straße schaffen, haben sie vielleicht ganz gute Chancen.

Ein MG für jeden könnt jetzt auch nicht schaden.

Das Scheiß-Bahngleisgeröll macht einen Allmachtskrach. Schuhe ausziehn hilft, dauert aber eine halbe Ewigkeit. Dann spielen der Jakob und der Otto »Bladerunner« auf Socken. Gestrüpp und Unkraut stehen schön dicht, und die Gebäude und Waggons und Unterführungen bieten weiterer Sicht- und Lärmschutz. Der Jakob und der Otto kriechen quer über die Gleise. Den beiden kommt's so vor, als würden sie da das Pantanal durchqueren statt den Cannstatter Güterbahnhof.

Der Otto ruht sich einen Augenblick auf einer Löwenzahnkolonie aus. Plötzlich hat er eine Hundeschnauze am Ohr.

»O fuck«, flüstert er und macht ganz fest die Augen zu.

»Wa machad 'n ihr Burscha da am Boda?«, fragt einer.

Der Jakob traut sich als Erster zu kucken und lacht vor Erleichterung laut auf. Bloß ein älterer Herr, der zu sehr später oder eher schon sehr früher Stunde seinen Hund ausführt. Der Otto kuckt hoch, stemmt sich auf und gibt dem verdutzten Schäferhund ein paar Klapse auf den Hals.

»Alls glar«, versichert er dem Herrchen und kommt auf die Füße. Dann hilft er dem Jakob hoch und kuckt sich um.

Sie sind wahrscheinlich an der Deckerstraße, und außer Hund und Herrchen ist weit und breit keiner zu sehen. Der Otto und der Jakob beschließen, erst mal auf die nächste Seitenstraße zuzusteuern. Der Otto wohnt auch gar nicht so weit weg. Aber da hört der Jakob sein Auto, sie drehen sich um und die Lorelei hält neben ihnen und sammelt sie auf. Dann mit der Karre ab in die Martin-Luther-Straße und über Schleichwege abhauen.

»Scheiße. Scheiße«, sagt der Jakob bloß immer wieder. Das war verdammt knapp. Er ist irgendwie froh, dass er so fußlahm war, sonst wär er garantiert auf und davon gewesen und hätt den Otto voll im Stich gelassen. Ebenbürtigkeit ist eine wunderbare Basis für bedingungslose Freundschaft.

Niemand sagt was, und der Jakob verstummt jetzt auch. Bloß das Beifahrerfenster macht noch Geräusche. Das ist auf halbem Weg stecken geblieben, und man kann nicht durch die Scheibe sehen, weil die wie wild vibriert. Wenn man jetzt was rausstrecken würde, dann würd das Ding garantiert zuschnappen und das jeweilige Körperteil unbarmherzig guillotinieren. Deswegen probiert's der Jakob vorsichtshalber mit einem Kuli. Passiert aber nichts. Das Fenster vibriert und klappert weiter und rührt sich nicht vom Fleck, aber das kann täuschen. Der reinkommende Fahrtwind zerwühlt allen die Haare. Der Jakob schluckt Luft, dem ist schlecht. Die Nacht ist frisch, aber sie schafft es nicht, die aufgeheizten Körper abzukühlen. Schweigend fahren sie zum Rotenberg raus.

Der Otto ist nicht mehr da. Der lehnt mit der Stirn gegen die Nackenstütze vom Beifahrersitz und starrt ins Leere, während ihm der Speichel aus dem Mundwinkel trielt. Der kommt erst wieder halbwegs zu sich, als die Lorelei die Tür aufmacht und ihn an der Schulter fasst.

Das hätt sie besser nicht gemacht. Da klebt irgendwas.

»Wäh«, sagt sie leise.

Der Otto schaltet um auf Mechanik und steigt aus. Die Lorelei verfrachtet die Burschen erst mal ins Gästebad. Da kann man fürs Erste Spuren hinterlassen, da kuckt die Mamma nicht rein, wenn der Otto da ist.

Der Otto und der Jakob kucken in den Spiegel und machen Blessur-Inventur. Der Jakob hat sich die Oberlippe aufgeschlagen und eine Beule an der Stirn, weil er mit dem Kopf gegen ein Geländer geknallt ist. Ein paar blutige Fingerknöchel, ein paar leichte Kratzer, x Brennnesselstiche und sämtliche Dreckarten, die man sich vorstellen kann. Beim Otto sieht man außer Dreck nichts, aber der Bauch fühlt sich nicht gut an. Außerdem surrt ihm der Kopf, und seine Eier glühen wie Grillkohle.

Der Jakob kotzt ins Klo, während der Otto in die Badewanne krabbelt. Die Lorelei dreht ihm den Hahn auf und stellt die Temperatur ein.

»Gang schlafa, Lo«, murmelt der Otto.

Die Lorelei wirft einen Blick auf den Jakob, der überm Klo hängt.

»Kommad 'r zrechd?«, fragt sie.

Der Jakob grunzt und nickt.

Die Lorelei macht das Fenster auf und lässt frische Luft rein. Dann schließt sie die Tür hinter sich und geht in ihr eigenes Bad.

Der Otto wähnt sich irgendwann sauber und hievt den Jakob als Nächstes in die Wanne. Er hilft ihm, den Dreck abzuwaschen, wickelt ihn in ein Handtuch und bringt ihn dann rüber in sein Zimmer. Auf dem Rückweg glaubt er, der Mamma Layh über den Weg zu laufen, die nachts gern durch die Flure geistert, und sagt leise: »Hallo.«

Dass ihm unterwegs das Handtuch von der Hüfte gerutscht ist, merkt er nicht mehr.

10

Der Otto und der Jakob machen was, was sie seit fast einem Jahrzehnt nicht mehr gemacht haben: Sie beschließen, am Samstagabend mal daheim zu bleiben. Das beschließen sie gleich beim Aufwachen, unabhängig voneinander und ohne großen Kummer zu verspüren.

Der Jakob erzählt seiner Mamma der Einfachheit halber, irgend so ein besoffener Typ habe ihn vermöbelt, als die ihren Buben mit verschandelter Visage in der Küche zu Gesicht kriegt und die Hände überm Kopf zusammenschlägt. Die Mamma will gleich bei der Polizei anrufen und Anzeige gegen Unbekannt erstatten, und es braucht die ganze Überzeugungskraft vom Jakob und der Lorelei, sie davon abzubringen. Um das Image vom Otto ein bisschen aufzupolieren, erzählt der Jakob dann noch, wie der Otto ihm zu Hilfe kommen wollt und einen Tritt in den Bauch abgekriegt hat. Die Mamma Layh sieht sogar fast beeindruckt aus.

Bei der Gelegenheit geht der Jakob gleich mal nach dem Otto kucken. Der ist noch nicht wach, macht aber ein Auge auf und kneift das andere zu, als der Jakob sich am Bett postiert.

»Gang weg«, brummt der Otto und schlägt nach dem Jakob.

»'s isch zwoie vorbei«, sagt der Jakob, wie wenn das heißen würd, dass es schon Zeit zum Aufstehen ist.

Dann erzählt der Jakob dem Otto die Story, die seine Mamma zu hören gekriegt hat.

»Kannsch dr des merga?«, fragt er.

Der Otto ächzt.

»Noi.«

»Mann. Na helsch hald dei Glapp, wenn se was said.«

»Mh.«

»Komm jetz, auf, naus en d' Sonn.«

»I komm ed hoch.«

Der Otto schlägt die Decke bis zum Bauchnabel zurück, betastet alles, was gestern Schaden genommen hat, und versucht, sich auf den Bauch zu kucken. Allein das scheint unheimliche Schmerzen zu verursachen.

Der Jakob steht daneben und kuckt sich die Schau eine Weile an. Irgendwann gibt er dem Otto was auf die Nuss und herrscht ihn an: »Jetz nemm de hald zamma, du Weichei, a kurza Musglkondragzioh, na bisch oba. Komm, i helf dr au.«

»Noi, bloss ed«, sagt der Otto und überlegt. »Grad hoch oddr z' ersch auf d' Seide rolla?«

»Grad hoch, kurz on schmerzvoll – solle vleichd nausganga?«

»Ja, des däd helfa.«

Der Jakob macht die Tür hinter sich zu und hört den Otto theatralisch stöhnen. Jetzt scheint er oben zu sein.

Eine ganze Weile später kommt der Otto in Shorts und Hemd runter, humpelt zu seinem Lieblingsküchenschrank und kruschtelt nach dem Paracetamol.

»Hald mr da Hond vom Leib«, sagt er, als er die Daisy mit Karacho aus dem Garten auf sich zurennen sieht. Er kann sich nicht bücken, und wenn er sich nicht runterbückt, dann kommt die Daisy zu ihm hoch. Und wo stützt die sich dann ab? Voll auf dem Otto seinem Bauch.

Der Jakob erwischt die Daisy grad noch rechtzeitig am Halsband und kann so das Schlimmste verhindern. Der Otto knuddelt ausgiebig ihren dicken Kopf, und sie muss heut damit vorliebnehmen, seine Hände und seine Hose abzuschlabbern.

Jetzt kommt auch noch die Mamma Layh in die Küche. Der Otto kriegt einen ganz undefinierbaren Blick ab. Er lächelt zaghaft und senkt dann den Blick bis zu der Stelle auf seinen Shorts, wo die Daisy einen ziemlich unvorteilhaften Fleck hinterlassen hat.

Ein Speicheltropfen trielt ihm auf den Oberschenkel.

Er kriegt ein Stück von der Küchenrolle zum Abtrocknen. Dann trägt er sein Frühstück nach draußen auf die Terrasse. Da hockt schon die Lorelei und frühstückt ihr Nutella. Der Otto schubst das Glas ein bisschen, um sie zu ärgern. Dann hält er sich den Bauch und lässt sich in den Flechtsessel sinken. So geht's. Ans wieder Aufstehen denkt der Otto erst mal nicht.

Es gibt frischen Kaffee, Vollkornweckle, Träublesgsälz und Honig. Der Otto isst langsam und hängt in Gedanken. Er ahnt, dass er sich demnächst vor dem Jakob und der Lorelei wird verantworten müssen, aber hier am Frühstückstisch scheint er so was wie eine Gnadenfrist zu kriegen, weil die Mamma mithören könnte.

Sobald der Otto mit Frühstücken fertig ist, knöpft er sein Hemd auf, lehnt sich zurück und lässt sich die Sonne auf den Bauch scheinen. Wärmetherapie. Wenn man bloß kurz hinkuckt, denkt man, der Otto hätte noch eine neue Tätowierung rund um den Bauchnabel: dunkellila, graugrün, kobaltblau und pflaumenbraun. Die Lorelei geht dem Otto die Wund- und Heilsalbe holen. Als sie's ihm hinstreckt und er ablehnt, kniet sie sich vor ihm hin, brummelt in ihren nicht vorhandenen Bart, dass er das ja eigentlich gar nicht verdient hat, und fängt an, ihn einzukremen.

Der Otto war zu langsam, um das zu verhindern, und kuckt zu, ohne eine Miene zu verziehen.

»Siehd aus wie a Rägabogaforelle«, sagt der Jakob.

Als der Otto raushat, dass der Jakob seinen blauen Fleck meint, schnauzt er: »Siehd aus wie en vrdammdr Fußabdrugg, du Depp. Glotz dr d' Wolga a, wenn dr des Schbass machd.«

Er macht die Augen zu und stellt damit klar, dass er jetzt erst mal vorhat, eine Weile ungestört in der Sonne zu brutzeln.

Manchmal ist es schon erstaunlich, wie wenig man braucht zu seinem Glück. Der Otto schiebt's auf den Tannenhonig: Der scheint in göttlichem Licht zu erstrahlen und zu glühen, in seinem Magen, in seiner Speiseröhre, auf seiner tauben Zunge, am

Gaumen, an der Nahtstelle zwischen Zähnen und Zahnfleisch … Der Otto hat das unbeschreibliche Talent, wenn er's auch nicht steuern kann, von so was Simplem wie Tannenhonig high zu werden. Genau das passiert jetzt, vermutlich in Verbindung mit dem Sonnenlicht, seinem Kater, latenten Schmerzen und einigen bienenköniglichen Staatsgeheimnissen. Auf alle Fälle schwirrt der Otto in Gedanken grad schon mit zapfbereitem Saugrüssel zur nächsten Sommertracht, da holt ihn die Lorelei wieder zurück in seine menschliche Hülle.

»Had ebbr Luschd zom ens Wassr?«, fragt sie, steht auf und schraubt die Tube zu. Hinten am Pool können sie ungestört reden, sagt ihr Blick.

Der Otto seufzt. Was soll's, bringt er's halt gleich hinter sich. Mit beiden Händen stützt er sich auf den Sessellehnen ab und macht deutlich, dass das Aufstehen mit heroisch ertragenen Schmerzen verbunden ist. Sein Hemd bleibt irgendwo auf dem Weg über die Gänseblümchenwiese liegen.

Und das Wasser fühlt sich gut an. Wie ausgelassene Quallengallerte, aber gut. Dem Otto ist's im Prinzip egal, in welchen Teil vom Tierreich er eintaucht – ob Honigwabenlabyrinth oder die ozeanischen Weiten vom Layhschen Schwimmbecken, er fühlt einen unwiderstehlichen Drang hin zu irgendwelchen urzeitlichen Artgenossen und zum Einswerden mit seinen Brüdern und Schwestern im Fruchtwasser einer ewigen erdumspannenden Welle …

Das mit der Ewigkeit hat sich dann, als der Otto der Lorelei ihre Schritte auf der Gänseblümchenwiese spürt. Er macht die Augen wieder auf. Ein gelber Marienkäfer schwimmt angestrengt vorbei. Der Otto rettet ihn mal kurz und setzt ihn am Beckenrand ab.

»So«, sagt die Lorelei. »Jetz simmr gschbannd.«

Der Otto runzelt die Stirn. Er kuckt zum Käfer und sagt: »Die henn doch alles vrdrähd, die Tussa, Mann. *Die* henn sich doch alle so an ons nagschmissa. Solle da vleichd ›noi dangge, hann scho‹ saga, oddr was? Glar, mache doch glei, gscheid wie e benn. Ph. Uff älle Fäll hemmir des ed als Aufreißmasche benutzd. Des kasch deine Mädls faih schdegga, Lo.«

»On wasch mid dr Marie?«, fragt die Lorelei.

Der Otto räuspert sich kurz.

»Bleeda Sach … Dui 'sch ledschd Woch oifach vor dr Dier gschdanda. Wolld sich bedangga wägam Moritz. Na had se hald gheild, ond i hann ed gwissd …«

»Wie andrsch dröschda«, vollendet die Lorelei.

Der Otto zuckt mit den Schultern.

»Hanne gwieß ed eipland. Had sich hald, em, ergäba. – Au, i hann se faih bloss gschwend auf d' Gosch kissd, gell? Meh isch ed bassierd.«

Der Otto versucht, sich an irgendwas zu erinnern.

Dann sagt er: »Uff älle Fäll schdemmd des ed, dass i des ausgnutzd hedd, des war koi Absichd.«

»Des siehd jetz nadirrlich ed so gud aus«, sagt der Jakob und fängt sich vom Otto einen ganz rabenschwarzen Blick ein.

»Woiße selbr«, schnauzt der Otto.

»Wa machsch, wenn dr Moritz des rauskrigd?«

»Hoffa, dass 'r drenna bleibd. Sonsch lieg i als nägschdr mid 'ma eidädschda Schädl –«

»Oddo!«, ruft die Lorelei.

»Sorrie«, murmelt der Otto.

Dann holt er tief Luft und sagt: »Desch ed so schlemm, des Gschwätz von denne Henna isch vill schlemmr. On die senn ja iebrall, da ka e me ja nirgngs meh bligga lassa ohne a Panzrabwehreiheid em Rigga.«

»Gschiehd dr scho mal rächd, Oddo«, sagt die Lorelei.

Der Otto nickt. Einverstanden. Die Lorelei glaubt ihm; das reicht ihm schon. Recht hat sie wahrscheinlich auch, so wie er die kennt. Außerdem ist er zu verkatert zum Widersprechen. Er macht sich am Poolrand fest, verschränkt die Arme, legt den Kopf drauf und macht die Augen wieder zu. Das Verhör ist jetzt hoffentlich beendet, weitere Störungen sind unerwünscht. Der Otto macht sich eingehend an das Studium von den nassen, heißen, rauen Steinplatten; von dem schwachen Magnetismus, den eine dünne Wasserschicht zwischen seinem Rumpf und der Beckenwand erzeugt; und vor allem von den Schwingungen, die mit jeder Bewegung von der Lorelei an seinen Rücken stoßen. Der Otto spürt sogar die Bässe in ihrer Stimme, wenn sie was zu ihrem Bruder sagt, durchs Wasser vibrieren.

Hammerbässe. Der Otto spürt jedes Hertz. Im ganzen Körper.

»Obachd, Oddo«, sagt jemand.

Der Otto hebt den Kopf. Die Daisy steht über ihm und nutzt seine vorteilhafte Position in Bodennähe dazu, doch noch ihre tägliche Schleimpackung anzubringen.

Um halb vier kommt die Marlene. Der Jakob und der Otto machen aus, dass der Jakob so um acht zum Otto kommt. Die Lorelei bietet dem Otto an, ihn heimzufahren, aber der Otto meint, er braucht ein bisschen Bewegung an der frischen Luft.

Von der Marlene kriegt die Lorelei einen Blick ab, als hätt sie grad ihre Jungfräulichkeit versteigert.

»Au no hoimschoffierd wird der fr des, was der gmachd had?«, fragt die Marlene und glaubt's nicht.

»Gang«, sagt der Jakob zum Otto. »I vrzehl's 'ra.«

Der Otto nickt, schlupft in sein Hemd und in dem Jakob seine Badelatschen und verschwindet durchs Gartentor.

Mit Badelatschen vom Luginsland bis nach Bad Cannstatt laufen ist nicht grad ideal. Der Otto nimmt dann doch irgendwann den Bus. Als er daheim ankommt und die Tür aufmacht, kriegt er erst mal von der Lotte eine gescheuert. Aus Angst um seine Weichteile fängt er gar nicht erst an zu argumentieren, sondern rettet sich in sein Zimmer. Da schreibt er der Lotte ein paar Zeilen und schiebt die unter der Tür durch.

Eine halbe Stunde später kommt der Zettel wieder durch die Türspalte zurück. Quer über seinem Erklärungsversuch steht »ARSCHLOCH!« geschrieben. Der Otto erklärt sich das damit, dass die Lotte wohl seine Schrift nicht hat entziffern können.

Zu seiner Schande gesteht der Otto sich ein, dass die Mädels immerhin mit einem recht haben: Arg weit gekommen sind er und der Jakob noch nicht. Genauer genommen haben sie absolut gar nichts. Die einzige Verteidigung gegen die Anschuldigungen sind also bloß endlich mal ein paar Aktionen, die zu handfesten Ergebnissen führen. Heut Abend, das nimmt der Otto sich vor, wird mit dem Jakob die Strategie besprochen. Sowohl was die Ermittlungen als auch was die Publicity angeht.

Den Rest vom Nachmittag verbringt der Otto damit, das vorzubereiten. Jetzt macht er ein richtiges Notizbuch. Aus seinem Zimmer traut er sich bloß, wenn er ganz dringend aufs Klo muss oder das Bier alle geht. Erst Stunden später merkt er, dass die Lotte eh aus dem Haus gegangen ist.

Als der Jakob so um halb neun reinschneit, liegt der Otto schon oben auf der Dachterrasse. Das Bier ist kalt gestellt, die »Lostprophets«, die »Manics« und die »Gorkies« wechseln sich im CD-Player ab und der erste Joint ist auch schon in Arbeit.

Der Jakob humpelt ein bisschen. Der Otto fragt schon gar nicht mehr. Mal wieder beim Horizontalsport übertrieben. Feste Freundinnen sind schon eine feine Erfindung.

»Jetzad, Kerle, alles schdeif?«, fragt der Otto grinsend.

Der Jakob schlägt kommentarlos im Otto seine Hand ein und macht sich auf dem andern Liegestuhl breit. Unterm Liegestuhl verstaut der Jakob eine Plastiktüte.

Dann reibt er sich die Hände.

»Mach mal nara, Bua«, sagt er zum Otto, der grad am Papier leckt.

»Emmr mid dr Rua, emmr mid dr Rua«, sagt der Otto.

Er zwirbelt in aller Seelenruhe, bis er damit zufrieden ist, wie das Ding in der Hand liegt, steckt sich's zwischen die Lippen und gibt sich Feuer. Nach dem ersten Zug reicht er's weiter, streckt sich ausgiebig und laut vernehmbar und lehnt sich lang ausatmend zurück.

»'s gahd mal nix übr en gmüdlicha Abad drhoim, ha?«, sagt er. »Jetz fähld bloss no d' Fernbedienong. On en Fernsäer. Onna kemmr glei en Rende ganga. Willsch a Bier?«

»Frag ed so bleed.«

»I frag bloss, weil de dr des gfelligschd selbr hola kasch. I benn doch ed dein Bimbo da. – Brengsch mr au ois mid.«

»Wa schdellsch den Kiebl au so weid weg, du Saichbeidl?«

Der Otto kriegt den Spliff zurück, als der Jakob wieder aufsteht und den Bierkübel in Reichweite zieht.

»Ab heid nennsch me faih ›Oddo von Loggslei‹, Jakob«, sagt der Otto. »I benn nemmlich offiziell geächded, woisch. Komme rei on krig glei erschmal von dr Lodde oina badschd.«

Er nimmt sein Bier entgegen und stößt mit dem Jakob an.

»I frag me, worom i des alles abkrig. Semmir Pardnr odr ed?«

»Weil i d' Marlene hann«, sagt der Jakob fromm.

Feste Freundinnen sind echt eine verdammt feine Erfindung.

»Gugg mal«, sagt der Otto und reicht dem Jakob sein Notizbuch oder eher gesagt ein paar lose Zettel, die an einer altersschwachen Büroklammer hängen. Der Jakob nimmt das gleich gar nicht erst entgegen, weil er dem Otto seine Keilschrift eh nicht entziffern kann.

»Les es vor, Mann.«

Viel steht nicht drauf. Die hinteren Blätter sind noch leer – bis auf die Rückseiten, die mit der Lotte ihren Zwischenprüfungsnotizen bedeckt sind. Als Erstes leiert der Otto das runter, was sie schon haben: die Besuche beim Moritz, die Spur zum Marley und zum Grassi und die rund vierzig Kurznachrichten, die der Otto in einem Anfall von Beamtentümlichkeit fein säuberlich abgeschrieben hat.

»Isch da irgndebbes Wichdigs drbei?«, fragt der Jakob.

Der Otto schüttelt den Kopf.

»Jetz kemmr am Hansi sei Biographie schreiba«, sagt er. »Abr weidr brengd ons des ed.«

»›Läba on Leida des Hansi K.‹, Top Ten auf de Ladahüdrlischda by Jakob ond Oddo«, malt der Jakob sich aus.

»Hald mal dei Gosch, 's gahd no weidr«, fährt der Otto fort.

Er liest dem Jakob die FKK-Frage vor und die Liste mit den drei Verdächtigen, von denen einer, nämlich der Moritz, schon durchgestrichen ist.

»On da drzu brauchmr dui Agde vom Pie'«, erklärt der Otto. »Na wird's vleichd glar, ob dr Hansi's selbr war, on worom.«

»Weil 'r a alds Fergl gwäsa isch«, röhrt der Jakob.

»Du endbläddersch de doch selbr au gern, wenn de zu bisch«, sagt der Otto, der das genauso gern macht.

Bei der Gelegenheit machen sie gleich mal die Oberkörper frei.

»I hann faih au no was zom ens Notizbuch schreiba«, sagt der Jakob. »On zwar hanne mr dengd, dass mr, wemmr des gscheid macha wellad, gugga missad, wie's 'n d' Brofis machad, woisch, wie e moin?«

»D' Bolezei? Wie willsch des gugga? Solle beim Seggl a Pragdikum macha oddr wie?«

»Awa, d' Bolezei! Da lernsch ja en dr Lendaschdraß meh. Noi, i moin Brofis wie da, wie da, wie hoißd'r, da Dirty Harry on so.«

Der Jakob und der Otto überlegen, wer außer dem Dirty Harry noch auf die Liste kommt. Ein paar Hitchcocks vielleicht, »In der Hitze der Nacht« und »Bullit«, ganz bestimmt »Bullit«, Steve McQueen ist der Größte, und wie wär's bei der Gelegenheit mit »Papillon« oder »Gesprengte Ketten«?

»Da wird koin Mord aufglärd.«

»Abr temaddisch bassd's drotzdem. On schreib no Psycho zo de Hitchcocks.«

»Au ja. On no a baar alde französische Schengga. Middam Lino Ventura.«

»Mhm. Langad, oddr? Zor Nod ziegmr ons no da Tadord rei.«

Der Jakob und der Otto beschließen, dass morgen Krimis gekuckt werden, bis der Arzt kommt. Zumindest, bis sie die Vorgehensweise von sämtlichen Kinokommissaren so weit verinnerlicht haben, dass der Fall sich fast schon von allein löst.

»Bass uff, des wird a ganz großa Gschichd«, sagt der Jakob. »Vleichd schdeggd da am Ende sogar d' Regierong drhendrd.«

Er wiehert, als er sich die Schlagzeilen ausmalt: »Baden-württembergischer Regierungschef in Szenemord involviert?« Oder Bild: »Sex, Drugs and Crime im wilden Südwesten: Student und Azubi stürzen Landesregierung.«

»Willsch da JFK na au no agugga?«, fragt der Otto und hält den Stift parat.

»Noi, bloss ed«, sagt der Jakob. »Der wird doch ed uffglärd.«

Beim mittlerweile dritten Joint sieht das Vorhaben vom Filmekucken aus wie der Höhepunkt in der Ermittlerkarriere vom Otto und vom Jakob. Hochzufrieden können sie jetzt zum angenehmen Teil vom Abend schreiten: weiterrauchen und weitersaufen, bloß über was anderes reden.

»Say whyyy whyyy whyyy why why are we sleepi-i-i-ing«, grölt der Otto mit den »Gorkies« mit.

Für den Rest vom Abend führen der Otto und der Jakob erleuchtende Gespräche übers Schlafenmüssen; übers Schlafenkönnen; übers Reimeschmieden; über die ausgestorbene Linie großer schwäbischer Dichter; über die tiefere Bedeutung von Liedtexten und Begleitklängen, die sich auf höheren Bewusstseinsstufen erschließen lässt; über das unverzeihliche Versäumnis, die Gedichtinterpretation im Deutschabitur damals nicht auf einer solchen höheren Bewusstseinsstufe geschrieben zu haben; über höhere Bewusstseinsstufen an sich ...; der Rest entzieht sich dem Erinnerungsvermögen.

Der Otto wacht am Sonntagmorgen um sechs auf seinem Liegestuhl auf. Er befindet sich immer noch in einem Sternennebel irgendwo auf der Milchstraße, und außerdem ist er klatschnass. Es regnet in Strömen, Blitze schlagen rechts und links und vor und hinter ihm ein, und eine mächtig volle Blase hat er jetzt auch.

Er fällt vom Liegestuhl, hangelt sich am verrosteten Metallgeländer hoch und pinkelt laut singend gleich an Ort und Stelle vom Dach. Bei dem Regenguss fällt das eh nicht auf.

Pauken und Trompeten begleiten den Otto bei der Verrichtung seiner Sache. Dann entschließt er sich dazu, einen trockeneren Schlafplatz aufzusuchen, und dreht sich um. Dem Jakob sein Liegestuhl ist leer. Das Schwein hat den Regen bestimmt eher gerochen und sich nach unten verzogen, ohne dem Otto Bescheid zu sagen. Das gibt Ärger.

Aber der Jakob liegt weder im Bad noch im Flur noch in der Küche noch im Otto seinem Bett. Der Otto streift und strampelt sich die nassen Shorts runter und fällt auf die Bettdecke. So pennt er bis um neun weiter.

Eine gründlichere Hausdurchsuchung ergibt, dass der Depp von Jakob gestern Abend noch heimgegangen sein muss. Vielleicht hat die Marlene ja nochmal gelockt. Der Otto frühstückt, quält sich mit Hilfe vom Ernesto in seine Sneakers und macht sich dann auf den Weg zur Mordermittlungsfortbildung am Rotenberg. Da kommt er so gegen halb elf an und steht erst mal fünf Minuten lang lachend im Vorgarten.

Der Jakob pennt vor seiner eigenen Haustür. Der liegt bloß in Shorts auf dem Fußabstreifer und benutzt den rechten Winkel zwischen Tür und Türpfosten als Kissen. Und seine Plastiktüte als Kuscheltier.

Wenigstens ist er trocken geblieben. Der Eingang hat ein kleines Vordach.

Der Otto beschließt, den Jakob zu wecken. Er reißt eine von den Sonnenblumen, die im Vorgarten wachsen, aus der Erde und kitzelt den Jakob zuerst mit dem Blütenkopf und dann mit den Wurzeln im Gesicht. Der Jakob fährt irgendwann voll zusammen und knallt mit dem Kopf gegen die Tür. Dann reißt er die Augen auf, kuckt zum Otto hoch wie zum Haftrichter und sagt in Zeitlupe, als würde er das Weltende verkünden: »Üüübrwachngsvideo vrnichda!«

Der Otto schließt dem Jakob lachend auf und schleift ihn ins Haus, nachdem er sichergegangen ist, dass die Mamma und der Pappa Layh nichtsahnend im Garten sitzen. Dann tauscht er die Datenträger aus, wahrend die Daisy über den Jakob herfällt, der wehrlos am Boden liegt. Die nächste volle Stunde verbringt der Otto damit, den Jakob hochzupäppeln, und ist selber schon wieder k. o., als er ihn endlich so weit hat. Der Otto merkt, er fängt an zu halluzinieren, und besteht dringend drauf, dass sie auf der Stelle »Psycho« reinschieben.

So wüst haben sich der Otto und der Jakob nicht mal, als sie noch kleine Mädels waren, gegruselt. Die beiden schreien, was das Zeug hält, und am schlimmsten, als die Mamma Layh den Kopf zur Tür reinsteckt und nach dem Rechten kuckt, weil die doch schon entfernte Ähnlichkeit mit Norman Bates hat.

Die Mamma Layh macht schnell wieder die Tür zu. Sollen die zwei doch ihre letzte gemeinsame Gehirnzelle zum Platzen bringen mit dem Gebrüll.

»Mrs Bates? … Mrs Bates?«, fragt der Marion ihre Schwester.

»Mach aus! Mach aus!«, schreit der Otto.

Der Jakob braucht eine Ewigkeit, um auf den richtigen Knopf zu drücken. Dann hocken sie keuchend und zitternd vor Aufregung stumm zusammen auf dem Sofa und starren auf den leeren Bildschirm.

Irgendwann fangen sie an zu wiehern. Der Jakob fällt vom Sofa und wälzt sich lachend auf dem Boden.

»Saggegeiiil!«, schreit er.

Der Otto drückt auf den Rückspulknopf.

»Nommal!«, schreit er.

Nach einer halben Stunde in die zweite Runde drückt er aber wieder auf Stopp, weil der Kick ausbleibt. Er dreht den

Kopf und kuckt den Jakob ernst an. Beide haben Sachen gesehen, die sie nicht mal miteinander teilen können. Sie entblößen Zähne und Zahnfleisch und grinsen sich an.

Den Rest vom Sonntag flacken der Otto und der Jakob auf dem Sofa und kucken Filme, bis sie Quadrataugen kriegen. Jetzt können sie sich komplett in die Vollprofis reinversetzen, und außerdem sind sie um einen Einfall reicher: Als Nächstes steht eine Tatortbesichtigung an.

Wie haben sie das bloß vergessen können!

11

Die Tatortbesichtigung setzen sie auf den Dienstagabend an, weil sie am Montag schon beschäftigt sind mit Fußball und dem Piet die Akte vom Moritz abluchsen. Der Jakob ruft gleich den Aldinger an und setzt ihn davon in Kenntnis, dass sie demnächst mal vorbeikommen. Der Aldinger ist davon gar nicht begeistert, aber als der Jakob ganz misstrauisch fragt, ob er vorhat, die Ermittlungen zu behindern, lenkt er notgedrungen ein.

Am frühen Montagnachmittag, als der Otto grad zusammen mit dem Mischka ein Getriebe demontiert, klingelt dem Otto sein Telefon und der Jakob ist dran. Der hört sich an, als würd er dem Otto gleich den Sinn des Lebens auf der Grundlage von e = mc² erklären.

»Du«, sagt er, »i hann grad middam Hodde en dr Mensa middaggässa. Jetz rad amal, was der mir grad vrzehld had.«

»Jakob, i schwemm grad bis zom Hals em Getriebeöl, i rad jetz gwieß ed, was dr Hodde sich aus dr Nas pobld had«, schreit der Otto ins Telefon.

Jetzt ist der Jakob ein bisschen beleidigt und murrt: »Gud, na hald ed. Willsch's na iebrhaubd hera?«

»Jetz schbugg's hald scho aus, Kerle, oddr!?«

»Also«, sagt der Jakob missmutig, »dr Hodde, der schdudierd doch Jura, gell? On der had gsagd, dass mir em Brinzipp ja bloss aufzeiga missad, dass dr Moritz rein teoreddisch oschuldig isch ond's au ebbr andrsch gwäsa sei keed.«

»Ja«, sagt der Otto, »desch doch glar. Wasch da jetz so Bsondrs dran?«

Jetzt ist der Jakob richtig eingeschnappt.

»Ja, jetz iebrleg hald mal!«, schreit er. »Des machd's vill oifachr! Mir brauchad koin andra Vrdächdiga fenda on dr Moritz muss ed amal oschuldig sei, solang hald d' Wahrscheinlichkeid groß gnug isch, dass 's au ebbr andrsch gwäsa sei keed!«

»Aha«, sagt der Otto. »Des schdemmd scho, des herd sich gud a. Woisch was, da schwätzmr heid Abad nomml driebr, ha? I sodd jetz weidrmacha. Bis dann, tschau.«

Der Otto steckt sein Telefon weg und greift nach der Flex. Als der Mischka eine Bemerkung macht, erzählt der Otto ihm in einem Anfall von Gesprächigkeit von dem Mordfall, an dem er und sein Kumpel grad dran sind.

Der Mischka hat lang nicht mehr so gelacht.

Der Otto kapiert schon, dass er hier nicht ernst genommen wird. Er redet trotzdem drüber, weil er merkt, dass es von Vorteil ist, das alles auch mal in nüchternem Zustand durchzugehen. Daher wohl die Regel, dass man nichts trinken soll, wenn man im Dienst ist. Er und der Jakob haben ja zwar keinen Dienst, machen's aber trotzdem genau andersrum. Der Vorteil davon ist, dass man so immer wieder die Begeisterung aufbringt weiterzumachen. Für den Otto ist das so eine typische Bier- und-Spliff-Sache, die sich ein bisschen verselbstständigt hat, wie damals die Sache mit dem Autoteileklauen (Echt schlau: bei jeder Karre bloß ein Teil ausbauen und sich nach und nach eine zusammensetzen; die ersten dreißig Teile stehen wahrscheinlich immer noch beim Oppa im Schuppen).

Auf alle Fälle lacht der Otto fleißig mit, aber die Saat des Zweifels ist gesät. Und als am Abend der Piet dann auch so skeptisch kuckt, kriegt er schon gleich ziemlich schlechte Laune. Da reißt der Otto sich nach Feierabend noch zwei Stunden lang auf dem Platz den Arsch oder zumindest einen Zehennagel auf, weil der Piet lammfromm sein soll, wenn sie die Beschaffung von der Akte in Auftrag geben: führt die Bande beim Warmlaufen an, dehnt sich vorbildlich, rast im Zickzack über den Platz, hüpft herum wie das Rumpelstilzchen, als er zum zweiten Mal im Abseits erwischt wird, schießt sogar mal ein Tor, hat ständig das Maul offen und mindestens einen Arm wie ein Verkehrsschild ausgestreckt, schwitzt sich klatschnass und zieht ein Foul für eine Bilderbuchschwalbe. Und der Piet? Der kuckt ihn an, wie wenn er nicht auf drei zählen könnt, als er sich nach dem Duschen zusammen mit dem Jakob vor ihm aufbaut und vom Moritz seiner Akte faselt. So nach dem Motto: Haben die immer noch nicht kapiert, dass die hier in der falschen Liga spielen.

»Am Moritz sei Agde wellad 'r?«, fragt der Piet. »Henn 'r emmr no noid gnug vom Dedektivschbiela?«

Die Burschen kucken, als würden sie entweder gleich grob werden oder anfangen zu heulen. Der Jakob nimmt sich aber zusammen, übergeht den unqualifizierten Kommentar und meint ganz sachlich: »Middam Moritz seinr Agde kemmr vleichd da Fall rekonschdruiera. Mir missad ja bloss aufzeiga, dass dr Moritz teoreddisch au oschuldig sei *könnde*. Desch faih machbar on deswäga heddmr jetz gern dui Agde.«

»Jetz schdell de ed so a, Pie'«, murrt der Otto. »Desch ja nix Ogsetzlichs, wa mir machad.«

»Mir helfad am Gsetz ja bloss uff d' Schbrüng«, schwätzt der Jakob dazwischen.

»Willsch am Moritz ed helfa?«, fragt der Otto.

Der Piet runzelt die Stirn und schnauft.

»Jetz bassad amal uff, ihr zwoi«, sagt er. »I glaub, ihr henn z' vill Film gsäa. I woiß ed, was ihr moinad, abr i mechd koi Gschroi hera, wenn des ed so laufd wie en Hollywood. So a Agde bschdelld mr sich auf älle Fäll ed em Buchlada, ond i woiß ed, ob i da Zugriff drauf hann. On selbsch wenn, na ka e mid der nirgngs naladscha, geschweige denn an eich zwoi Halongga weidrgäba. Glar?«

»Kopia?«

»Noi.«

»Hm.«

Der Jakob überlegt kurz, ob's auch ohne Akte geht.

Dann fragt er: »Wie findesch raus, Pied, ob de Zugriff auf des Scheißdeng hasch?«

Der Piet hebt die Schultern.

»Fraga, wär da Moritz jetz betreud, on hoffa, dass der halb-wägs loggr druff isch on me mal neischbiggla lessd.«

»Dädsch des macha?«

Der Piet ächzt. Wie wenn er nicht genug zu tun hätt. Aber der Otto und der Jakob haben eine Art an sich, die ihm irgend-wie keine Wahl lässt.

»Vrschbrächa ka e faih nix«, sagt er.

Die Burschen nicken. Der Spruch kommt ihnen bekannt vor.

»Solle auf ebbes Bsondrs achda?«, erbittet sich der Piet noch letzte Instruktionen.

Der Jakob reißt die Augen auf und sagt: »Auswendiglerna.«

Der Otto steckt grad in einem kleinen Loch; Form- und Glau-benskrise, was das Ungeheuer angeht, das er und der Jakob da grad kitzeln. Die Sache mit dem Grassi macht ihm immer noch zu schaffen (vor allem, weil er demnächst wieder hinmuss). Das mangelnde Vertrauen von den Leuten wurmt ihn bis zu dem Punkt, wo fast so was wie Ehrgeiz aufkommt. Und zu guter Letzt hat das Selbstvertrauen einen Knacks gekriegt. Mit andern Wor-ten: Der Otto verliert grad ein bisschen das Ziel aus den Augen.

Zum Glück ist der Jakob immer noch voll dabei, und das, obwohl die Klausurenzeit langsam bedrohlich nahe rückt. Am Dienstag steht er um dreiviertel sechs beim Otto auf der Matte und klingelt.

Der Otto macht die Tür auf und sagt: »He Jakob, du Saich-beidl, komm rei. Willsch a Bier?«

»Wa schwädsch 'n, mir fahrad jetz z'ersch nom zom Al-dingr, zieg dr was a.«

Der Otto tut sein Bestes, sich nicht anmerken zu lassen, dass er das voll vergessen hat. Er kuckt auf die Uhr und sagt: »Ach so schbäd isch des scho. I hann dengd, 's däd no langa, abr wenn dr Herr Layh püngdlich komma mechd …«

Er duckt sich lachend unter einem Schlag weg und geht sich fertig machen.

Der Aldinger hat dann auch gleich so ein blödes Geschwätz parat, als der Jakob und der Otto bei ihm im Hof stehen.

»Vrsuchad 'r euern Ruf zom redda, oddr warom machad 'r da jetz emmr no dra rom?«, fragt er und grinst schäbig.

Abgesehen davon, dass der Jakob und der Otto keinen Ruf zu retten haben, ist so ein Geschwätz dem Moritz gegenüber, der ja einzig und allein von ihrem Erfolg abhängig ist, ziemlich fies.

Der Aldinger hebt lachend die Hände und sagt: »I moin ja bloss! Wemmr dengd, was am Freidag bassierd isch …«, mehr schäbiges Gegrinse, dabei war der gar nicht dabei, »… da hedde jetz dengd, ihr dädad dui Sach liebr disgred ondrm Disch vrschwenda lassa.«

»Noi«, sagt der Jakob. »Jetz ersch rächd.«

»Zeigsch ons jetz vleichd da Tadord«, sagt der Otto im Ermittlerton.

Der Aldinger zuckt mit den Schultern und geht voran. Eins von den Fuhrparktoren steht sperrangelweit offen.

»Da hedd teoreddisch wirklich jedr reikomma kenna, schdemmds?«, fragt der Jakob.

»Ha ja«, sagt der Aldinger. »Dr Hansi on dr Moritz ja au. Da hemmr se gfonda.«

Er zeigt auf eine Stelle an der Wand hinter einem von den Lieferwägen.

»Die zwoi Kärra senn ed dagschdanda, wo mr neikomma senn. Des hoißd, mr had se boide glei gsäa. Da 'sch dr Hansi halb ghoggd, halb gläga, on da had dr Moritz em Hansi seine Sacha kruschdld, der had gar ed gmergd, dass mir kommad.«

»Wie groß war der Abschdand zwischam Hansi onnam Moritz?«, fragt der Jakob und der Otto ärgert sich, dass er sein Notizbuch daheim liegen gelassen hat.

Der Aldinger nimmt Maß.

»Bloss en Medr ogfähr«, schätzt er dann.

»Kömmr des gschwend nachschdella?«, fragt der Jakob.

Der Aldinger stöhnt laut auf.

»Du machsch da Hansi«, sagt der Otto zu ihm und sorgt dafür, dass der Aldinger sich artig auf den Boden setzt.

Der Jakob scharrt ein paar Putzlumpen zusammen und häuft sie neben dem Aldinger auf, und dann muss der Otto davor niederknien und so tun, wie wenn er da drin rumkruschtelt. Der Jakob stellt sich an die Tür zur Werkhalle, von wo der Aldinger mit der Polizei reingekommen ist.

Eindeutige Perspektive.

»Kanne jetz widdr aufschdanda?«, fragt der Aldinger genervt.

»Du wardesch«, sagt der Otto. »I will's au no säa.«

Der Jakob und der Otto tauschen die Plätze.

»Welladr vleichd no a Foddo drvo macha zom Andengga?«, fragt der Aldinger.

Der Otto kuckt den Jakob an. Dann holt er sein Telefon raus und macht eins.

Der Aldinger kommt wieder auf die Füße.

»Wemme mein Aldr so fended, gibd's faih glei nomml Mord on Dodschlag. Der hedd me am libschda vom Dach gschmissa, wo der gherd had, was bassierd isch. On jetz derfe edmal meh auf dr Wies a Feschdle macha wäga dem Gschieß.«

Der Jakob klopft dem Aldinger aufs Kreuz.

»Ward's ab«, sagt er. »Wemmr's schaffad, da Moritz rauszomhaua, na lessd de dein Aldr gwieß au widdr macha.«

Der Aldinger lacht auf.

»Bis da na benne scho lengsch auszoga.«

Dann hört er auf zu lachen und fragt: »War's des jetz?«, aber dem Jakob fällt noch was ein.

»Wer had 'n die zwoi eindlich gfonda?«, fragt er.

Entweder der Moritz oder der Aldinger selber hat doch von irgendeinem gefaselt, der die beiden entdeckt und die Polizei gerufen hat.

»O des war dr Eigen, dr Nachbr.«

»Kennamr den?«

»Noi.«

»War der eiglada?«

»Noi.«

Der Aldinger lacht.

»Der 'sch scho fuffzig, sechzig, der danzd auf andre Feschdla.«

Der Jakob kneift die Augen zusammen.

»Isch des ed a bissle komisch, dass der na dahanda rom-dappd?«

Der Aldinger schüttelt den Kopf.

»Noi, gar ed. Desch a Kumbl vommeim Alda, der kommd efdrs. Außrdem schdeggd der sei Nas eh iebrall nei. Der hedd die zwoi gwieß au no gfonda, wenn des em Schlafzemmr oddr aufam Glo bassierd wär.«

»Hm.«

Der Jakob und der Otto stehen eine Weile reglos da, um erst mal den Informations-Overkill zu verarbeiten. Dann düsen sie wieder ab; zuerst zurück zum Otto das Notizbuch holen und dann raus zum Rotenberg, zur Lagebesprechung am Pool.

Der Jakob parkt am Gartenzaun, weil dem Pappa sein Auto die Einfahrt blockiert. Sie steigen aus und wollen zum Haus, da schließt jemand hinterrücks zu ihnen auf und fragt: »Luschd uff en Schbaziergang, Jungs?«

Sie können sich noch nicht mal richtig umdrehen, da liegen plötzlich dem Seggl seine schweren Hände auf ihren Schultern. Plumps! macht's, als den beiden die Herzen in die Hosen rutschen.

»… Oddr hoggmr ons mid Mamma on Pappa an da Esszemmrdisch? Ha?«

»Noi, Schbaziergang isch oke«, sagt der Jakob schwach.

Am Rotenberg spazieren gehen ist ja auch eine schöne Sache.

Der Seggl nimmt seine Pranken runter von den Burschen. Die hauen jetzt nicht ab.

»So«, sagt er. »Henn 'r eich en schena Abad gmachd am Freidag?«

»Scho«, antworten beide vorsichtig.

»Wo senn 'r 'en gwäa?«

»Em Tonschdudio«, sagt der Jakob fleißig.

Da hätt sich der Otto jetzt schon gar nicht mehr dran erinnert.

»Schdemmd, em Tonschdudio«, schwätzt er dem Jakob nach.

»Onna?«, fragt der Seggl.

»Wie, onna?«, fragt der Otto ganz unschuldig zurück.

Der Seggl lacht, wie nur zufriedene Beamte lachen.

»Fendad 'r des ed au komisch, dass en dr Nachd vom Freidag uffan Samschdag a schwarza C-Klass middam amdlicha Kennzeicha S-JL 4 en dr Nähe von 'ra Bolizeirazzia gsichded wird, zamma mid drei Endifidua, zwoi mennlich ond ois weiblich, oinr zirka ois femmfasiebzich on dr andr zirka ois femmfanainzich –«

Gud gschätzd, denken der Jakob und der Otto gleichzeitig.

»– on wenne dem Kennzeicha nachgang, lande bei eich?«

»Desch scho en ganz scheenr Zufall …«, gibt der Jakob zu.

Jetzt brauchen die beiden Burschen erst mal Zeit zum Überlegen.

»… Wo war des?«, fragt der Otto irgendwann ganz dumm und ganz schlau.

»An de Glois am Giedrbahof«, sagt der Seggl in einem Ton, wie wenn die das nicht ganz genau wüssten.

Wieder lange Pause.

Dann nickt der Jakob.

»Ja. Kann sei, dass mr da uffam Hoimweg dra vorbeigfahra senn.«

»Ausgschdiega au?«

»Woiß i nemme.«

Der Otto zuckt mit den Schultern.

»I glaub, i hann ondrwägs mal missa. Bassierd mir emmr, wenne z' vill Cola drengg. Ka sei, dass mr da gschwend ghalda henn.«

Der Seggl nickt: »Ja, ka sei.«

Er lässt die Burschen eine Weile in der Luft hängen für den Fall, dass sich doch noch einer verplappert. Aber die schweigen das Schweigen der Unschuldslämmer und wandern tapfer mit dem Seggl durch den Weinberg. Von der Kapelle ist heut bestimmt eine super Sicht.

Als der Otto anfängt, ein Wanderlied zu pfeifen, verliert der Seggl die Beherrschung. Er bleibt abrupt stehen, und anstatt die Aussicht aufs Neckartal im Abendlicht zu genießen, herrscht er seine beiden Spezialisten an: »I sag eich faih ois, ihr Kerle, wenne oin von eich erwisch, wie 'r au bloss amma Kend en Schlotzr glaud, na buchde eich ei on sorg drfier, dass 'r so schnell koi Tageslichd meh säad. Henn 'r me vrschdanda? Hasch me vrschdanda, Oddo?«

»Ja, Herr Seggemann«, sagen beide artig.

Der Seggl dreht sich um.

»En scheena Abad no, Herr Seggemann«, wünscht der Otto leise.

Das hört der Seggl nicht mehr. Wahrscheinlich hätt er den Otto allein dafür schon verhaftet.

12

Der Jakob und der Otto können sich's kaum verklemmen, den Piet nach der Akte zu fragen. Der ganze Mittwoch und der halbe Donnerstag vergehen in Zeitlupe hoch Schneckentempo. Dann flitzen die zwei am Donnerstagabend über den Fußballplatz, als könnt ihre Geschwindigkeit das Training beschleunigen. Der Piet freut sich wie der Kaiser über seine neuen Kleider: Am Samstag steht ein Spiel gegen die Vaihinger an, und die Burschen sind supermotiviert, die reißen das ganze Team mit und schieben fast noch seine beiden Stürmer, den Peppo und den Jurij, mit an.

Der Piet weiß gut, welcher Treibstoff die Raketen antreibt und was die wollen, als die sich nach dem Duschen vor seiner Tür aufbauen und da so stehen bleiben, bis er rauskommt: ein Bier, besser noch zwei, und alle Infos, die er hat. Dazu schleifen sie ihn nach nebenan in die Vereinsgaststätte und geben ihm ein Weizen aus. Dann sind zwei leuchtende Augenpaare erwartungsvoll auf ihn gerichtet.

»Jetz«, sagt der Otto ungeduldig. »Vrzehl, was schdahd en derra Agde?«

»Der lessd me edmal vrnemfdig mei Bier drengga!«, bruddelt der Piet.

Dann sagt er: »Ed vill Neis, 's Meischde had dr Moritz scho vrzehld.«

»Vrzehl's drotzdem nomml«, befiehlt der Jakob, und der Otto packt seine Zetteleswirtschaft und einen Stift aus und macht sich bereit zur Niederschrift.

Der Piet schnauft und fängt an: die Situation beim Fund mit dem Hansi nackicht und dem Moritz daneben, wie er in den blutigen Klamotten kruschtelt; der Zustand vom Opfer mit sämtlichen Verletzungen und Blutwerten; und der Zustand vom Moritz. Die Promillezahl und die chemische Zusammensetzung von den Zusatzsubstanzen im Moritz seinem Blut scheint der Piet tatsächlich auswendig gelernt zu haben. Man behält sich ja in der Regel immer genau das, was man nicht soll.

Der Jakob und der Otto wissen gar nicht, wo sie hinkucken sollen, als der Piet's ihnen aufzählt. Wie wenn der nicht ganz genau wüsste, dass die selber keine Heiligen sind. Der Otto kritzelt sein letztes Blatt Papier voll und braucht noch eine geschlagene Minute, nachdem der Piet fertig ist, um zu Ende zu schreiben. Der Jakob und der Piet trinken ihr Bier und lassen den Otto ganz in Ruhe machen.

»No ois, Jungs?«, fragt die Birgit vom Ausschank.

Der Jakob nickt und der Otto hebt einen Finger, ohne hochzukucken. Der Piet lässt sich dann auch irgendwie zu einem zweiten breitschlagen.

»So«, sagt der Otto, als er endlich fertig ist, und schmeißt den Stift hin.

»Desch echd nix Neis«, sagt der Jakob.

Der Piet nickt.

»Hanne ja gsagd. – Des Gschieß war's uff älle Fäll ed wärd, abr des ka mr ja em Voraus ed wissa.«

»Wa fr a Gschieß?«, fragt der Otto.

Der Piet grinst.

»Des gahd eich nix a.«

»Doch, jetz wellmr's grad wissa.«

»Jetz vrzehl's hald!«

»Komm, jetz hasch scho agfanga!«

»Hasch's glaud?«

Der Piet lacht.

»So ähnlich.«

Jetzt sind die Burschen voll dabei und beugen sich vor.

»Vrzehl.«

»Zier de ned. 's senn bloss mir.«

Der Piet hebt die Hände.

»Vrzehlad's faih ja koim weidr«, sagt er. »Abr nadirrlich had dr Moritz da gröschde Moschdkopf en dr ganza Abteilong vrwischd. Der had dui Agde nadirrlich ed rausgrüggd, war ja glar. Na hanne hald da Hausmoischdr gfragd, ob er mr dem sei Bürro aufschließa däd. Na hanne me da neighoggd, dui Agde rausgsuchd on Blud on Wassr gschwitzd –«

»Wirsch ja en richdigr Vrbrächr, Pie'!«, sagt der Jakob und ist ganz schön stolz auf seinen Trainer.

Der Piet lacht.

»Uff älle Fäll had's ed vill brachd«, schließt er.

»Sag des ed«, meint der Otto und zeigt auf seine Notizen. »Des senn alles wichdige Imfos.«

Dann erzählen der Jakob und der Otto von der Tatortuntersuchung und wie sie die Szene nachgestellt haben. Der Piet kann sie nicht davon abhalten, extra für ihn genau hier die Szene nochmal nachzustellen. Dem Otto sein Bierglas dient als dem Hansi seine Sachen, und statt zu kruschteln, trinkt er draus.

Nachdem der Jakob auch noch der Birgit erklärt hat, was der Otto und er da in der Ecke auf dem Boden machen, stehen sie wieder auf und hocken sich an den Tisch zurück.

»On die Kunschd isch jetz, die ganze Infos zammazomsetza«, sagt der Jakob fachmännisch.

»Wissad 'r was? Des schbielmr jetz mal gschwend durch.«

Der Otto macht die Augen zu, um sich besser konzentrieren zu können, und der Jakob macht's ihm nach. Der Piet und die Birgit kucken zu und grinsen sich eins.

»Also«, fängt der Otto an, »en dui Halle kommd jedr nei, wo neikomma mechd, Eigeng had's lengs on rächds on vorn on henda.«

»Fengrabdrigg heddmr nemma solla«, sagt der Jakob.

»Erschdr Pungd«, fährt der Otto unbeirrt fort. »Zwoidr Pungd: Dr Moritz isch ed am Hansi drannagwäa, sondrn bloss an dem seine Sacha.«

»On woisch no? Dr Moritz had gsagd, dr Anwald häb gsagd, des Blud vom Hansi an ehm seine Hend keed au von de Glamodda komma.«

»Des hoißd, dr Hansi war bludig on naggad on seine Sacha warad au bludig.«

»Des hoißd, dr Hansi isch hehgschlaga worda, wo 'r no azoga war, sonsch wär des Blud ja ned auf de Glamodda.«

»On dr Moritz woiß felsafeschd, dass ed er des war, wo da Hansi auszoga had. On dr Hansi selbr war's au ed, weil 'r ja scho heh war, wo 'r bluded had.«

»Zumindesch machd mr sich ed obedengd no naggad, wemmr grad am Vrregga isch.«

»Des hoißd …«

Der Otto überlegt jetzt ganz scharf.

»Also wenn dr Hansi en seine Glamodda dodgschlaga worda isch on dr Moritz da Hansi ed auszoga had, no hoißd des –«

»Dass 'n ebbr andrsch auszoga had«, vollendet der Jakob. »On zwar *nacham* Zammaschlaga.«

Der Jakob und der Otto machen ihre Augen wieder auf und kucken sich an.

Dann kucken sie den Piet an.

Dann kuckt der Otto seine Unterlagen an. Er nimmt seinen Stift und streicht den Hansi auf der Liste durch. Der Moritz ist schon durchgestrichen. Bleibt bloß noch das X.

Der Otto kriegt seinen ersten Ermittlerorgasmus. Grad eben haben sie die Anwesenheit vom unsichtbaren Dritten hergeleitet!

Und das Coolste ist die Reaktion vom Piet.

Der beugt sich vor und sagt in bitterem Ernst: »Jungs. Wissad 'r was? Des keed ersch schdemma.«

Kurz ist es still.

Dann brechen der Otto und der Jakob in hysterisches Gelächter aus und fangen an, gleichzeitig durcheinanderzuerzählen, wie das aus dem Nichts gekommen ist, plötzlich war die Erkenntnis da, keiner hat damit gerechnet, und jetzt steht sie im Raum wie eine mathematische Gleichung. Der Otto will das sofort aufschreiben, hat aber kein Papier mehr und erbettelt von der Birgit ein paar Zettel. Dann wird der Geistesblitz in chronologischer Reihenfolge festgehalten: 1. Der Hansi wird totgeschlagen; 2. Seine Klamotten werden blutig; 3. X zieht den Hansi aus und häuft seine Sachen neben ihm auf; 4. Der Moritz kruschtelt im Hansi seinen Sachen.

Der Otto und der Jakob sitzen da und starren eine halbe Ewigkeit auf ihr Ergebnis. Wenn's für Kriminalistik einen Nobelpreis gäbe, dann hätten sie sich den wohl grad verdient. Sie sind einfach genial.

»Dr Moritz war's ned. Da war nomml ebbr«, sagt der Jakob ganz ungläubig vor sich hin. Er kann nicht glauben, dass er jetzt weiß, was nicht mal der Moritz selber weiß.

Der Otto hält's irgendwann nicht mehr aus und fragt: »Wa machmr 'en jetz? Pie'?«

»I raff's ed!«, sagt der Jakob, der's immer noch nicht fassen kann. »Wissad 'r was? Des langd vleichd scho!«

Und der Piet nickt sogar!

»Meglich«, sagt er.

Der denkt jetzt ganz ernsthaft darüber nach, ob das Bier und die Begeisterung von den zwei Burschen ihn nicht irreführen. Aber im Moment sieht es tatsächlich so aus, als hätten sie Aussicht auf so was wie »Im Zweifel für den Angeklagten«.

»Wa machmr 'en jetz?«, fragt der Otto nochmal.

»I woiß was«, sagt der Jakob aufgeregt. »Mir schreibad en anonüma Brief. An d' Bolezei.«

Der Otto strahlt und malt sich schon aus, wie der Seggl morgen früh einen großen weißen Umschlag aus seinem Posteingang fischt, der ihre geniale Herleitung enthält; wie er einen Großeinsatz zur Errettung vom Moritz aus seinen unverdienten Fesseln befiehlt und sich für den Rest vom Wochenende voller heimlicher Bewunderung fragt, wer diesen genialen Beweis bloß erbracht hat.

Vielleicht sollte der Brief doch nicht ganz so anonym sein.

Aber der Piet macht das gleich alles im Voraus zunichte und sagt: »Des lassad 'r faih ja bleiba, ihr zwoi. I ruf glei morga da Awald a on schwätz amal mid dem, mal gugga, was der drzu said.«

Eigentlich haben der Jakob und der Otto einen guten Grund, den gesellschaftlichen Zwängen am Freitagabend nicht nachzukommen, weil sie am Samstag ein Spiel haben. Aber so, wie die Dinge grad liegen, besteht ja gar nicht mehr die Notwendigkeit, sich der Weltöffentlichkeit vorzuenthalten. Im Gegenteil: Die Mädels wollen Ergebnisse – jetzt kriegen sie Ergebnisse! Und was für welche!

Der Otto wirft sich ein bisschen in Schale: neues Poloshirt, Lederarmbänder, Frisur in zeitgemäßer Anlehnung an Irokesenschnitt, verwegener Blick. Dann macht er extra noch einen Abstecher zum Kondomvertreiber seines Vertrauens (Schlecker) und dann ab zur Hannah auf die Wiese.

Der Otto und der Jakob haben gestern Abend noch in bester Stimmung für die Lorelei ihre Herleitung nochmal hergeleitet, und der Otto hofft, dass sich das schon rumgesprochen hat, wenn er da ankommt, damit er praktisch bloß noch Lobhuldigungen entgegennehmen und Fragen beantworten muss.

Blöderweise ist das nicht der Fall. Die Mädels schneiden ihn immer noch. Üble Nachrede hält sich halt doch immer hartnäckig. Der Otto zuckt mit den Schultern, köpft ein Bier und hängt sich dem Schenkler um den Hals. Die Kerle lassen sich wie immer leichter begeistern, und der Otto redet extra laut, damit die Neuigkeiten auch überall ankommen, wo sie ankommen sollen. Der Schenkler, der Alex, der Karle und der Veit stoßen mit dem Otto und dem Jakob auf den Moritz an, der mit viel Glück am nächsten Freitag wieder mitfeiert; aber man ist schon vorsichtiger mit der Vorfreude diesmal. Das Inselfreibad wird auf alle Fälle nicht nochmal im Voraus gebucht. Den Kasten Bier hat der Karle nämlich nicht wiedergekriegt.

Mit steigendem Alkoholpegel wird der Otto mutiger und fängt an, sich nach den Mädels umzukucken. Am sichersten wird's sein, erst mal in der Lorelei ihrem Orbit zu zirkulieren.

Die hockt mit der Hannah, der Marlene, dem Lorenz und ein paar andern im Gras. Zielstrebig bewegt der Otto sich ganz zufällig in die Richtung. Er hockt sich halb neben, halb hinter die Lorelei, grinst blöd und bläst ihr seinen Bieratem in den Nacken.

»Jetzad, was laufd?«, röhrt er.

Ein paar von den Mädels verdrehen schon die Augen. Der Otto lässt sich davon aber nicht aus der Ruhe bringen.

»Schwirr ab, Oddo«, sagt eine, keine Ahnung welche.

Die Lorelei war's zwar nicht, aber die rückt ein Stück von ihm weg. Jetzt hängt das Grinsen vom Otto schon ein bisschen aus den Angeln. Er hat keine Ahnung, was er sagen soll, aber er hat auch keine Lust, sich wie ein getretener Hund wieder vom Acker zu machen. Er entscheidet sich dafür, das alles zu ignorieren und einfach ungefragt draufloszuerzählen, was der Jakob und er rausgefunden haben.

Er kommt keinen halben Satz weit, und der Otto macht keine langen Sätze. Die Hannah und die Marlene stöhnen.

»Weisch was, Oddo?«, sagt die Hannah mitleidig. »Dr Jakob on du, abr ganz bsondrs du, ihr könnd euch euer Gschwätz sonschwo naschdegga.«

»Abr desch doch jetz faih wirglich –«

»Oddo, jetz schnall's hald! Des will koinr meh hera, was ihr da en de Näblschwada ausheggad. Jetz lassad's hald mal langsam bleiba.«

»Moinsch du em Ernschd, dass ihr da ebbes erreichad?«

»Ihr kennad eich abr gud selbr vrarscha.«

Dem Otto platzt plötzlich der Kragen.

»On ihr kennad nix wie mäggra«, schnauzt er. »Dr Jakob ond i, mir machad wenigschns ebbes!«

Das löst allerdings bloß Gelächter aus.

»Au ja.«

»On wie.«

»Da had dr Moritz abr a Gligg, ha?«

Der Otto schluckt. Das ist nicht so gut fürs Ego.

Das Schweigen ist eisig. Der Otto kapiert, dass er's versemmelt hat. Wird wohl das Beste sein, für eine Weile die Klappe zu halten und Taten sprechen zu lassen statt Worte.

Der Otto steht ein bisschen unbeholfen auf und geht. Leises Kichern schlägt ihm zum Abschied gegen den Rücken. Gar nicht gut fürs Ego.

Das war schon ein ganz schöner Dämpfer für den Otto. Entsprechend mürrisch taucht er am nächsten Tag zum Spiel gegen die Vaihinger auf.

Der Jakob geht gleich den Piet fragen, wie die Sache steht. Der Otto hat die Schnauze mal wieder voll und kommt gar nicht mit, aber das macht nichts, weil der Piet den Jakob eh bloß anbellt, dass er sich schon gedulden muss, so schnell drehen sich die Mühlen des Gesetzes halt nicht.

Der Otto steht auf dem Platz wie der Rübezahl, bloß dass er keinen Knüppel braucht. An dem kommt heut keiner vorbei, Zu-Null-Spiel, der Otto braucht bloß mit der Braue zu zucken und der Stürmer dreht lieber um und schießt ein Eigentor, der hat richtig schlechte Laune.

Glücklicherweise hebt sich dem Otto seine Stimmung beim Spiel so langsam. Macht Spaß, die Vaihinger wie die Karnickel in ihre eigene Hälfte zurückzujagen, und für den Schiri hat der Otto heut das süßeste Lächeln übrig, das er draufhat. Fehlen bloß noch die Engelslöckchen und ein Paar Flügel.

In der Dusche diskutieren der Michi, der Peppo und der Jurij lautstark, wo sie heut Abend hinwollen, und fragen, ob sonst noch einer mitkommt. Der Otto ist schon drauf und dran, lieber mit den drei Drecksäuen loszuziehen, auch wenn das mindestens eine Massenschlägerei, Autorennen auf der B10 und vielleicht sogar einen vermeintlichen Terroranschlag mit einbegreift. Der Jakob hat auf alle Fälle ziemlich Mühe, ihn umzustimmen.

Das klappt am Ende bloß, weil der Otto im letzten Moment eine blendende Idee hat. Er zückt sein Telefon und ruft die Lilith an.

Hat die Lilith heute Abend schon was vor? Nichts Besonderes. Hat die Lilith Lust, mit in die Disko zu kommen? Um zwölf kann er sie abholen. Hat die Lilith Lust, vorher noch was trinken zu gehen? Bis um neun ist sie fertig.

Der Otto steckt sein Telefon weg und schaltet auf Schwanzsteuerung um. Der Samstagabend ist gerettet; alles im Sinne der Völkerverständigung freilich. Er hofft bloß, dass er die Mädels einigermaßen von der Lilith fernhalten kann – so, wie er die kennt, wären die alle gern bereit, die Lilith ein bisschen über den Otto aufzuklären.

Sprengt die Damentoiletten!

Der Otto passt auf wie ein Schäferhund, und glücklicherweise muss die Lilith nicht so oft aufs Klo. Der Otto unterhält sich den ganzen Abend lang mit ihr über das Leben im Neckartal; über das Leben in Estland; und über Zeichen – wahnsinniges Thema! Die Theorien, die die Lilith dem Otto in ihrem nachvollziehbar langsamen Deutsch darlegt, werden mit jedem Schluck Bier und erst recht nach dem Klobesuch vom Otto immer interessanter. Irgendwann besteht die Welt rings um den Otto und die Lilith bloß noch aus strickmusterartigen Zeichensystemen. Das Gespräch wird in Comicblasen geführt, Saussure und Barthes revolutionieren dem Otto seine Weltsicht (heute Nacht zumindest), alles hängt zusammen und macht Sinn, das ganze Universum wird so greifbar wie der Lilith ihre Nasenspitze.

»Was machst du denn da, Otto?«, fragt sie lachend.

Klappt alles prima: Der Otto kuckt den ganzen Abend lang nirgendwo anders hin als in der Lilith ihre Augen und hört nichts andres als der Lilith ihre Stimme. Was die andern machen und sagen, interessiert ihn nicht. Er kriegt's nicht mal richtig mit, als der Alex um halb eins seine Leute einsammelt und sie in die Disko umziehen; auf einmal steht der Otto auf der Tanzfläche und bewegt sich zu irgendeinem wüsten Beat, während die Lilith sich um ihn schlängelt.

Er hört plötzlich auf, legt seine Hände an ihren Hals, beugt sich runter und küsst sie. Zack, sind ihre Hände unter seinem T-Shirt. Der Otto spannt seine Bauchmuskeln an. Tut fast nicht mehr weh.

Sie sorgt dafür, dass er den Kopf zur Seite dreht, und flüstert ihm ins Ohr: »Aufs Klo?«

Der Otto steht auf der Leitung und braucht eine Weile, um zu kapieren, dass die Lilith zusammen aufs Klo meint. Sie nimmt ihn bei der Hand und führt ihn quer über die Tanzfläche Richtung Toiletten. Unterwegs kriegt der Otto einen Schubser ab, wer weiß, ob absichtlich oder unabsichtlich, aber das ist ganz egal, weil er das eh nicht mitkriegt. Seine Welt ist komplett windstill, nichts regt sich, und er hört nur seinen eigenen, ruhigen und tiefen Atem.

Das ändert sich, als sie bei den Klos ankommen. Der Otto zieht automatisch zu den Herren, sie zu den Damen.

»Nein, nicht zu euch«, bestimmt die Lilith. »Da riecht es immer so komisch.«

Als ob das im Damenklo nicht der Fall wäre.

Der Otto hat eh das bessere Argument und sagt: »Kuck dir mal *die* Schlang an! Da schdelle me ned a.«

Vor dem Klo stehen mindestens zehn Mädels und wer weiß, wie viele drin; bei den Kerlen ist wie immer freie Fahrt. Schnell rein, Tür zumachen und loslegen, das ist dem Otto sein Plan. Dass die Lilith doch noch ein besseres Argument findet, damit hat der Otto nicht gerechnet. Sie zieht ihn zu sich ran und küsst ihn, und ehe der Otto »Huch« sagen kann, hat sie seinen Steuerknüppel und damit den ganzen Otto in der Hand. Den lässt sie erst wieder los, als sie schon mitten in der Schlange stehen, und der Otto frohlockt bloß noch und ist komplett damit einverstanden, die Lilith machen zu lassen. Die Kommentare von den anderen Mädels prallen am Otto ab wie an einem Kampfroboter. Dann geht eine von den fünf Kabinen, die für ihn und die Lilith bestimmt ist, auf wie ein Gewinntor, und dann sind sie drin und der Otto schließt ab.

Sie lachen sich an. Arg viel mehr Vorspiel, merkt die Lilith, kriegt sie nicht. Sie klappt den Klodeckel runter, und dann
bockt sie der Otto auf den Spülkasten auf und presst sie gegen die Fliesen. Der Otto scheint sie durch die Wand und doch
noch ins Herrenklo rammen zu wollen. Die Klospülung geht
ständig an. Der Otto verbeult sich komplett beide Schienbeine
am Rand von der Klobrille. Hinter sich hört er einen Backgroundchor aus Pfiffen, Rufen, Gelächter und Gezeter, stetiges
Crescendo bis zum Finale furioso.

Dann lachen der Otto und die Lilith sich wieder an und
holen Luft. Der Otto sorgt mit einer Hand dafür, dass die
Lilith nicht vom Spülkasten rutscht, als er einen Schritt zu-
rückmacht und sich mit der andern das Kondom abstreift. Die
Lilith hebt mit den Zehen den Klodeckel an, damit er's rein-
werfen kann, und betätigt mit einer Pobacke lachend nochmal
die Spülung.

Der Otto will sich schon die Hose wieder hochziehn, da
gleitet die Lilith vom Spülkasten auf den Klodeckel und vom
Klodeckel auf die Knie. Der Otto kriegt einen Schreck und
knallt mit dem Rücken gegen die Klotür. Weiter kommt er
nicht, und dann ist es schon zu spät, dann versucht er bloß
noch, das Wonnegestöhn auf ein Minimum zu reduzieren.

Die draußen kriegen trotzdem mit, was da abgeht, und bilden spontane Sprechchöre; da sind garantiert grad mehr Mädels im Klo als eigentlich müssen.

Der Otto hängt sich mit beiden Armen an den Kabinen-
trennwänden ein, macht ganz fest die Augen zu und hämmert
mit dem Schädel gegen die Klotür. Dann gibt er seinen zweiten
Schuss ab und erhält tosenden Beifall. Während er erschöpft
dahängt, steht die Lilith auf, nimmt ein bisschen Klopapier und
entsorgt seine Ladung. Dann stellt sie sich auf die Zehenspit-
zen, umfasst seinen Hals und hält ihn lächelnd umschlungen,
bis er wieder so weit ist.

Der Otto hängt sich aus den Trennwänden aus, geht jetzt
selber auf die Knie und will schon anfangen, sich bei der Lilith

zu revanchieren, da zieht sie vor seiner Nase das Hösle hoch und lässt den Rock drüberfallen. Vorhang zu.

»Später«, sagt sie zu ihm, als er fragend hochkuckt. Sie geht jetzt lieber erst mal raus und spült sich am Waschbecken den Mund aus.

Der Otto merkt am Geräuschpegel, dass die Tür sperrangelweit offen steht, und bedeckt seinen Hintern.

»Schbordlr hald«, antwortet er auf die Zurufe und Pfiffe.

Dann mit der Lilith als Leibwächterin nichts wie raus aus dem Damenklo.

13

Der Sonntag ist dem Otto kaum in Erinnerung geblieben. Lang, lang schlafen; bei irgendjemand vor der Glotze hocken (seine kann's nicht sein, die ist ja vom Dach geflogen) und Rallyefahren kucken; ein Teller mit irgendwas Essbarem drauf; mit mindestens einer andern Person zusammen im Bad …

So etwa gegen halb zehn abends kommt der Otto bei sich daheim auf der Dachterrasse zu sich. Er hat ein Bier in der einen Hand und ein Weckle mit einer Roten und Senf in der andern. Der Ernesto grillt zusammen mit zwei Kumpels.

Der Otto fragt nicht mal, was er die letzten zwei Stunden lang für einen Scheiß gefaselt hat. Er trinkt sein Bier aus, isst sein Weckle auf, sagt gute Nacht und geht ins Bett.

Irgendwie schafft er's dann, am nächsten Morgen ziemlich frisch auszusehen – auf alle Fälle scheint der Heinrich, der Meister, zu finden, dass heut der richtige Tag ist, ihn mal zu einem Außenauftrag mitzunehmen. Das, oder vom Team ist einer ausgefallen.

Dass der Otto doch mal wieder nicht ganz da ist, merkt der Heinrich erst, als alle vier Mann, der Otto, der Mischka, der Herbert und er selber, schon kopfüber in der Anlage stecken. Nicht dass der Otto dann einen Schraubenzieher nicht vom Sekundenkleber unterscheiden könnte oder der Heinrich um sein Leben oder sogar um die Versicherungspolice bangen müsste – der Otto könnte wahrscheinlich im Vollrausch noch arbeiten. Hat er bestimmt auch schon gemacht.

Der Heinrich weiß nicht so ganz, was er vom Otto halten soll. Der Bursche verschwindet einfach in der Maschine. Der schafft wie im Traum, jeder Handgriff sitzt, wie von einem Marionettenspieler geführt, mechanisch und vorprogrammiert. Zwei, drei Jahre Arbeitserfahrung und der Bursche nimmt das ganze Gaisburger Kraftwerk mit einem Handbohrer auseinander. Und setzt es wieder zusammen.

Und wenn man ihn drauf anspricht, dann grinst der Depp bloß unbedarft und sagt, er hat schon immer gern gebastelt. Bescheidenheit oder Hirnverbranntheit? Das Erste schließt der Heinrich irgendwie aus.

Über sowas denkt der Heinrich gar nicht so gern nach. Das erinnert ihn bloß wieder dran, dass er nicht weiß, was er mit dem Burschen anstellen soll. Im Herbst fängt dem Otto sein drittes und letztes Lehrjahr an, und spätestens bis zum Winter sollte der Heinrich ihm signalisieren, ob er ihn übernimmt oder nicht. Von der Leistung her würd er das ja schon tun, aber in Zeiten wie diesen, mit permanent unsicherer Auftragslage, da wünscht er sich schon jemand auf Dauer Verlässliches. Und der Eindruck von langfristiger Verlässlichkeit kommt beim Otto halt ums Verrecken nicht auf.

Na ja; ein bisschen Zeit hat der Heinrich ja noch. Und der Otto auch.

Heute macht der Otto Überstunden und kommt eine halbe Stunde zu spät zum Training.

»Had dr Pied scho was gsaid?«, fragt er den Jakob.

»Scho«, sagt der Jakob. »Ward hald bis nachher, had 'r gsaid.«

Das hat der Otto sich schon gedacht. Der Piet hat in der Hinsicht sowas Theatralisches an sich. Und eine Folterknechtader.

Heut geht dem Piet seine Rechnung aber nicht auf. Der Otto hat überhaupt keine Puste und schleicht zuerst um und dann über den Platz. Der hat nicht mal Lust, was zu unternehmen, als der Peppo und der Jurij anfangen, Späßle mit ihm zu machen. Das Geschwätz überhört er einfach, und als der Peppo ihm beim Mann-gegen-Mann die Hose runterzieht, bleibt der Otto einfach stehen, lässt den Peppo laufen und zieht sich die Hose wieder hoch. Als er sich umdreht, hat der Peppo dem Jurij eine Torvorlage gemacht und jubelt. Der Otto steht bloß da und glotzt, ohne eine Miene zu verziehen.

»Ob der was ahnd?«, fragt sich der Piet.

Was er den Burschen zu sagen hat, wird denen nämlich nicht gefallen.

Und dann wollen die's auch noch alle wissen. Als der Piet in die Umkleide kommt, hocken oder stehen alle frisch geduscht rum und kucken erwartungsvoll. Der Jakob hat wohl mal wieder den Mund nicht halten können.

»Jetzad, wasch middam Moritz?«, fragt der Michi.

Den interessiert's vielleicht sogar am meisten. Der hat nicht so viel Lust, den Moritz im Tor zu ersetzen, der spielt viel lieber defensives Mittelfeld.

Der Piet nimmt seine Halbzeitpausen-Motivierungshaltung ein und sagt: »Also, i hann heid Middag nomml da Awald agrufa, on der had gsagd, d' Ondrsuchung sei abgschlossa, des keed frühschns em Nofembr nomml zor Schbrach komma, bloss er däd sich da koine große Hoffnonga macha, weil am Moritz sei Aussag nix geld auf Grond von denne Bludergäbniss.«

»Abr dr Moritz woiß doch felsafeschd, dass 'r da Hansi ed auszoga had, onna kemmr doch beweisa, dass da no ebbr andrsch war!«, schreit der Jakob.

Der Otto sagt nichts. Der macht bloß kurz die Augen zu und dreht sich weg. Weltmeister im Handtuchwerfen.

»Scheiß Sischdem«, murrt der Gerkhan, und die andern machen auch alle ganz finstere Mienen.

Der Piet hebt die Schultern.

»I kann des mal no a bissle weidr vrfolga ...«

»Ph!«, meint der Jakob. »Gäb dr koi Müh. Die senn doch froh, die Saichbeidl, dass se en Domma gfonda henn, wo se vrgnagga kennad! Die henn doch gar koi Luschd zom des nomml übrprüfa, die Ärsch, wo bloss uff ihre Gsichdr hoggad!«

Jetzt bricht ein Tumult aus. Alle regen sich auf über irgendeine unsichtbare Übermacht. Der Piet hört Schimpfwörter, von denen er gar nicht geahnt hat, dass es die gibt. Nach und nach sind alle auf den Füßen. Wenn die nicht zur selben Mannschaft gehören würden, gäb's jetzt glatt gleich eine Schlägerei.

»He, hee! Leidla!«, versucht der Piet die Wogen zu glätten, weil er sich nicht sicher ist, ob das Argument von derselben Mannschaft bei seiner Mannschaft zählt. Der Peppo steckt auch schon mitten in der Planung für einen bewaffneten Überfall auf Stammheim, aber der Piet kann sich dann doch wieder Gehör verschaffen.

»Jetz kriegad eich mal widdr ei, desch doch koin Hühnrschdall da«, sagt der Piet und das wirkt. Mit Hühnern lassen die sich nicht so gern vergleichen.

»Wa schlägsch vor, eh?«, fragt der Peppo, dem bloß noch das Stirnbändchen und die Munitionskette fehlen, um für den Rambo durchzugehen. Die Fresse und den Blick hat er schon drauf.

Der Piet sagt: »I schlag vor, ihr machad jetz da koin Aufschdand. Wie gsagd, i gugg mal, ob sich da ed no ebbes macha lessd. Abr i däd me an eurer Schdell da ed so dren neischdeigra, des –«

»Neischdeigra?«, schreit der Jakob, der die Meuterei jetzt wieder anführt. »Dr Moritz hoggd oschuldig em Gfengniss!«

»Momend amale«, stellt der Piet da klar: »Dass dr Moritz oschuldig isch, isch ed gsagd.«

»Uff welchr Seide bisch 'en du jetz, Pie'?«, fragt der Otto, und für den Trainer wird's plötzlich enger im Raum.

Der Piet hebt die Hand. Sind die echt alle so weltfremd?

»I sag's eich bloss; so laufd des ed«, sagt er. »Wenn 'r scho a Revoluzioh schdarda wellad, na machad des wenigschns mid ma kiala Kopf, ihr wellad ja emmr die sei, wo hendadrei lachad. Jetz wardad amal bis zom Donnrschdag, wie gsagd, i her me nomml om. Abr Hoffnonga macha däde mr koine so arg große meh. Des war vleichd von Afang a dr Fählr.«

Jetzt ist es still. Der Piet nimmt seine Tasche.

»Kommad, auf, raus jetzt dahanda«, herrscht er seine Truppe an.

Nach und nach packen alle murrend ihr Zeug zusammen und trotten nach draußen. Der Piet schließt ab, geht zu seiner Karre, steigt ein und fährt weg.

Die Kerle stehen noch eine Weile auf dem Parkplatz, wie ein Rudel Wölfe vor der Jagd. Blöderweise ist das Wild ein paar Kragenweiten zu groß. Am Ende landet die Hälfte von denen doch bloß wieder vorm Ausschank und bruddelt und brägelt über ein, zwei, drei Bier. Die Birgit hinterm Tresen kriegt die ganze Geschichte zu hören und schlägt auch bloß sowas wie Geiselaustausch, Fluchthubschrauber und ab nach Korsika vor.

Der Peppo und der Michi steigen da voll drauf ein und sind sich schnell einig, dass als Geisel eigentlich bloß einer in Frage kommt, nämlich der Piet: Der kennt sich aus und kann nebenher nützliche Tipps geben, der macht keinen Aufstand und der hält hinterher die Klappe.

»He, isch ganz eifach, Mann«, erklärt der Jurij. »Wenn 's Sischdem gegn dich schbield, na schbielsch du gegn 's Sischdem, oddr?«

Der Jakob beharrt auf seinem Standpunkt.

»Des bassd denne doch grad nei«, sagt er finster. »Die wellad doch gar koin andra. Da Moritz kennad se als Dschankie abschdembla onna bassd des scho, na senn die widdr mal beschdädichd.«

Der Otto sagt gar nichts, der kuckt die ganze Zeit bloß mürrisch in sein Bier und regt sich drüber auf, dass der ganze Ärger für die Katz war. Bis dem Jakob seine Miene sich plötzlich wieder aufhellt, er den Otto mit dem Ellenbogen anstößt und sagt: »Außr mir fragad mal no den Nachbr vom Aldingr, Oddo. Vleichd had der ebbes gsäa.«

Der Otto stöhnt. Der hat echt keine Lust mehr.

»Moinsch ed, des hedd der, wenn, na scho dr Bolezei vrzehld?«, fragt er genervt.

Der Jakob kann einem echt manchmal ganz schön auf den Senkel gehn.

Aber der Jakob bleibt hartnäckig.

»Vleichd ja, on vleichd noi«, sagt er schlau. »D' Bolezei had nemmlich ois ed gwissd, was mir wissad: dass da nomml oinr war. Ond wenn se's ed wissad, na kennad se au ned drnach fraga, oddr? Vleichd isch dem Nachbr des ed uffgfalla, dud's abr, wemmir en mid dr Nas druffschdoßad. Woisch, wie e moin?«

»Ja«, sagt der Otto grätig.

Er hat ja keine andre Wahl, als weiter mitzumachen, oder?

14

Gut, dass auf den Montag immer der Dienstag folgt, da hat der Otto Schule und schon um halb vier aus. Sogar früher wie der Jakob: Dem seine letzte Vorlesung geht bis um vier. Gleich im Anschluss schaut der Jakob beim Otto vorbei. Sie machen ein Bier auf und kucken, was der Otto sonst noch so im Kühlschrank hat.

Während sie sich oben auf der Dachterrasse irgendwelche undefinierbaren Essensreste von der Lena teilen, ruft der Jakob mal wieder den Aldinger an, erklärt dem die Sachlage und fragt ihn, ob sie nochmal vorbeikommen und dann zusammen zum Nachbar rübergehen können. Der Aldinger ist natürlich auch empört über die Unfähigkeit der zuständigen Behörden. Genauso unmöglich findet er's aber auch, dass er da jetzt mit den beiden zum Röhmer rüber muss.

Wie immer dulden der Otto und der Jakob keine Widerrede. Was vordergründig als Anfrage getarnt war, entpuppt sich ganz schnell als Pflichtmaßnahme. Der Aldinger hat keine Wahl: Der Otto und der Jakob kommen jetzt gleich mal vorbei. Will er dem Moritz etwa nicht –

»Jetz schwätz koin Scheiß, Jakob«, schnauzt der Aldinger. »Kommad hald vorbei on had ...«

Dann hat der Aldinger aufgelegt.

Der Otto und der Jakob machen seelenruhig ihr Bier alle und ihre Teller leer. Dann steigen sie in dem Jakob sein Auto und fahren rüber auf die andre Neckarseite.

»Du, Aldingr, mir henn au gnug andre Sacha zom macha«, pflaumt der Jakob den Aldinger gleich an, als sie einander gegenüberstehen. Das stimmt: Für den Jakob wird's langsam eng von wegen Klausuren.

»Abr jetz hemmr scho agfanga mid dem Scheiß, on na wird hald au gmachd, wa mr macha kennad. Hasch me?«

»Scho glar«, schnauzt der Aldinger zurück. »Wenn 'r eich da no ed so vill druff eibilda dädad.«

Der Otto hat genug. Der packt beide am Kragen und sagt: »So, jetz gäbad 'r eich schee widdr d' Hend, Mädls, onna isch gud, gell?«

Dann kuckt er sich um und fragt: »So, jetz, welchr Nachbr isches 'n?«

»Kommad.«

Der Aldinger führt den Otto und den Jakob nach nebenan. Der Eugen Röhmer ist Spezialtransportunternehmer. Der steht grad mit zwei von seinen Mitarbeitern im Hof. Als er die drei Burschen zu Gesicht kriegt, kuckt er erst mal ganz komisch. Den Aldinger junior kennt er ja, und die zwei andern Gestalten, wenn er sich nicht täuscht, sind das die beiden komplett zugeknallten Doppelnullen, die an dem Abend, als er den Moritz und den Hansi entdeckt hat, im Vollrausch durch die Halle gegeistert sind. Aber die Burschen kucken ganz unbedarft, die scheinen ihn nicht zu erkennen. Schließlich sehen die ihn auch zum ersten Mal mit einsetzbaren Hirnfunktionen.

Der Röhmer schüttelt dem Aldinger die Hand.

»Jetzad, Sebaschdian! Wie gahd's dr, Kerle? Wa vrschaffd mir au dui Ehre?«

»Des senn dr Jakob on dr Oddo«, stellt der Aldinger seine Kumpels vor. »Mir kommad wäga derra Sach von vor vier Wocha, woisch no, wägam Hansi onnam Moritz.«

Der Röhmer kneift die Augen zusammen.

»Ja, des woiße scho no. Worum gahd's gnau?«

»Jetz senn ihr dra«, sagt der Aldinger, und der Jakob ist so frei und übernimmt.

»Dui Sach isch die, mir vrsuchad, da Moritz zom endlaschda, on senn zo der Übrzeigung komma, dass da no ebbr andrsch gwäsa sei muss. Dr Moritz ka sich bleedrweis ed dra erennra, abr jetz hemmr ons dengd, vleichd henn Sie ja was gsäa.«

Der Röhmer überlegt kurz. Die Burschen warten geduldig. Erinnern die sich echt an nichts oder tun die bloß so?

Der Röhmer grinst breit und sagt: »Des fende abr nobl von eich, dass 'r euern Kumbl endlaschda wellad. Mal gugga, ob e eich da helfa ka. Des missadr mr abr nomml gnaur vrzehla.«

»Hasch grad gschwend Zeid?«, fragt der Aldinger.

»Freilich! Fr en guda Zwegg emmr«, sagt der Röhmer und bedeutet ihnen, ihm ins Büro zu folgen. »Kommad! Wellad 'r was drengga?«

Der Aldinger lehnt ab, aber der Otto und der Jakob sagen nicht nein. Die machen dann große Augen, als sie ganz kleine Gläser kriegen und der Röhmer eine Flasche Birnengeist auf den Tisch knallt.

»Der 'sch faih selbrgmachd«, sagt der Röhmer stolz und schenkt ein.

Der Otto und der Jakob werden sich plötzlich der heimischen Spezialitäten bewusst. Dagegen schmeckt Wodka ja wie Klebstoff.

»Der 'sch ersch gud«, sagt der Otto beeindruckt.

Der Röhmer lehnt sich breit grinsend zurück und nickt zufrieden. Dann beugt er sich plötzlich wieder vor, schenkt dem Jakob und dem Otto nach und sagt: »So, wie war des jetz, was wellad 'r jetz wissa?«

Also legt der Jakob dem Röhmer nochmal ganz genau die Situation dar: Wie sie ganz allein, bloß mit Hilfe der ermittelten Tatsachen, rausgefunden haben, dass irgendjemand anders das Opfer ausgezogen hat; dass der Beweis aber nicht stichhaltig ist, weil dem Moritz seine Aussage nicht reicht, was ja echt nicht angeht, weil schließlich dem Moritz seine Schuld bewiesen werden muss, nicht seine Unschuld. Was sie jetzt halt hoffen, ist, dass dem Herr Röhmer was aufgefallen ist, irgendwas, das darauf hinweisen könnt, dass da nochmal einer war, weil im Gegensatz zum Moritz seiner Aussage zählt dem Herr Röhmer seine wenigstens, und er war ja auch ziemlich nah dran.

Der Röhmer nickt.

»Ja, da missde jetz hald mal ieblrega«, meint er. »So auf d'
Schnelle woiße da jetz nix, abr ihr henn rächd, des isch nadirrlich a vellig neia Sachlag jetz.«

Der Otto und der Jakob nicken stolz.

»Senn ihr da au dagwää an dem Abad?«, fragt der Röhmer
beiläufig.

Die beiden kucken sich kurz an.

»I glaub, mir senn scho vorher ganga«, sagt der Otto.

»Mir henn da no uff a andrs Feschdle missa«, erklärt der
Jakob.

Der Röhmer nickt. Die haben echt überhaupt keine Ahnung.

Dem Aldinger sein Telefon klingelt. Der scheint da drüber
nicht unglücklich zu sein, springt auf, entschuldigt sich und
geht vor die Tür. Das ist dem Röhmer auch ganz recht. Die andern beiden hat er grad bei ihrem dritten Schnaps. Zwei völlig
harmlose Vollidioten, die sich abfüllen lassen wie der Säugling
an der Mutterbrust.

»I fend des echd nobl von eich, was ihr da fr euern Kumbl machad«, sagt er nochmal. »Gude Kumbls wie eich gibd's
nemme so vill heid, ha? Dreue, wissad 'r, a richdiga Dreue en
dr Fraindschafd, desch selda worra. Oddr? Da had dr Moritz a
richdigs Gligg em Oggligg, gell?«

Mehr stolzes Nicken.

»Oddr henn 'r vleichd sonsch no en Grond, des fr euern
Fraind zom macha? Ha?«

Der Otto und der Jakob schütteln den Kopf.

»Desch a Ährasach«, sagt der Jakob.

»Dr Moritz isch en Schwierichkeida on mir machad, wa mr
kennad, ommam z' helfa«, fügt der Otto hinzu.

»Rausgfonda, dass da nomml ebbr war, hemmr emmrhin
scho.«

»Desch faih gar ed so oifach, wie's em Fernsää aussiehd.«

»Seid drei Wocha machmr da jetz scho dra rom.«

Der Röhmer nickt anerkennend. Drei ganze Wochen
brauchen diese zwei Verlierer, um endlich draufzukommen,

dass sie mal den einzigen Zeugen befragen könnten. Starke Leistung.

»Wissad 'r was?«, sagt der Röhmer plötzlich und kriegt einen ganz scharfen Blick, »mir 'sch grad nomml was eigfalla. Des hanne bis jetz ed weidr beachded, weil – des missad 'r scho endschuldiga – dui Siduazioh middam Moritz had hald scho eideidich ausgsäa, bis jetz zumindesch, bevor ihr auf den neia Beweis komma senn.«

Die Burschen lächeln selbstzufrieden und beugen sich erwartungsvoll vor.

»D' Heinzlmennla warad's!«, würd der Röhmer jetzt so gern rufen.

Stattdessen kneift er die Augen zusammen, kuckt in die Ferne, nickt wiederholt und sagt: »Ja, jetz woiße's widdr … Grad, wo e neikomma benn on dui Sauerei no gar noid gsäa hann – deswäga hanne mr da au no gar nix drbei dengd, weil des ja wie gsagd vorhärer war – da hanne grad no gsäa, wie zwoi Burscha zor Dier naus senn.«

»Zo welchr?«, fragt der Jakob.

»I benn von derra Seide komma on die senn uff dr andra Seide naus. Feschdleszugs«, sagt der Röhmer.

Der Otto und der Jakob kucken sich kurz an. Jetzt sind sie ganz nah dran.

»Wie henn die ausgsäa?«, fragt der Otto.

Der Röhmer schüttelt den Kopf.

»Erschnsmal hanne wie gsagd ed groß druff g'achded on zwoidns senn die grad naus, i hann se bloss von henda gsäa. Oinr war greßr on dr andr war gloinr, oinr had glaub hellere ond oinr dongglere Haar ghed.«

Der Jakob und der Otto kucken sich nochmal an. Genau wie sie selber.

»Machd nix«, sagt der Jakob dann. »Desch schommal en gwaldigr Fordschridd.«

»I hoff, des helfd eich weidr bei eure Nachforschonga«, sagt der Röhmer und steht auf.

Die Burschen kommen auch wieder auf die Füße und schütteln dem Röhmer die Hand.

»I benn froh, wenne helfa ka«, sagt der Röhmer. »Wenn 'r nomml a Frag henn, na kommad 'r ruhig nommal vorbei, gell?«

»Subbr«, sagt der Jakob. »Dangschee.«

Sie verabschieden sich und treten wieder raus auf den Hof. Das fühlt sich an wie eine Geburt: Alles blendet, und nichts ist mehr so, wie es vorher war. Zum Brullen. Die beiden verabschieden sich geistesabwesend vom Aldinger, steigen in dem Jakob sein Auto und schlingern zurück zum Otto.

Beim Reinkommen treten sie fast die Tür ein. Die Lotte macht den Fehler, zu dem Zeitpunkt im Flur rumzustehen, und muss sich fünf Minuten lang irgendein Gefasel von den zwei Burschen anhören, die offenbar mal wieder einen sitzen haben. Dem Erzählinhalt misst die Lotte deshalb nicht allzu viel Wert bei. Sie schüttelt bloß grinsend den Kopf und wundert sich über hirnlose Lebensformen dieser Größe.

»Fendad 'r des ed au bedengglich – scho am hella Dinnschdag blau?«, fragt sie irgendwann.

Der Otto und der Jakob stutzen und halten erst mal die Klappe. Der Otto kneift die Augen zusammen und blinzelt und versucht zusammenzuzählen, wie viele von den kleinen Gläsern er leergemacht hat. Blau sind er und der Jakob auf alle Fälle nicht! Einen angenehmen Schwips hat der Otto, das schon eher.

Er nimmt die Lotte in die Arme, beugt sich zu ihrem Ohr runter, stützt sich mit den Lippen und der Nase dran ab und setzt ihr mal kurz den Unterschied auseinander.

»Außrdem muss mr hald au bereid sei, Opfr zom brenga fr a guda Sach«, schließt er grinsend und lässt die Lotte wieder los.

Die nickt lachend.

»On Godd sei Dangg senn ihr zwoi ganz groß em Opfr brenga.«

»Ha ja.«

Alle drei lachen.

»Jetz. Abr. Isch des ed subbr, wa mir rausgfonda henn? Sag's«, sagt der Otto, und der Jakob erklärt der Lotte alles nochmal deutlicher.

Die Lotte steht mit verschränkten Armen da, grinst blöd und scheint ziemlich skeptisch zu sein. Warum akzeptiert die Welt nicht einfach, dass der Otto und der Jakob zwei absolut geniale Ermittler sind? Dauert zwar alles seine Zeit, aber sie kommen schon noch ans Ziel, so wie die Dinge grad liegen. Jetzt brauchen sie bloß noch eine Liste von den Leuten, die an dem Abend auf der Party waren –

»On des nemmad 'r dem so ab?«, fragt die Lotte mit ganz hohen Augenbrauen.

»Ha ja«, sagt der Otto. »Worom ed? Der 'sch ja an Ord on Schdelle gwäa, der Nachbr.«

»Äba«, sagt die Lotte und kneift ein Auge zu. »On wenn 'r mi fragad, na machd en des ed zo 'ra Audoritäd, sondrn des machd 'n vrdächdig.«

Die Lotte amüsiert sich über die Gesichter von den beiden Spinnern. In den Gesichtsausdrücken eingemeißelt spiegelt sich die gesamte Menschheitsgeschichte wider: das Erstaunen der Jungs über die Tatsache, dass die Mädels eh alles besser wissen, und der misslingende Versuch, diese Erkenntnis zu vertuschen.

»… Ja, des keed nadirrlich au sei«, gibt der Jakob irgendwann zu.

»Des hemmr ja au ed ausgschlossa«, sagt der Otto schlau. Das stimmt; das war weder ein- noch ausgeschlossen.

»Henn 'r 'n gfragd, ob 'r dui Aussag au no bei dr Bolezei machd?«, fragt die Lotte. »Wenn des schdemmd, na muss 'r des melda, desch en wichdigr Hinweis.«

Der Otto ruft voller Elan: »Woisch was? Da gangmr glei nomml na on fragad!«

»En euerm Zuschdand?«, fragt die Lotte spöttisch.

Der Otto kuckt kurz an sich runter.

»Ha ja«, sagt er dann.

»Des war ja dem sei Schnaps«, verteidigt sich der Jakob.

»I nemm a Wassrflasch mid«, sagt der Otto und verschwindet laut rülpsend in der Küche.

»'s Audo lesch faih schdanda, Jakob«, sagt die Lotte.

Der Jakob lässt sich nicht gern bemuttern und schnauzt: »Scho glar.«

Dann tut's ihm leid, und er grinst und macht's mit einem Küsschen wieder gut. Inzwischen kommt der Otto mit einer frisch abgefüllten, tropfenden Wasserflasche wieder aus der Küche.

»Kemmr?«

»Abmarsch. Bis nachher, Lodde.«

Zack, knallt die Tür zu und der Spuk ist wieder vorbei.

Der Otto hat aus Versehen den Deckel von der Flasche in der Küche liegen lassen. Abwechselnd stürzen er und der Jakob Wasser runter, auf dem Weg zur Bushaltestelle, im Bus und bis zu dem Gebüsch, wo der Inhalt von der Flasche wieder in den Naturkreislauf eingespeist wird. Von da sind's dann bloß noch ein paar hundert Meter bis zum Aldinger, aber zu dem wollen sie ja grad gar nicht. Der würd sich wahrscheinlich auch bedanken.

Der Röhmer kniet grad im Hof vor einem von seinen Transportern und zieht ein paar Naben nach. Als er den Jakob und den Otto zu Gesicht kriegt, lacht er laut.

»Gäbad's zua!«, ruft er, »ihr kommad nomml wäga ma Schnäpsle!«

Lachend wischt er sich die Hände an einem Lappen ab.

»I woiß scho, dass der guad isch«, sagt er.

Der Otto und der Jakob grinsen verlegen.

»Jetz ed so diregd«, sagt der Jakob.

Dann fängt er an rumzudrucksen.

»Also desch so – mir henn ons des grindlich durch da Kopf ganga lassa, was Sie gsagd henn, ond – ond mir henn denggd,

Mensch – desch ja subbr, des däd gwieß au scho langa zom da Moritz endlaschda, wenn Sie dui Aussag bei dr Bolezei macha dädad, dass da nomml oine warad, weil – onsr Aufgab isch des ja ed, da Schuldige – oddr *die* Schuldige – zom fenda, sondrn bloss da Moritz –«

Der Otto hat danebengestanden, Hände in den Hosentaschen, und eigentlich wie immer ein bisschen blöd aus der Wäsche gekuckt. Aber plötzlich, von irgendwo aus dem Nirgendwo, sendet irgendeine hinterste Gehirnzelle einen Impuls, der im Bruchteil von einem Augenblick auch schon wieder in der Nebelsuppe untergeht. Mit andern Worten: Für eine Millisekunde kommt's dem Otto so vor, wie wenn er ein Déjà-vu hätt: Der Röhmer kniet am Boden, die rotgoldnen Haare auf dem Unterarm, das Radkreuz in der einen Hand und den Lappen lose zwischen den Fingern von der andern …

Dann ist das Bild und damit die Erinnerung wieder weggetaucht und macht auch keine Anstalten mehr, nochmal aufzutauchen. Das Einzige, was der Otto dann noch weiß, ist, dass es grade da war, aber das hinterlässt immer noch Spuren auf seinem Gesicht: Völlig entgeistert stiert er den Röhmer an. Und der Röhmer scheint den Blick zu spüren, der kuckt vom Jakob zum Otto und sieht sofort, was der Otto gesehn hat. Leider doch noch nicht ganz hirntot, der Bursche – aber das lässt sich ändern, denkt der Röhmer. Der Otto ist noch ganz ergriffen von seiner plötzlichen Erkenntnis, die eigentlich schon wieder weg ist, der kann gar nicht so schnell kucken, wie der Röhmer hochkommt, ihn am Kragen packt und in die Garage zerrt und da gegen die Wand presst.

»Kalle Blomkvischd läbd gefährlich«, ist alles, was dem Otto in dem Moment einfällt.

Der Jakob ist genauso perplex, der kommt wie ein Esel hinterdreingetrottet, um rauszukriegen, was überhaupt los ist.

»Schdemmd ebbes ed?«, fragt er, aber im Moment hört ihm eh keiner zu.

Der Röhmer pfeift zwischen seinen Zähnen durch: »So, jetz bass amal gud uff, du Null, gell, i benn faih en rächdschaffenr Bürgr, gell, i lass me ned von so Rotzleffl wie eich, wo bloss dra denggad, wie se sich 's Hirn rausblasa kennad, vrarscha. Ihr jonge Kerle henn doch von gar nix a Ahnung, koin Aschdand ond koi Eischdellong meh, bloss no saufa ond kiffa, bis 'r no bleedr werrad, wie 'r vorher scho warad. I kenn eich Lombapack zr Genüge. Ihr moinad wohl, ihr denn was Guads, wenn 'r dem Lusr, wo em Gnaschd hoggd, wo 'r nagherd, helfad, drweilsch had 'r da wenigschns no a Schaas, was frs Läba zom lerna, da gherad ihr älle mal neigschdeggd. Da senn ja d' Kanalradda meh wärd wie ihr, die machad wenigr Schada ond lassad sich leichdr bekembfa. An eurer Schdell däde me schnellschns widdr ondr den Kanaldeggl vrgriecha, ondr dem e vorgrocha benn. Auf so Dagdieb wie eich ka d' Weld vrzichda. Ond bloss dass de's woisch, Kerle: Moin ja ed, de keedsch mr da ebbes nachweisa, gell? Des däde an eurer Schdell schee bleiba lassa.«

Der Otto kriegt zunehmend Panik, der hat sich noch nie gern einklemmen lassen. Er will bloß weg und macht den Fehler, nach dem Röhmer zu schlagen. Dafür fliegt er erst mal quer durch die Garage, bis er ein Metallregal rammt. Das tut ganz schön weh, besonders an den Schienbeinen, an den Rippen und am Kopf. Der Otto geht zu Boden und wird von Muttern, Schrauben, Zangen und sonstigen Werkzeugen behagelt. Er kommt vergleichsweise schnell wieder hoch, aber der Röhmer ist ihm gar nicht gefolgt.

Den Jakob hat der Otto ganz vergessen. Warum ist der nicht abgehauen, der Depp? Der wird grad richtig übel vermöbelt. Der Otto hat nicht wirklich Lust, dem Jakob jetzt zu Hilfe zu kommen, aber er schätzt, das ist eine von den Situationen, wo man keine große Wahl hat. Er peilt dem Röhmer seinen Kopf an, aber der scheint irgendwie ein verdammt gut trainierter ehemaliger Boxer oder so was zu sein, der weicht dem Otto einfach aus und einen Sekundenbruchteil später zahlt der

Otto die Rechnung: Während der Jakob orientierungslos am Boden krabbelt, sorgt der Röhmer dafür, dass der Otto demnächst auch so endet.

Nicht dass der Jakob und der Otto noch nie in eine Schlägerei verwickelt waren. Aber das hier ist ein ganz anderes Kaliber, das lässt sich nicht vergleichen mit Recreational Violence. Irgendwann landet der Otto neben dem Jakob auf seinen Knien und ist froh, dass er's jetzt auch hinter sich hat. Der Röhmer macht einen Schritt zurück, packt die beiden am Schopf und sorgt dafür, dass sie zu ihm hochkucken. Der Otto spürt irgendwas Flüssiges quer über sein Gesicht laufen. Zu dick für Schweiß und mit Metallgeschmack.

»So, ihr Bürschla«, sagt der Röhmer, der bei der ganzen Sache bloß leicht außer Atem gekommen ist. »Ihr wissad wahrscheinlich gar ed, was fr a saumäßigs Gligg ihr henn. Schdemmds?«

Der Röhmer wartet auf eine Reaktion; leichte Kopfbewegungen und leises Gestammel. Er nickt.

»Hanne mr dengd. Ihr henn a saumäßigs Gligg, ihr zwoi, insoffrn, als dass 'r nix macha kennad. I woiß ed, was ihr wissad, abr desch au egal, weil eich des eh koinr abnemmd ond Beweis henn 'r au koine. Wenn des ed dr Fall wär, na heddad 'r jetz a Problem am Hals. I keed eich ohne Problem irgngwo emma Schdraßagraba en Rumänia endsorga. Abr so senn 'r bloss zwoi harmlose Kiffr, ond i rad eich, bleibad beim Tüdadräa, desch en dem Fall gsöndr, henn 'r me?«

Der Röhmer wartet wieder auf eine Reaktion. Mehr leises Gestammel und von jedem ein lahmes Nicken.

»Wissad 'r jetz, was 'r zom doa henn?«, fragt er nochmal nach und lässt sich's vom Jakob wiederholen.

Dann nickt der Röhmer und lässt den Jakob los. Er hält dem Otto irgendwas vor die Nase und wartet, bis der erkannt hat, was das ist: dem Otto sein eigener Personalausweis.

»Siehsch des?«, fragt der Röhmer und wartet auf dem Otto sein Nicken.

»Den bhalde«, sagt der Röhmer und steckt den Ausweis in die Brusttasche. »Woisch, wasse mid dem mach?«

Der Otto schüttelt den Kopf.

»Den benutze zom eich wäga Hausfriednsbruch, Diebschdahl on vrsuchdr Erbressong azomzeiga, wenn au bloss oin gotzigr Bolezischd sei Nas dahanda reischdeggd. Also haldad euer Glapp, em eigna Endresse. Em Gegasatz zu eich bsoffene Schdenggtier benn i eh vill glaubwürdigr, i benn nemmlich en aschdendigr Birgr. Ond an eurer Schdell wäre en Zukumfd schee brav.«

Jetzt lässt er auch den Otto los, macht noch einen Schritt zurück und betrachtet die beiden Burschen, die mit hängenden Köpfen vor ihm knien und den Hallenboden mit ihrem Blut vollsprenkeln. Er kann sich nicht helfen und lacht herzlich bei dem Anblick.

Dann hört er auf, zerrt die beiden an den Krägen auf die Füße und sagt: »So, on jetz vrschwendad on lassad eich dahanda nie wiedr bligga.«

Er lässt sie hinten raus, weil die echt erbärmlich aussehen und kein Verdacht aufkommen soll. Dann geht er den Putzeimer holen und fängt an, den Boden zu wischen.

15

Die Lorelei strackt grad am Pool und bastelt an einer Hausarbeit, als das Telefon klingelt. Der Otto ist dran. Der ist so schlecht zu verstehen, der muss einen ganzen Eimer Sangria ausgeleert haben oder irgendwas Vergleichbares.

»Lo«, lallt er ins Telefon, »Lo, dusch mr en 'Falla on 'olsch ons ab vom –«

»Sammal, Oddo, senn ihr no ganz dichd?«, fragt die Lorelei genervt. »Wenn 'r scho moinad, dass 'r schdendich auf Sauftour ganga missad, na bschdellad eich gfelligschd a Taxi! I benn doch ed dr Schnapslaichaschofför dahanda!«

»Noi, Lo«, stammelt der Otto, »'esch 'n No'fall, ehrlich, 'esch – 'esch ed so wie de dengsch. Idde …«

Die Lorelei merkt, der Otto fängt gleich an zu heulen. Sie verdreht die Augen und stöhnt.

»Wo senn 'r?«, fragt sie sauer.

»… 'eim E'hs aufam 'ar'latz«, sagt der Otto. »Mach schnell, Lo.«

Dann hört die Lorelei bloß noch irgendwelche Geräusche. Bestimmt ist ihm das Handy aus der Hand gefallen.

Der Lorelei stinkt das gewaltig, dass sie jetzt die beiden Alkoholpräparate aus Cannstatt abholen kann, und dann auch noch in ihrem eigenen Auto, das die bestimmt vollreihern werden, bis die Brühe zum Schiebedach rausläuft. Die können echt was erleben, die beiden Hacken, wird eh mal Zeit, denen die Zapfhähne abzuschrauben.

Eine Viertelstunde später biegt die Lorelei auf den Parkplatz vom Etz, dem Elektro-Technologie-Zentrum. Nichts los da, ist ja schon fast acht. Die Lorelei denkt sich schon, dass die Burschen sich in denen ihrem Zustand wohl nicht grad vorm Haupteingang postiert haben, und sucht mit den Augen die Umgebung ab.

Der Jakob und der Otto haben das Auto schon gesehen und kommen wie die Ratten aus ihrem Versteck. Der Otto stützt den Jakob. Die Lorelei meint erst, das wär Dreck in den Gesichtern und auf den T-Shirts. Dann schreit sie plötzlich auf, bremst scharf ab, reißt die Fahrertür auf, stürzt auf die beiden zu und umschlingt den Jakob mit beiden Armen.

»O Godd, Jakob!«, schreit sie.

Der Otto steht daneben, hofft auf ein »O Godd, Oddo!« und fängt an zu schwanken. Er ist jetzt zwar von seiner Last befreit, gleichzeitig aber auch seiner Stütze beraubt. Ohne zu wissen, was er macht, tappt er auf den nächsten parkenden Wagen zu und benutzt die Kühlerhaube, um möglichst elegant zu Boden zu gehen.

Er muss eine Weile weg gewesen sein. Als er zu sich findet, ist er daheim und wundert sich, warum er in der Lotte ihrem Zimmer auf der Lotte ihrem Bett liegt und nicht mehr als seine Shorts anhat. Dann wundert er sich, warum die Lotte und die Lorelei ins Zimmer stürmen und beide so verheult kucken. Er stellt sich natürlich erst mal irgendwas Versautes vor. Kommt leider nicht drauf, was.

»Oddo, wie fühlsch de?«, fragt die Lotte.

Dem Otto seine Zunge ist so dick, die nimmt garantiert die ganze Mundhöhle ein. Deshalb hat der Otto Schwierigkeiten zu antworten.

»Dud alh weh«, klagt er.

Die Lorelei nickt.

»Wenigschns henn 'r boide nix brocha«, sagt sie mit zitternder Stimme und erklärt, dass sie der Marlene ihre Schwester angerufen hat, die eine Ausbildung zur Krankenschwester macht und ihr gesagt hat, was sie alles abtasten und untersuchen soll.

Der Otto fühlt sich gleich schon wieder besser, als er sich vorstellt, wie die Lorelei seine Rippen abtastet. Er kriegt ein großes Glas Wasser mit einem Haufen aufgelöster Schmerztabletten drin. Die haben sie Gott sei Dank immer reichlich vorrätig, sämtliche Marken. Die Lotte stützt seinen Kopf und die Lorelei gibt ihm vorsichtig zu trinken. Das ist gar nicht so leicht, wenn sowohl Ober- als auch Unterlippe aufgeplatzt sind und aufquellen wie Hefeteig. Ein Wunder, dass die Zähne noch alle drin sind.

Der Otto hat trotzdem irgendwie Gelegenheit, das zu genießen, und macht das eine Auge zu, das eh schon gar nicht mehr richtig aufgeht.

»I gang widdr zom Jakob nom«, sagt die Lorelei, als der Otto ausgetrunken hat. Der Jakob liegt nämlich beim Otto im Bett.

Der Otto macht sein eines halbwegs heil gebliebenes Auge wieder auf und versucht die Lotte scharfzustellen.

»M' mach' dr Jako'?«, fragt er.

Die Lotte antwortet irgendwas, das er nicht richtig hört. Die Schmerztabletten zischen ganz schön rein. Der Otto fühlt sich wie in Watte gepackt. Dann fühlt er sich selber wie Watte, und dann wird er ohnmächtig. Das Coole ist, dass die Lorelei jetzt wieder nach Lust und Laune seine Rippen abtasten kann.

Das nicht so Coole ist, dass er das ja selber gar nicht mitkriegt.

Endlich schlafen die zwei Burschen und die beiden Mädels hocken sich in die Küche und machen sich einen Tee.

Die Lorelei weint wieder. Die hat Bruderblut im Gesicht und am T-Shirt. Die Lotte und die Lorelei sind keine engen Freundinnen, aber jetzt nehmen sie sich erst mal eine Weile gegenseitig in die Arme und schluchzen. Das hilft.

»Wa machmr 'en jetz, Lodde?«, fragt die Lorelei irgendwann schniefend und nippt an ihrem Tee. Sie ist die ganze Zeit über drauf und dran gewesen, alles über den Haufen zu werfen, dem Jakob sein Verbot zu ignorieren und doch noch den Notarzt zu rufen. Aber die Lotte hat sie davon abgehalten, die weiß ja, wo die Burschen hinwollten, und kann sich zusammenreimen, was passiert ist. Ohne Absprache mit den beiden sollten sie gar nichts unternehmen, findet sie.

»Amal bis morga warda«, antwortet sie auf der Lorelei ihre Frage. Und dann hängt sie noch dran: »Woisch was, Lo, i glaub, die henn vleichd da Tädr.«

»Ha?«

Die Lorelei dreht den Kopf und kuckt die Lotte an. Sie braucht eine Weile, um die mögliche Tragweite von dem Satz zu erfassen. Dann lacht sie kurz, reißt sich im nächsten Augenblick zusammen und steht auf. Sie hätt gern da übernachtet, um auf den Jakob aufzupassen; aber um keinen Verdacht zu erregen, wär's besser, wenn bloß der Jakob auswärts schläft. Das wird eh noch eine Schau werden, das vor der Mamma und dem Pappa zu verbergen.

Die Lotte verspricht, gut aufzupassen, und die Lorelei will morgen gleich nach der Uni wieder vorbeikommen. Dann geht sie nochmal nach dem Jakob kucken. Der sieht irgendwie erleichtert aus, dass er schlafen kann, und atmet gleichmäßig und tief.

Die Lorelei traut sich nicht, auch noch nach dem Otto zu schauen, verabschiedet sich und geht.

Am nächsten Morgen wacht der Otto um dreiviertel acht auf, weil irgendwas klingelt. Der Otto findet sich überhaupt nicht zurecht. Irgendwie fühlt er sich zuhause, aber nichts steht an der richtigen Stelle, und was da klingelt, ist nicht sein Wecker. Könnt sein Telefon sein; er tastet über den Boden, hebt irgendwas auf und legt es ans Ohr.

»Ha.«

»Oddo, bisch du's? Wie siehd's aus, wo bleibsch?«

Der Otto braucht einen Augenblick.

Dann fragt er: »Wer 'sch 'n dran?«

Jetzt braucht der am andern Ende von der Leitung einen Augenblick.

»I benn's. Dr Heinrich.«

Und wie wenn er sich nicht sicher wär, ob der Otto sich in seinem Zustand an jemand mit dem Namen Heinrich erinnert, fügt er hinzu: »Dr Schäff.«

Der Otto atmet hörbar aus.

Nach noch einer zu langen Pause sagt er: »'u Hei'rich, 'ud mr leid, i ka heid ed komma ... I 'enn krang.«

Der Heinrich macht mindestens eine genauso lange Pause.

»Aha«, sagt er irgendwann. »Na guggsch, dass de morga widdr reikommsch. Guda Bessrung.«

»'angge.«

Der Heinrich hat schon aufgelegt.

Der Otto schielt nach der Uhr. Scheiße. Fast eine Stunde zu spät.

Der Otto macht sein heiles Auge wieder zu. Er hat jetzt keine Lust, über den Heinrich nachzudenken. Er will bloß liegenbleiben und weiterschlafen.

Um halb neun macht er sein Auge wieder auf, weil's keinen Zweck hat. Er kann nicht mehr schlafen. Er findet sich jetzt ganz schön ungerecht behandelt: Er kommt vielleicht manchmal noch halb besoffen ins Geschäft, aber krankgemeldet hat er sich deshalb noch nie. Jetzt handelt sich's um einen Notfall und der Heinrich, der Chef, der glaubt ihm nicht.

Das Hochkommen und Aufstehen klappt erstaunlich gut. Seine Shorts hat er praktischerweise noch an. Er quält sich in ein Hemd und macht die allernötigsten zwei Knöpfe zu. Dann humpelt er wie der Glöckner von Nôtre-Dame in die Küche und mixt sich einen Tablettencocktail. Das einzige Problem ist, den durch irgendeine Körperöffnung ins Körperinnere zu befördern. Wie hat das gestern funktioniert? Heute ist das absolut unmöglich.

Der Otto sucht nach einem Röhrle. Haben sie nicht irgendwo Röhrle für richtige Cocktails?

Der Otto findet eins und versucht eine Weile, das Ding so im Mund zu positionieren, dass seine komplett geschwollene

Zunge nicht leidet. Irgendwann stellt er fest, dass das nicht geht, weil er nicht ansaugen kann.

Der Otto geht sämtliche Schubladen durch auf der Suche nach sonstigen Hilfsmitteln. Er hat Glück: Der Ernesto besitzt einen winzigen Trichter, wahrscheinlich für Käfersuppe oder Raupengelee oder ähnliche Sauereien. Im Moment ist das dem Otto ziemlich egal. Er hockt sich an den Küchentisch, legt den Kopf zurück und lehnt ihn gegen die Pinnwand. Der Trichter passt grade so in den Spalt zwischen dem Otto seinen Lippen und Zahnreihen. Jetzt muss er richtig zielen und darf nicht zu viel auf einmal reinschütten. Am Ende ist er froh, wenigstens die Hälfte vom Glas intus zu haben. Den Rest nimmt er vielleicht über die Hautmembran an Kinn, Hals und Brust auf.

Das war ganz schön anstrengend. Der Otto muss sich ein paar Minuten ausruhen. Mittlerweile steigt die Sonne durchs Fenster und streicht die Wände neu, von fettvergilbt zu Cappuccino. Gesichter tauchen aus der fleckigen Tapete auf. Traurige Gesichter, flehende, furchtverzerrte, schreiende Gesichter … alle im Otto seiner Vorkriegs-Küchentapete gefangen. Glücklicherweise schiebt sich eine Wolke vor die Sonne und die gruseligen Fratzen erlöschen sofort.

Als der Otto hinter der Wand ein noch viel grusligeres Murmeln vernimmt, findet er, dass er schon viel zu viel ausgeruht hat. Er gibt sich einen Ruck und steht wieder auf. Das geht; das geht; der Otto spürt eigentlich nicht viel. Er schlupft in seine Badelatschen, macht die Tür auf und sorgfältig wieder zu, hangelt sich die Treppe runter, steigt aufs Fahrrad und radelt rüber nach Gaisburg.

Der Mischka macht ein Gesicht, wie wenn Godzilla durchs Tor kommt, als der Otto reinhumpelt.

»Scheiße, Oddo«, sagt er und steht erst mal dumm da.

»Isch 'r Hei'rich no 'a?«, fragt der Otto.

Der Mischka dreht sich um und brüllt zum Büro hoch: »Heinrich! Heinrich! Komm mal rondr!«

Der Otto steht bloß da und wartet, bis der Heinrich in seinem Blickfeld auftaucht. Der kuckt ganz erschüttert und hat jetzt hoffentlich ein schlechtes Gewissen.

»Jesses, Oddo, wasch 'n gmachd!?«, schreit er; und dann: »Worom bisch 'n jetz komma, mir henn doch gschwätzd, Mensch Kerle, mach, dass de widdr ens Bedd kommsch!«

Der Otto schluckt. Jetzt bloß nicht heulen anfangen.

»I 'ann ed 'wissd, o' de mr glaubsch«, murmelt er.

Der Heinrich stöhnt.

»Schwätz doch koin Bapp! – Wie bisch 'en iebrhaubd herkomma? Middam Fahrrad? Jessasmarie.«

Er dreht sich zum Mischka um, wirft ihm die Autoschlüssel zu und trägt ihm auf, den Burschen zuerst zum Arzt und dann nach Haus zu fahren.

Dann wendet er sich wieder an den Otto.

»Du bisch dui Woch kranggschrieba, Kerle, hasch me? Vor Mondag machsch du mir koine Ausflieg meh. Auf, mach, dass de hoimkommsch.«

Der Otto nickt und tappt dem Mischka hinterher, der ihn gleich heimfährt, weil der Otto sagt, er wär schon verarztet.

»Isch ebbr drhoim, falls was isch?«, fragt der Mischka, als der Otto den Schlüssel ins Schloss steckt.

Der Otto nickt. Ist ja nicht gelogen; dass der Jakob genauso aussieht wie er, sagt er nicht.

Der Ausflug hat den Otto ziemlich erschöpft. Er tappt in sein Zimmer und wundert sich, dass da schon jemand anders in seinem Bett liegt. Jetzt steht er da und überlegt angestrengt, was er machen soll. Er will ins Bett. Sein Bett ist schon besetzt. Das ist wie eine unlösbare Gleichung.

Zum Glück geht etwa zehn Minuten später die Wohnungstür auf und die Lorelei kommt zusammen mit der Marlene rein. Die Marlene beachtet den Otto gar nicht; die eilt an ihm vorbei und streift ihn sogar noch unsanft, kniet vor *seinem* Bett hin und bemitleidet das Arschloch, das den Liegeplatz hat. Der Otto will sich schon beschweren, da steht plötzlich die Lorelei vor ihm und sieht einfach umwerfend aus mit diesem Zorn-sprühen im Gesicht, das daher kommen muss, dass sie sich ent-setzliche Sorgen um ihn macht. Der Otto ist hingerissen.

Blöderweise kriegt er jetzt kein Lächeln hin.

»Oddo, warom schdehsch du jetz da rom?«, schreit die Lo-relei. »Mach, dass de widdr ens Bedd kommsch, du Gschugg-dr!«

»Wie denn?«, will der Otto fragen, da nimmt ihn die Lo-relei am Arm, dreht ihn um, bringt ihn in den Flur und von da in der Lotte ihr Zimmer. Der Otto kapiert allmählich, tut aber blöder, wie er ist, und lässt sich von der Lorelei ins Bett stecken, Hemd und Badelatschen ausziehn inklusive. Zur Strafe gehen ihm keine zehn Sekunden später die Lichter aus.

16

Die Lorelei hat sich vom Apotheker beraten lassen und zwei große Tuben Wund- und Heilsalbe besorgt.

Der Jakob und der Otto haben Ähnlichkeit mit dem Yoda, sowohl was Farbe als auch Form von den Gesichtern angeht. Beide sind grau im Gesicht, aber wenn man genauer hinkuckt, erkennt man ganz hübsche Schattierungen von Gelbbraun und Lila. Die Augenpartien, Backen, Mund und Kinn sind in unterschiedlicher Ausprägung aufgequollen, und der Lorelei wird ganz schlecht, als sie den Otto einkremt, weil sie die Vorstellung nicht aus dem Kopf kriegt, dass das beim leisesten Druck alles aufplatzt und dann literweise Eiter hervorbricht. Rechte Schulter, Brust, Rippen, Bauch und Schienbeine gehen, da sind wenigstens drumrum heile Stellen zu sehen.

Vielleicht hätten sie die Burschen doch besser zum Arzt gebracht. Vielleicht hätte der ja gar nicht automatisch die Polizei benachrichtigt. Allerdings wär im Jakob seinem Fall ziemlich schnell die Arztrechnung ins Haus geflattert, mit einer exakten Aufstellung sämtlicher Leistungen.

Und was ist mit inneren Blutungen!?

Die Marlene beruhigt die Lorelei. Die hat nochmal ganz genau ihre Schwester gefragt. Die Burschen brauchen Ruhe, das ist alles. Allerdings wird das Tage dauern, bis die wieder halbwegs christlich aussehen, und spätestens heut Abend wird garantiert die Mamma nach dem Jakob fragen.

»Was sage 'ra denn na?«, fragt die Lorelei ratlos.

Die Mädels überlegen eine Weile.

»Dr Jakob isch mid mr en Urlaub gfahra?«, schlägt die Marlene vor. Wunschdenken.

»So kurz vor de Glausura?«, fragt die Lorelei. »Ond ohne

Tschüss zom saga? Ond ohne Glamodda? 's sodd scho halbwägs realischdisch sei.«

Sie drehen die Köpfe. Der Jakob bewegt sich.

»Jakob«, flüstert die Marlene und versucht, eine Hand irgendwo hinzulegen, wo's hoffentlich nicht wehtut; auf die Haare?

Der Jakob kriegt sogar beide Augen auf. Als sich seine Lippen trennen, fangen sie sofort wieder an zu bluten. Jetzt fängt die Marlene doch auch noch an zu heulen. Sie beugt sich vor und küsst den Jakob auf die Stirn. Der Jakob wimmert mehr vor Wohlgefallen als vor Schmerz. Die Lorelei kriegt einen Blick von der Marlene ab, der ihr signalisiert, dass sie doch nochmal nach dem Otto kucken könnt.

Weil der Otto rundum versorgt ist und schläft wie ein Engel, geht die Lorelei in die Küche und macht sich einen Tee. Die Lotte kommt irgendwann heim, dann die Lena. Zu viert kochen sie sich einen Gemüseauflauf, hocken in der Küche und reden. Die Lotte und die Lena gehen auch mal nach dem Otto kucken.

Die Lena hat allmählich ein Problem mit dem Otto; aber dem sein Anblick ist im Moment so erbärmlich, dass sogar sie ein weiches Herz kriegt. Der arme Kerl ist ja schließlich sein eigenes Opfer.

So geht der Tag allmählich zu Ende. Der Otto wacht so gegen halb sieben mal kurz auf, weil er aufs Klo muss. Der Jakob hat sich scheinbar dazu breitschlagen lassen, in einen Topf zu pinkeln, aber da macht der Otto nicht mit. Mannhaft, wie er ist, quält er sich lieber aus dem Bett. Weil er immer noch nicht kapiert, dass er in der Lotte ihrem Zimmer liegt, verliert er völlig die Orientierung und findet das Bad nicht. Er macht irgendeine Tür auf und steht beim Ernesto im Zimmer.

»I muss aufs 'lo«, sagt er in einem ganz vorwurfsvollen Ton zu ihm.

Einen Augenblick später hat ihn die Lotte und bringt ihn auf seinen nochmaligen ausdrücklichen Hinweis hin ins Badezimmer.

»Kasch alloi?«, fragt sie und macht sich schon bereit, die nötigen Maßnahmen zu treffen, falls nicht.

Ein kurzer Blick vom Otto genügt.

»I glaub, dem gahd's scho widdr bessr«, sagt sie, als sie wieder in die Küche kommt.

Das stimmt. Am nächsten Morgen wacht der Otto auf und fühlt sich relativ gut, wenn man von dem anfänglichen Gebettel um Schmerztabletten mal absieht. Sein Kopf ist verhältnismäßig klar, und er hat Appetit. Bärenhunger, eher gesagt.

Die Lorelei ist wieder da, die lässt die Uni heut ausfallen. Der Otto macht mit Geräuschen auf sich aufmerksam, bis sie aus der Küche rüberkommt, und fragt, »'anne was essn?«

»Guda Frag«, findet die Lorelei und überlegt sich nahrhafte Flüssigkeiten. Suppe oder Brei.

Sie rumort eine Weile in der Küche und bringt ihm dann einen Haferflockenbrei, den sie noch zweimal verdünnen und einmal umschütten muss. Immerhin kann der Otto den schon wieder allein trinken und braucht auch keinen Trichter mehr. Dafür aber einen riesigen Sabbellatz und über eine halbe Stunde Zeit.

»Ma mach' dr Jako?«, fragt er, als die Lorelei abräumen kommt. Seit das passiert ist, hat er von dem nichts mehr gesehen oder gehört. Denkt er zumindest.

Die Lorelei lächelt ein bisschen.

»Der schlafd no«, sagt sie. »Der liegd bei dir drieba, dem gahd's grad au ed bessr wie dir.«

Der Otto ächzt.

»Na ka e mr's ogfähr vorsch'ella«, murmelt er.

»Wasch 'n bassierd?«, fragt die Lorelei leise, aber da will der Otto jetzt grad nicht drüber reden.

Die Lorelei nickt. Das versteht sie schon.

»I krem de mal gschwend ei, gell?«, sagt sie, schraubt die Tube mit der Salbe auf und fängt mit dem Otto seinem Gesicht an. Der Otto hält ganz still und kuckt sie mit seinem heilen

Auge an, so wie man den Zahnarzt ankuckt, wenn man unterm Bohrer liegt. Als sie die Decke zurückschlägt, zuckt er zusammen. Dann räuspert er sich bloß verlegen und lässt sie machen.

Die Schulter geht noch, aber als sie ihm an die Rippen geht, wird er unruhig.

»Dud's weh?«, fragt sie mitfühlend.

»Mhm«, brummt der Otto und nickt leicht, obwohl das so nicht stimmt, oder zumindest nicht die ganze Wahrheit ist; der Druck auf die lädierten Stellen macht ihn geil und das ist viel schlimmer. Er macht sein heiles Auge zu und versucht sich abzulenken, indem er an was Schlimmes denkt. Ihm fällt aber bloß der Tod vom Oppa seiner Schildkröte ein, als er zwölf war: Zwei Nachbarskatzen haben stundenlang mit dem Nixle gespielt, bis sie's irgendwann geschafft haben, den Kopf und den Hals aus dem Panzer zu kriegen und –

Der Otto stöhnt auf und packt der Lorelei ihr Handgelenk, so fest, dass ihm die Salbe auf den Bauch spritzt. Entweder kapiert's die Lorelei jetzt oder sie möchte ihm nicht weiter wehtun – auf alle Fälle lässt sie's bleiben und der Otto kremt den Rest vom Bauch selber ein.

Er entschuldigt sich leise. Sie lächelt ihn an und verstrubelt ihm die Haare.

»Scho gud«, sagt sie und steht auf. »So. I gugg mal nacham Jakob.«

»Saisch 'm 'n Gruß«, sagt der Otto.

Der Jakob hat die Augen offen, als die Lorelei reinkommt. Er hebt die Hand und winkt ihr lässig mit den Fingern, aber sein Blick sagt, dem geht's richtig dreckig.

»Aaah«, macht er, was die Lorelei mit »Volle Dröhnung Painkiller bitte« übersetzt. Danach geht's ihm sichtlich besser.

»Ma mach 'n dr Oddo?«, fragt der Jakob.

Die Lorelei findet das irgendwie süß, wie die beiden gegenseitig nacheinander fragen.

»Der hold sich grad em Bad oin rondr«, will sie schon fast sagen, weil sich's schwer danach anhört. Dann entscheidet sie sich aber doch noch um, kuckt ihren Bruder ganz treuherzig an und erklärt ihm dasselbe wie vorher dem Otto, und dass er auch nach dem Jakob gefragt hat und sie einen Gruß ausrichten soll.

Der Jakob nickt.

»Saisch am au oin«, sagt er.

Die Lorelei streicht ihm lächelnd übers Haar. Dann macht sie die Tube mit der Salbe auf und fängt an, den Jakob einzukremen. Der macht wenigstens nicht so einen Aufstand.

»D' Mamma had nadirrlich nach dr gfragd, wo de geschdrn ed hoimkomma bisch, gell«, erzählt sie ihm.

Der Jakob stöhnt.

»Ma 'sch na 'sagd?«, fragt er.

»Mir 'sch nix Gscheidrs eigfalla, onna hanne gsagd, de hilfsch am Oddo grad beim Renoviera ond iebrnachdesch na bei am«, antwortet die Lorelei. »Abr i glaub, wenn de bis morga ed hoimkommsch, krigsch Ergr. Se had scho irgngwas brommld von wäga, dass de de liebr mal uff dein Hendra hogga on was lerna soddsch.«

Der Jakob hat eine vage Vorstellung davon, wie sein Gesicht grad aussieht, und noch eine vagere Vorstellung von den vier Klausuren nächste und übernächste Woche, für die er noch absolut gar nichts gemacht hat.

»Scheiße«, sagt er bloß.

»Jetz guggmr mal, wie's morga aussiehd«, sagt die Lorelei.

»Scho bessr worda?«, will der Jakob wissen.

»Noi.«

Die Klospülung geht. Kurze Zeit später geht die Badezimmertür auf und der Otto kommt mal kurz rübergehumpelt.

Der Jakob kuckt sofort weg, als er den Otto sieht. Das kann er sich nicht ankucken. Der Otto hat eine Fresse wie ein Pferd, und sein Rumpf schaut aus, wie wenn den jemand als Squashwand benutzt hätt. Außerdem hat er echt grad Ähnlichkeit mit dem Glöckner von Nôtre-Dame.

Der Otto war schon mehrmals im Bad und hat sich getraut, in den Spiegel zu kucken, der weiß, wie er selber aussieht, und ist deswegen auch nicht allzu schockiert über den Anblick vom Jakob. Ist trotzdem nicht schön, seinen besten Kumpel so zu sehen. Und der Otto fühlt sich auch noch schuldig: Wenn ihm das nicht eingefallen wär, dass er den Röhmer schon mal so gesehn hat …

Der Otto blinzelt und schüttelt energisch den Kopf. Da will er jetzt grad überhaupt nicht dran denken. Vom Kopfschütteln wird ihm schwindlig. Er lehnt sich gegen seinen Schrank und schmeißt das wackelige Ding fast um.

»Marsch, zrügg ins Bedd«, befiehlt die Lorelei, und der Otto gehorcht.

Der Otto langweilt sich. Bisschen Radio hören; bisschen lesen (das einzige Buch, das der Otto besitzt, ist ein zerfledderter Expressionismus-Gedichtband aus Abizeiten, aber der ist ziemlich witzlos, wenn man nüchtern ist); bisschen der Lotte ihre Zeitschriften durchblättern; bisschen alles anfingern, was in Reichweite liegt (und der Otto hat lange Arme); bisschen die Lorelei mit irgendwelchen Aufträgen durch die Wohnung jagen; mehr Brei schlabbern …

Um fünf hat er die Schnauze voll. Er steht auf und holt sich ein Bier aus der Küche und sein Zubehör aus seinem Zimmer. Er kuckt gar nicht, was der Jakob und die Marlene da grad machen, geht einfach rein, holt sein Zeug und geht wieder raus. Dann steigt er aufs Dach, legt sich auf seinen Liegestuhl und macht sich ans Werk.

Keine fünf Minuten später hört er jemand die Treppe hochkommen. Er braucht sich gar nicht umdrehn, um zu wissen, wer das ist. Er streckt wortlos den Arm aus, und der Jakob nimmt das Angebot ebenso wortlos entgegen.

Der Jakob platziert sich vorsichtig auf dem andern Liegestuhl. Der Otto macht die Musik an, und sie liegen schweigend in der Abendsonne, teilen sich den Spliff und dann noch einen, kucken den Tauben und den Krähen und den Spatzen bei ihren Alltagsgeschäften zu und den Wolken beim Auflösen …

Die Zeile »I worship the painkiller« in »Epicentre« hat ganz neue Dimensionen gekriegt.

Das Gras leistet auch nette Arbeit. Buntgescheckte, schiefe Visagen, aber hochzufriedene Gesichter. Als die Mädels irgendwann hochkommen, sind beide eingepennt.

17

Am Freitag sieht der Jakob kein bisschen besser aus, aber die Marlene hat eine Spitzenidee: überschminken. Sie schmiert und pudert dem Jakob eine geschlagene halbe Stunde im Gesicht herum, was nicht ganz schmerzfrei vor sich geht. Dann kuckt der Jakob überhaupt zum ersten Mal in den Spiegel. Abgesehen von dem Schock ist das Ergebnis nicht überwältigend: Das heitre Farbenspiel ist zwar überdeckt, aber die Schwellungen kann man nicht wegschminken und die Augenpartie ist zu empfindlich, die sieht immer noch verdächtig aus. Und am auffälligsten ist eh die bloße Tatsache, dass der Jakob geschminkt ist.

»Oh Godd«, sagt er.

Der Otto schüttelt auch den Kopf. Man sieht, wenn er könnt, würd er lachen.

»I weiß was«, sagt die Lorelei irgendwann. »I hann doch vrzehld, dass 'r gmalerd henn, gell? Wie wär's, wenn de dr von derra Malerfarb en Ausschlag ghold heddsch? On deswäga dui Schmingge ens Gsichd gschmierd heddsch?«

Das ist dem Jakob zu wacklig, aber das ist das Beste, was ihnen einfällt. Außerdem glaubt er nicht, dass er das Wieder-Abschminken überleben würd. So gegen fünf machen sie sich halt notgedrungen auf den Weg nach Haus.

Und der Jakob hat Glück: Scheinbar sind die Eltern heut Abend irgendwo eingeladen. Auf alle Fälle sind sie nicht da und kommen erst, als der Jakob schon schläft. Die Mamma wundert sich, weil beide Kinder am Freitagabend mal daheim sind und der Jakob sogar schon vor Mitternacht im Bett ist, also erzählt die Lorelei die Geschichte und vermutet obendrein, dass der Jakob morgen zu früher Stunde aufstehen und lernen will.

Am nächsten Morgen kriegt die Lorelei um halb neun einen Anruf aus dem Nachbarzimmer: ob sie dem Jakob mal helfen kann, sich fertigzumachen. Die Lorelei salbt; die Lorelei schminkt; die Lorelei hält dem Jakob den Spiegel hin. Der Jakob schüttelt den Kopf.

»Des nemmd dui mir doch em Läba ed ab, Lo«, jammert er.

»Scho z' schbäd«, meint die Lorelei. »I hann's 'ra jetz scho so vrzehld.«

Noch mehr Glück für den Jakob: Die Mamma ist grad mit der Daisy unterwegs. Er kann in Ruhe frühstücken und dann lernen bis fast um elf. Als die Mamma irgendwann anklopft und ins Zimmer kommt, beugt er sich bloß noch tiefer über seine Aufschriebe.

»Ooooh«, sagt die Mamma mitfühlend, umarmt ihren Buben von hinten und drückt ihn so fest an sich, dass dem Jakob die Tränen in die Augen schießen.

»Mamma, edda«, sagt er gereizt. »Du, des dud faih weh wie d' Sau ond aussäa du e au wie a Erdkröd.«

»Oh Schbatz«, flötet die Mamma. »Lass au amal säa.«

»Noi.«

Die Mamma lacht.

»Sammal, bisch du gschmingd?«

Der Jakob brummt: »Des war dr Marlen ihr Idee«, und hackt auf seinen Laptop ein.

Die Mamma verstrubelt dem Jakob liebevoll die Haare.

»Solle dr en Tee macha?«

»Mh.«

Sie bringt ihm ein Tablett mit Keksen, Apfelschnitzen und einer Tasse Bambusblättertee. Abgesehen von dem heiklen Geschmack verbindet der Jakob mit dem Tee auch sonst nichts Gutes: Wegen dem hat er von der Lorelei mal einen Mordsrüffel gekriegt, als er mal knapp bei Kasse war und versucht hat, das Zeug zu rauchen, statt aufzugießen. Er bedankt sich brummend bei der Mamma und hat jetzt bis zum Mittagessen Ruhe. Dann meldet er den Anspruch an, auf seinem Zimmer zu essen, aber das duldet der Pappa nicht, weil bei den Layhs wird grundsätzlich gemeinsam gegessen, Hautausschlag und Prüfungsstress hin oder her.

Dem elterlichen Gutachten, das jetzt folgt, hält die Notlüge keine zehn Sekunden stand. Warum lassen sich Eltern und vor allem Mammas bloß so sauschwer reinlegen? Belegen die regelmäßig Fortbildungen zum Thema »Wie durchschaue ich mein Kind?«? Der Mamma ihr Blick wandelt sich auf alle Fälle innerhalb von Augenblicken von liebevoll-mütterlich zu Du-kannst-anfangen-zu-beten. Sie marschiert auf den Jakob zu, packt ihn wie einen fünfjährigen Lausbuben und wischt ihm mit dem Daumen grob die Schminke von der Backe. Der Jakob jault auf und reißt sich los, aber die Mamma hat grad jegliches Mitgefühl für ihn verloren, und der Zipfel von seinem T-Shirt bleibt fest in ihrer Hand. Deswegen bleibt der Jakob lieber in der Nähe, damit die Mamma nicht auch noch entdeckt, was er unterm T-Shirt verbirgt.

»Desch abr en saubrer Haudausschlag«, sagt die Mamma laut und drohend. »Wär had dr denn den vrbassd?«

Der Pappa hat bis jetzt bloß blöd dagestanden und versucht, die Geschehnisse zu interpretieren. Jetzt hat er einen wichtigen Hinweis gekriegt und merkt, dass es gut wär, rechtzeitig sauer zu werden, damit die Mamma nicht allzu viel Vorsprung hat.

»Jetzad, wa hasch agschdelld, Bua?«, fragt er genauso laut und drohend, schafft es aber nicht zu verbergen, dass er keine Ahnung hat, was vorgeht.

Dafür rattert die Mamma los wie ein Maschinengewehr: »Hasch du gmoind, mir dädad des ed sää? Jetz briegld sich der Kerle en dem seim Aldr efdr wie em Kendrgarda! Wär war des? So laufsch du ja garandierd scho seid am Donnrschdag rom! Du, wenn du faih so weidrmachsch, Fraind …«

Der Jakob schaltet ab.

Vor zwei Wochen hat er eine kleine Beule und eine aufgeplatzte Lippe heimgebracht, da ist die Mamma schier vergangen vor Besorgnis. Jetzt wird er halb totgeprügelt und die Mamma tut ihr Bestes, ihn vollends allezumachen. Steckt da irgendeine

Logik dahinter? Und warum riecht die Mamma nicht, dass ihr grad die Soße anbrennt?

Der Jakob zeigt diskret Richtung Küche.

»Jesses, Leid! Ond ihr schdandad au bloss bleed rom!«, ruft die Mamma und springt zum Herd.

Der Pappa übernimmt jetzt bereitwillig ihren Part und referiert mal wieder über Leute, die ihr Leben und ihre Zukunft wegschmeißen, und wie die allesamt enden. Das war schon beim ersten Mal zum Einschlafen, aber da kann man nichts machen – Widerspruch zieht's bloß in die Länge. Rumstehen, zerknirschtes Gesicht machen und züchtig zu Boden kucken, das ist das Einzige, was hilft, um's schnell hinter sich zu bringen. Jetzt klingelt's auch noch, das verkürzt's hoffentlich weiter.

Die Mamma wischt sich die Hände an der Schürze ab und geht in den Flur. Sie macht die Tür auf, kuckt überrascht und sagt: »Wie, du au?«

Der Otto steht da mit leicht verschmierter Grundierung, kriegt rote Ohren, kuckt runter und murmelt: »So en blödr Ausschlag …«

Die Mamma weiß langsam nicht mehr, ob sie einen Schrei- oder Lachkrampf kriegen soll. Sie beschließt, den Otto voll auflaufen zu lassen, und lässt ihn wortlos rein. Die Überraschung gelingt: Der Pappa reißt die Augen auf, der Jakob schließt sie leidend, und die Lorelei kann sich nicht helfen und fängt voll an zu lachen, verhebt sich's aber gleich mit beiden Händen.

Was dann folgt, ist weniger zum Lachen. Der Otto kommt ins Kreuzverhör: Was hat er mit der Sache zu tun, mit was für Gestalten bringt er den Jakob zusammen, in was für Hinterhöfe schleift er den Jakob, zu was verleitet er den Jakob noch so alles, was ihnen verborgen bleibt … Und das Schlimmste ist, dass der Otto sich in allen Punkten schuldig fühlt und dass man ihm das auch ansieht. Der Bursche steht da wie eine Luftmatratze, aus der man die Luft rauslässt. Die ausbleibende Gegenwehr und das offensichtliche schlechte Gewissen vom Otto ermutigen den Pappa und die Mamma bloß noch mehr, mal dem ganzen

Unmut Luft zu machen, der sich aufgebaut hat, seit der Otto fast bei ihnen wohnt und rund um die Uhr seinen schlechten Einfluss auf den Jakob ausüben kann.

Der Otto ist schon mit sechzehn von zu Hause abgehauen Strich rausgeflogen, der weiß gar nicht, wie er auf die Standpauke reagieren soll. Er schätzt, er muss sich einsichtig zeigen und die Sache zu Herzen nehmen. Vielleicht eine Entschuldigung, falls die Eltern vom Jakob irgendwann mal Luft holen müssen?

Der Jakob gibt seinen Vorsatz vom Ausredenlassen irgendwann auf. Irgendwann geht's einfach nicht mehr, weil hier geht's nicht um ihn selber, sondern um den Otto, und der kuckt richtig jämmerlich aus der Wäsche und weiß nicht, was er machen soll. Aber verteidigen hilft nicht, das macht's wie immer doch bloß schlimmer, und als der Otto sich endlich mal traut, eine Entschuldigung zu murmeln, hört's keiner, weil zwischenzeitlich wieder gemeinschaftlich auf den Jakob eingehackt wird. Und die Krönung vom Ganzen ist dann schlussendlich, dass der Otto aufgefordert wird, das Haus zu verlassen.

Auf einmal wird's still im Wohnzimmer.

Der Otto kneift sein heiles Auge zusammen und überlegt, ob er grad richtig gehört hat. Hat sich echt so angehört, wie wenn er rausgeschmissen wird.

Er fragt trotzdem lieber nochmal nach.

»Ha?«

»I hann gsaid, 's wär bessr, wenn de widdr gahsch on da Jakob fr a Weil en Ruh lesch. Der sodd jetz eh langsam was fr d' Uni doa«, sagt die Mamma Layh ganz schön herzlos.

Der Jakob und die Lorelei fangen beide sofort an zu widersprechen, aber für die Mamma und den Pappa gibt's kein Halten mehr, die sind jetzt wild entschlossen, den Sack zuzumachen, so weit, wie sie's heute gebracht haben, die dulden keinen Widerspruch.

»Desch emmr no onsr Endscheidong, wär dahanda reikommd«, sagt der Pappa. »Au wenn ihr moinad, dass 'r semdlichs Gsendl von dr Schdraß herschloifa kennad.«

Vielleicht meint er damit gar nicht unbedingt den Otto. Vielleicht lassen der Jakob und die Lorelei ja noch viel schlimmere Gestalten rein wie ihn? Wie dem auch sei, das ist dem Otto ein bisschen zu viel Herablassung von Seiten selbsternannter Diplombürger in letzter Zeit. Der Otto weiß jetzt auf alle Fälle, dass er offiziell als Abschaum gilt und sich da hinzubegeben hat, wo er hingehört: in den Ausguss. Da bricht bei ihm plötzlich ein Damm ein, und eine riesige Welle aufgestauter Aggression schwappt über ihm zusammen. Die ganzen Prügel, physisch und verbal, die er von so vielen Seiten bezogen hat, kommen in einer Hundertachtziggradwendung zurück.

»Gsendl, ha?«, schnauzt er den Pappa Layh an, der schon weiß, dass er das so nicht hätte sagen sollen, der sich aber auch nicht entschuldigen will, weil er's im Prinzip ja wirklich so meint.

»Isch ganschee oifach zom saga mid 'ra fedda Adress, 'ma fedda Schubba on fedde Kärra, ha? Wemmr –«

Der Otto wird vom Jakob und der Lorelei gepackt und in den Flur geschoben. Schadensbegrenzung. Sie wollen ihn beruhigen, aber der Otto lässt sich nicht beruhigen, der macht sich los, dreht sich um, reißt die Haustür auf und knallt sie hinter sich zu. Kurze Zeit später springt dem Jakob sein Wagen an, und dann ist der Otto mit quietschenden Reifen auf und davon.

»Wie, jetz hasch dem Dagdieb au no d' Audoschlissl gäba?«, fragt der Pappa entrüstet. Das war so garantiert nicht vorgesehen, als der Jakob den Wagen geschenkt gekriegt hat.

Aber der Jakob dreht sich zu seinem Pappa um und sagt in einem Anfall von Bösartigkeit: »Noi. Der brauchd koin Schlissl, der had euer Sichrheidssischdem scho an dem Dag gnaggd, wo i dui Karre krigd hann.«

Nachts um drei wacht der Jakob auf, weil er sein Auto kommen hört.

Dem Jakob sein Pappa wollt den Wagen sofort als gestohlen melden, aber da hat der Jakob sich richtig aufgeregt und zu seinen Eltern gemeint, sie sollten sich echt mal schämen; haben sie aber nicht gemacht. Immerhin ist die Polizei am Ende aus dem Spiel gelassen worden, auch wenn der Jakob sich mal bei dem Gedanken ertappt hat, dass das vielleicht doch keine so schlechte Idee gewesen wär – wer weiß, was der Otto mit der Karre anstellt.

Der Jakob quält seinen geschundenen Körper aus dem Bett und geht runter. Als er die Haustür aufmacht, wirft der Otto grad die Fahrertür zu und macht Anstalten zu gehen. Der Jakob ruft nach ihm, aber der Otto dreht sich nicht mal richtig um, sagt irgendwas und geht weiter.

Innerhalb von ein paar Schritten hat der Jakob ihn eingeholt und postiert sich direkt vor ihm, so dass der Otto stehen bleiben muss.

»Alls glar, Mann?«, fragt der Jakob.

Der Asphalt unter seinen nackten Füßen ist immer noch warm. Wunderbare Uhrzeit; wird schon fast wieder hell.

Der Jakob merkt, der Otto ist ganz schön betrunken. Der hat ein bisschen Not, sich auf den Beinen zu halten und lallt irgendwas zusammen, was nicht direkt Sinn ergibt. Kurz wird der Jakob sauer, weil er froh sein kann, dass sein Auto heil zurückgekommen ist. Dann wird er noch saurer, weil er froh sein kann, dass der Otto heil zurückgekommen ist. Dem Depp wird er morgen ganz schön die Ohren langziehen. Typisch, oder: Der Otto fährt einmal im Jahr Auto und wie? Stockbesoffen.

»Komm rei, Kerle«, sagt der Jakob zu ihm. »Du laufsch jetz nemme hoim, so blau wie de bisch.«

Er schnappt den Otto am Kragen. Der Otto flippt ein bisschen aus, versucht sich loszumachen und schlägt sogar nach dem Jakob. Zum Glück sind dem Otto seine Arme in dem Zustand wie Gummi, aber er trifft voll auf eine Stelle, die eh schon lädiert ist (im Moment auch schwieriger, eine unlädierte Stelle zu treffen). Beide krümmen sich vor Schmerzen und stützen sich gegenseitig aufeinander ab. Scheinbar hat der Otto sich selber fast noch mehr wehgetan; zumindest hat der Jakob sich schneller wieder erholt.

Jetzt wird der Jakob energisch. Er weiß, dass der Otto zu dicht ist zum Widerstand leisten, herrscht ihn an, packt ihn nochmal und schleift ihn ins Haus.

»Klo?«, fragt der Jakob, als er die Tür zum Gästezimmer aufstößt.

Der Otto schüttelt den Kopf.

Alles beim Alten; das Bett ist nicht mal abgezogen. Der Otto macht eine halbe Tanzdrehung und fällt dem Jakob um den Hals. Der Jakob schätzt, dass der Otto heut Nacht noch kein Auge zugemacht hat, und bugsiert den Burschen aufs Bett. Der Otto beschließt, dass das nur geht, wenn der Jakob mitkommt. Der Jakob sieht ein, dass er Kummertante spielen muss, bis der Otto eingepennt ist, und hält ihn eine ganze Weile fürsorglich im Arm.

Keine Ahnung, welcher von beiden eher eingeschlafen ist.

Als der Jakob am Sonntagmorgen die Augen aufmacht, kuckt er in das vorwurfsvolle Gesicht von seiner Mamma. Er braucht einen Augenblick, um rauszufinden, was er jetzt schon wieder angestellt hat. Der Otto ist aus seinen Armen gerutscht und liegt über Kopf mehr als halb auf ihm drauf. Das sieht jetzt natürlich schon ziemlich zweideutig aus. Der Jakob wird knallrot, räuspert sich, löst sich aus dem Otto seiner zärtlichen Umarmung, schiebt ihn von sich runter und setzt sich auf.

Angriff ist die beste Verteidigung, denkt sich der Jakob und schnauzt: »Mamma, was dappsch du jetz da oifach rei?«

»D' Dier war schberranglweid offa«, sagt die Mamma.

Der Jakob stöhnt leise. Sein Fehler.

Dann wird die Mamma böse.

»So, on jetz vrzehl du mr mal, was des soll, Jakob. Henn dein Vaddr ond i ons ed deidlich gnug ausdriggd, wo mr den Halongga vor d' Dier gsetzd henn? Der had au gar koin Aschdand, ha? So, jetz guggsch, dass de den wachkrigsch on am Vaddr vorbei aussam Haus schaffsch, hasch me?«

»Noi, der bleibd da«, sagt der Jakob und steht auf. »On mir lassad den schlafa, der had's nedich.«

Der Jakob ist einen halben Kopf größer als seine Mamma und kann problemlos dafür sorgen, dass sie gemeinsam das Gästezimmer verlassen. Dann macht er die Tür zu mit einem Blick, der das Zimmer zur Sperrzone erklärt.

»Ihr henn koi Ahnung, wovon ihr schwätzad«, sagt er dann mit einer Schärfe, die er sich gestern schon gewünscht hätt. »Mir senn zammagschlaga worda, weil mr vrsuchad, da Moritz aussam Gnaschd zom hola, wo faih oschuldig isch, falls eich des iebrhaubd endressierd. Abr desch wahrscheinlich au bloss so en Dagdieb fr eich, dem's rächd gschiehd, ha? Abr woisch was? I keed grad genauso oschuldig an dem seinr Schdelle hogga, bloss weil da oinr grad en ieblicha Vrdächdiga brauchd had. So, on jetz gange mal nach meinr Karre gugga.«

Der Jakob schneidet an seiner Mamma vorbei, humpelt die Treppe runter und geht raus, um sich sein Auto mal bei Tageslicht anzuschauen.

Als er den Schlüssel rumdreht und die Lichter angehen, fängt er an zu lachen.

»Wouuuuhouuuu!«, schreit er und bewegt sich zu irgendeinem fetten Beat. Die Anlage funktioniert wieder. Das Beifahrerfenster macht keinen Mucks. Der Scheibenwischer ist vom Blinklicht abgekoppelt und die Sitzheizung vom Schiebedach. Und die übrigen Macken sind wahrscheinlich auch behoben. Der Otto hat seine Drohung wahrgemacht und dem Jakob sein Auto repariert!

Das bedeutet aber auch, dass der Depp die Karre von Kirchheim, wo dem Otto sein Oppa wohnt, wo der Otto solche Sachen hinten in der Scheuer macht, besoffen hergefahren hat. Der kann echt was erleben, wenn der aufwacht, der Arsch.

»So, isch 's Audo widdr da?«, fragt der Pappa Layh mürrisch, der sich grad zum Golfen aufmacht. »Isch au no alles dranna?«

Der Jakob grinst und schreit: »Em Gegadoil! 's isch rebariert!«

Der Pappa zieht beleidigt ab und der Jakob geht wieder rein frühstücken. Danach hockt er sich wieder auf seinen Hosenboden und lernt, bis so gegen eins seine Zimmertür aufgeht und der Otto ganz verwergelt reintappt.

»Wa machsch?«, fragt er schlapp.

Der Jakob antwortet nicht, der Jakob macht den Otto fünf Minuten lang wegen unverantwortlichen Verhaltens im Straßenverkehr zur Schnecke. Der Otto steht da und dämmert vor sich hin. Irgendwann scheint er eine Erleuchtung zu kriegen und grinst breit.

»Hasch gsäa, wasse gmachd hann?«, fragt er stolz und kriegt gleich nochmal was auf den Deckel, so lang, bis der Jakob ihm ein Versprechen abgerungen hat. Dann kriegt der Otto Frühstück und darf den Jakob abfragen, bis ihm das Zeug selber zu den Ohren rauskommt. Was nicht so lang dauert, wie's klingt.

18

Am Montag kehrt erst mal wieder Routine ein, worüber der Otto zur Abwechslung mal ganz froh ist: schaffen und dann zum Fußballtraining. Seine Fresse sieht immer noch zum Fürchten aus, aber die Schwellungen gehen allerorten zurück und der Körper fühlt sich nicht mehr an, als würde er in Flammen stehen. Im Geschäft sind alle furchtbar lieb zu ihm – außer der Heinrich, der ein ernstes Wörtchen mit ihm reden will und ihm klipp und klar sagt, dass er in der Firma keine Zukunft hat, wenn er sein Leben nicht auf die Reihe kriegt. Das kapiert der Otto schon – der würd sich ja selber nicht einstellen – aber das ist trotzdem niederschmetternd. Nicht weil er nicht versuchen könnte, sich zu bessern, sondern weil er ahnt, dass da Kräfte über sein Leben walten, über die er keine Macht hat.

Übrigens nicht unbedingt bloß die bewusstseinserweiternden Kräfte.

Fußball hat der Otto an dem Abend bitter nötig. Zum Abreagieren. Er überlegt sich schon halb, ob er nicht doch noch eine Profikarriere einschlagen soll, versagt heut aber jämmerlich auf dem Platz. Bleibt bloß noch Langzeitarbeitsloser? Kleinkrimineller? Florist? Damit alle sagen können, dass she's ja eh schon immer gewusst haben?

Zum Kotzen heut.

Wenigstens ist der Piet nachsichtig mit ihm. Der mag's normal gar nicht, wenn man unentschuldigt fehlt, aber er schnallt sofort warum, und wird nicht sauer, sondern bloß besorgt. Er fragt, was los ist, aber der Jakob und der Otto wollen nicht drüber reden. Dann fängt er nochmal vom Moritz seiner Akte an, aber nicht mal da drüber wollen die reden. Sie würgen ihn ab und verschwinden wie die Ratten in den Duschen.

Das mit dem Totschweigen kann aber nicht ewig so gehen. Und erstaunlicherweise ist es mal der Otto, der die Sache in die Hand nimmt. Der hat nämlich in der Nacht extrem schlecht geschlafen und einen schlimmen Traum gehabt mit dem Heinrich, dem Moritz, der Marie, dem Röhmer, dem Hansi und der Mamma Layh, alle zu Monstern mutiert, die's auf sein Blut abgesehen haben, und er ganz allein und bloß am Wegrennen. Gleichzeitig hat er verzweifelt nach dem Jakob gesucht – der hätt ihm bestimmt helfen können gegen die blutsaugende Übermacht. Und dann war das auch kein ordentlicher Albtraum, wo man wenigstens irgendwann schweißgebadet aufwacht. Der Traum dauert einfach an, die ganze Nacht, so kommt's dem Otto vor, und als endlich der Wecker klingelt, könnt er das Ding küssen, wenn's ein Loch hätte, dann –

Der Otto fühlt sich den ganzen Tag über wie ein Stück Scheiße. Der Alex meint, das kommt irgendwann, wenn man so saumäßig auf die Fresse gefallen wird wie der Otto, das sei ganz normal. Der Otto stutzt und fragt sich, woher jetzt der Alex das so genau weiß; aber dann ist er zu faul zu fragen. Er wartet geduldig das Ende von der letzten Schulstunde ab, beantwortet genauso geduldig noch ein paar neugierige Fragen von den Mitschülern, fährt dann heim und textet den Jakob an, ob er gegen später mal vorbeikommt.

Als der Jakob dann so um halb neun aufs Dach steigt, hat der Otto seine Nerven schon anderweitig beruhigt. Der hängt so in Gedanken, der hört den Jakob gar nicht kommen, und ist schon zu breit, um sich zu erschrecken.

»He, Mann«, begrüßt er den Jakob.

»Alls glar?«, fragt der Jakob.

Der Otto nickt bloß. Also nicht. Aber der Jakob hat was, womit er den Otto aufheitern kann.

»Glaub's mr oddr glaub's mr ed, abr woisch was? Grad, wo e aussam Haus benn, hanne mein Vaddr drbei vrwischd, wie 'r an meim Audo romgwurschdld had. Woisch, was der gmachd had? Guggd, was du gmachd hasch.«

Der Otto lacht träge. Das amüsiert ihn schon, sieht der Jakob.

»Bass bloss uff«, warnt er den Otto. »Wenn dem dui Sach gfelld, na 'sch iebr kurz odr lang dr Vietbenz hendr dr drei.«

Der Otto prustet los und muss sich die Spucke vom Kinn wischen.

»Vietbenz«, wiederholt er lachend.

Sie rauchen eine Weile schweigend.

Irgendwann beugt der Otto sich zum Jakob rüber, um ihm neues Feuer zu geben, und sagt: »Wasse gmachd hann, wird am abr ed so gfalla … Em Brinzipp hanne bloss da ganze übrflüssige Schniggschnagg nausgschmissa.«

Damit ist das Thema für den Otto erledigt. Er saugt am letzten Zipfel von seinem Spliff und kommt dann auf das zu sprechen, was ihn wurmt.

»Du, Jakob«, sagt er. »Wa machmr 'en jetz eindlich?«

Der Jakob zuckt mit den Schultern.

»Desch eh dein Gfälschdr, wo der jetz had, gä?«, fragt er den Otto.

Der nickt.

»Na 'sch ja ed so schlemm«, sagt der Jakob.

Der Otto macht große Augen. Eins zumindest.

»Machsch en Witz?«, sagt er. »Wenn der am Seggl en d' Hend felld, benne gliefrd. Wa krigd mr 'n fr Ausweisfälscha? Der führd wahrscheinlich egsdra fr mi widdr d' Todesschdraf ei.«

Der Jakob überlegt eine Weile. Dann nickt er.

»Schdemmd«, sagt er. »Desch a Problem.«

Er atmet tief ein.

Dann macht er eine Feststellung und stellt eine Frage.

»Der had da Hansi ombrachd. … Worom had der da Hansi ombrachd?«

Der Otto zuckt mit den Schultern.

»Moinsch, der had amam Hansi sei Hasch wella?«

»Garandierd«, sagt der Jakob.

Dann stellt er wieder seine bald legendäre Frage.

»On worom war dr Hansi naggichd?«

Der Otto und der Jakob überlegen eine Weile.

»Schwuchdl?«, meint der Otto irgendwann, aber der Jakob grunzt: »Awa! Dr Röhmr doch ed!«

Dann hat der Jakob eine Theorie.

»Wie isch's mid Schbura vrwischa?«, fragt er. »Heid had ja jedr Vrbrächr a Scheißangschd vor dr Schburasichrong, oddr? Vleichd warad da Fengrabdrigg auf de Sacha oddr so.«

»Abr was brengd des, wenn die Sacha no dagläga senn?«, fragt der Otto.

Jetzt hat er dem Jakob ein ganz schönes Bein gestellt. Aber er kommt irgendwann selber auf eine mögliche Antwort.

»Vleichd had dr Moritz en drbei vrwischd. Onna had 'r a Idee krigd, dass 'r da Moritz als Tädr naschdella ka, wenn 'r dem au no a baar uff d' Gosch gibd on en em Hansi seine Sacha kruschdla lessd. Na brauchd 'r bloss no da Moritz on da Hansi ›fenda‹. Saubra Sach.«

»On worom had der jetz da Hansi ombrachd?«, beharrt der Jakob auf seiner Frage, wo sie schon grad beim Spekulieren sind. Aber was das angeht, sind sie ziemlich unkreativ.

Am Ende sagt der Jakob: »I glaub, des müssmr z'ersch mal rausfenda, bevor mr irgndebbes andrs macha kennad.«

Der Otto stutzt.

»Wie, irgndebbes andrs macha? Solang der mein Ausweis had, kemmir gar nix macha. Na gange en da Gnaschd, des kanne dr faih sa. Na hemmr ed meh erreichd wie en Gfanganaausdausch. Dr Moritz kommd naus ond i gang nei.«

»Ja, abr dr Moritz isch wenigschns oschuldig.«

Jetzt wird der Otto sauer. Und zwar, weil er da dagegen nichts einwenden kann. Der Moritz ist unschuldig und hat ein verdammt gutes Recht freizukommen, und der Otto ist ein richtiger Verbrecher, der für seine Vergehen an der Allgemeinheit büßen sollte.

»Scheißdregg«, knurrt der Otto. »Fuck, echd. Worom liefrsch me ed glei an da Seggl aus, ha? Drenggsch au middam Moritz auf mei Gsondheid, fr d' nägschde fuffzää Jahr.«

»Jetz schbenn ed, Kerle«, beschwichtigt der Jakob den Otto. »So laufd des gwieß ed. Mir fendad scho en Wäg, wie mr da drom romkommad. I will jetz erschmal wissa, worom der da Hansi hehgmachd had on wie mr den iebrführa kenndad, wemmr wella dädad. I glaub, wemmr des wissad, na fendmr au a Meglichkeid, wie mr di aus derra Sach raushalda kennad.«

Der Otto stimmt brummend zu, aber der Jakob merkt, der ist nicht überzeugt. Der Otto hat ein Scheißpech, was solche Sachen angeht, und ist wahrscheinlich kurz davor, hier das Handtuch zu werfen. Und der Jakob kann's ihm natürlich nicht verübeln, weil wer geht schon gern ins Gefängnis, selbst wenn's Gründe gibt.

Eigentlich hat der Otto wieder davon angefangen, weil er mit sich und der Sache ins Reine kommen wollte, und jetzt fühlt er sich bloß noch mieser. Statt schlecht zu träumen, kann er überhaupt nicht mehr schlafen, obwohl er hundemüde ist, aber der Kopf wird einfach nicht leer, er kann nichts machen. Ihm ist sauheiß, obwohl er bloß in Shorts und ohne Decke auf dem Bett liegt. Eine gescheite Liegeposition findet er auch nicht. Runtergeholt hat er sich schon einen, das hat auch nichts geholfen. Jetzt überlegt er, ob er nochmal was rauchen soll, aber es ist schon zwei und er ist eigentlich immer noch ziemlich breit und muss um sieben wieder im Geschäft sein und Eindruck schinden beim Heinrich.

Immer wieder bombardieren ihn dieselben miesen Gedanken: Der Moritz sitzt unschuldig im Gefängnis, aber der Otto, das Schwein, hat Schiss, ihn da rauszuhauen, weil er dann selber reinmuss. Dabei ist der Otto ganz versessen drauf, erstens den Moritz zu erlösen, zweitens allen Skeptikern zu zeigen, dass er's doch draufhat – und drittens dem anständigen Bürger, der unanständigen Mitbürgern die Schädel einschlägt, höchstpersönlich eins aufs Dach zu geben. Dagegen spricht wirklich nur eins: Der Otto will nicht ins Gefängnis. Drei gute Gründe gegen einen ist eigentlich ziemlich eindeutig; aber der Otto will nicht ins Gefängnis. Wenn er jetzt in den Knast wandert, kann er sein Leben an den Nagel hängen. Dann ist die Frage, ob er beim Strähle übernommen wird oder nicht, sein allerkleinstes Problem.

Auf der andern Seite wär's schon cool: einfach »scheiß drauf« sagen, Augen zu und durch; für ein kleines bisschen Selbstrespekt, und noch ein bisschen mehr Respekt von den andern. Davon kann man sich nichts kaufen, aber wer sagt, dass der Otto Materialist ist. Und vielleicht kommt's dann ja ganz anders – vielleicht gibt's ja Straferlass für außergewöhnliche Leistungen wie Kumpels retten, die unschuldig im Knast hocken. Vielleicht macht er sich ja wegen nichts und wieder nichts ins Hemd, vielleicht sind das ja alles bloß Lappalien, die gegen seine heldenmütigen Großtaten gar nicht ins Gewicht fallen.

Andrerseits, vielleicht hat der Moritz sich ja schon an die Situation gewöhnt. Immerhin sitzt der schon seit einem ganzen Monat …

So geht das die ganze Nacht hin und her, und als um sechs der Wecker klingelt, hat der Otto höchstens gedöst und fühlt sich wie plattgefahren. Er entfernt sich wie ein alter Kaugummi aus seinem Bett und tappt ins Bad. In der Dusche lässt er erst mal einen Brüller los, weil mal wieder kein Warmwasser kommt. In der Küche verschüttet er den Kaffee und lässt dann auch noch den Rest von seinem Frühstück fallen. Die halbe Tasse, die ihm nach dem Verschütten bleibt, reicht nicht zum Überleben, aber der Otto hat keine Zeit mehr, neuen Kaffee zu machen. Er schlurft die Treppe runter, einigt sich mit seinem Fahrrad, wer tritt und wer sich treten lässt, und radelt rüber nach Gaisburg.

Der Otto ist halbwegs pünktlich und fragt demütigst, ob er sich erst mal einen Kaffee machen kann. Der Herbert bietet ihm seine Thermoskanne an, weil's gleich losgehn soll zum Außendienst. Die Kanne macht der Otto auf der Fahrt ganz ungeniert leer und verbringt einen der vielen schlimmsten Tage seines Lebens unter dem strengen Auge vom Heinrich in diversen Maschinenbäuchen. Mit wachsender Verzweiflung müht er sich ab, sich nicht anmerken zu lassen, dass das die reinste Folter ist.

Irgendwie schafft er's, bei der Sache zu bleiben und sogar ein angemessenes Arbeitstempo vorzulegen. Der Heinrich hat zumindest nichts auszusetzen und klopft ihm sogar auf die Schulter, als er ihm sagt, dass sie für heute Schluss machen können. Der Otto bemüht sich, nicht allzu erleichtert zu kucken, versemmelt's dann aber doch noch: Kaum sitzen sie im Transporter, macht's Bumms!, dem Otto sein Kopf knallt gegen die Fensterscheibe und er unterhält die Mannschaft die ganze Rückfahrt über mit irgendwelchen Urlauten.

Scheinbar braucht's dann drei Mann, um ihn eine halbe Stunde später wieder wachzukriegen. Der Heinrich schüttelt bloß den Kopf und geht, als sie den Otto endlich wach haben.

»Fuck«, murmelt der Otto.

Im Moment hat er nicht mehr Energie wie eine Zimmerpflanze. Er trottet den andern hinterher zum Umziehen. Er reagiert nicht mal auf auf das liebevolle Gefrotzel seiner Kollegen, vergisst seinen Spind zuzumachen und geht heim schlafen.

Nachts um drei ist er dann auf einen Schlag wieder hellwach. Er verhungert fast, steht auf und geht in die Küche. Er macht Kartoffeln, Reis und Nudeln gleichzeitig und leert Tomatensoße über alles. Dann folgen noch Eier mit Speck, zwei Äpfel und ein Müsli. Danach fühlt er sich satt und hat zwei Stunden mit Kochen und Essen totgeschlagen. Er macht sich in aller Ruhe fertig und ist heute der Erste im Geschäft.

»Sorrie, Heinrich, wäga geschdrn«, murmelt er, als der Meister kurze Zeit später reinkommt und erstaunt kuckt, weil der Otto schon da und komplett umgezogen ist.

Der Heinrich runzelt die Stirn.

»Brauchsch de fr nix endschuldiga, Kerle, hasch ja gud midgschaffd«, sagt er.

Der Otto senkt den Blick und nickt.

Hilft ja alles nichts.

Fußball ist wieder besser heut, der Otto findet locker ins Spiel. Hauptsache ablenken und ein paar halblebige Erfolgserlebnisse; bloß dass ihm immer, wenn er den Michi ankuckt, der im Tor steht, einfällt, dass da eigentlich der Moritz stehen müsste und dass das ab jetzt auf dem Otto seine Verantwortung so ist.

»Wie warad 'n deine Arbeida?«, fragt er den Jakob nebenher mal, auch wenn ihm das grad ziemlich am Arsch vorbeigeht.

Der Jakob zuckt mit den Schultern.

»Senn glaub ganz gud gloffa. Nadurtalend hald. Jetz hanne no oina nägsch Woch, na 'sch des au rom.«

»Mhm.«

»Alls glar?«, fragt der Jakob den Otto.

Der antwortet nicht und spurtet los, um dem Jurij mal wieder den Ball abzujagen.

»Ty schto achujel!?«

»Hald's Maul on schbiel gscheid.«

Ein schriller Pfiff und der Otto darf sich schon mal allein wieder abwärmen.

»Du, wenn du de faih ed zammanemma kasch, Kerle, na schbielmr am Samschdich ohne di«, droht der Piet.

»Wie willsch na schbiela? Zu zehnd?«, höhnt der Otto, aber der Piet meint: »Kommd aufs Gleiche raus, ob du en de erschde femf Menudda rodsiehsch odr glei gar ed midschbielsch, oddr?«

Der Otto starrt den Piet bloß wild an. Von dem Blick lässt der Piet sich aber nicht einschüchtern und starrt zurück; bis der Bursche irgendwann den Kopf senkt und in die Umkleide trottet.

Meistens kommt ja eh immer alles auf einmal. Nach dem Duschen kriegt der Otto vom Jurij eins auf die Fresse, den interessiert das nicht, dass der Otto erst vor ein paar Tagen zum Halbinvaliden geschlagen worden ist, und als der Otto's ihm gleich zurückgeben will, haben die andern sie schon auseinander.

»Koi Word!«, zischt der Jakob. »Koi Word faih zom Pied!«

Noch ein paar Schubser und der Otto geht erst mal aufs Klo, um sich sein Gesicht anzukucken. Blutet natürlich sofort wieder.

»Hamme am Schbend agschla«, murmelt der Otto, bevor der Piet überhaupt fragen kann, und schlängelt sich wie ein Wiesel an ihm vorbei, raus.

Wenn der Otto eine Scheißlaune hat, dann kann man in der Regel nichts machen. Der Otto kommt schon mit ins Pub, Karaoke läuft auf vollen Touren und jede Menge Mädels, die so was wie Besorgnis zeigen über den Zustand vom Otto und vom Jakob – hilft alles nichts. Der Otto nippt geschlagene zwei Stunden lang am selben Bier, sagt bloß was, wenn er was gefragt wird, und schafft dann nicht mal eine ganze Silbe, sondern bloß »m« oder »m-m«, bis er erfolgreich auch den Letzten vertrieben hat, der heute an ihm Interesse zeigt.

»Dir gahd's grad ed so, ha?«, fragt der Jakob irgendwann.

Der Otto schüttelt den Kopf und sagt den ersten und letzten zusammenhängenden Satz vom Abend.

»Dud mr leid.«

Der Jakob nickt verständnisvoll und klopft dem Otto auf die Schulter.

»Scho rächd. Ka ed emmr alles gladd laufa.«

»M.«

Jetzt wird der Jakob verschwörerisch. Er hockt sich dem Otto fast auf den Schoß und setzt ihm mit leiser Stimme und ausladenden Bewegungen auseinander, was er sich weiter überlegt hat. Das ist eigentlich das Letzte, was der Otto grad hören will, aber der Jakob ist nicht zu bremsen. Im Prinzip läuft's da drauf raus, dass der Aldinger, das arme Schwein, mal wieder herhalten muss: Der soll ihnen alles zum Röhmer erzählen, was er weiß, sämtliche Details. Am besten wär's, bloß zu sagen, dass der prinzipiell verdächtig wär, nicht dass sie's schon wissen. Außerdem könnt man versuchen rauszufinden, ob's zwischen dem Hansi und dem Röhmer eine Verbindung gibt, indem man mal den Bruder vom Hansi, den Heiner, zu der Sache befragt. Und so weiter; der Otto nickt bloß und nippt ab und zu an seinem Bier.

Um halb eins hat er genug, packt den Jakob ein, verfrachtet ihn auf den Beifahrersitz und nimmt ihn mit zu sich. Der Jakob kann in seinem Bett schlafen, der Otto merkt, er braucht keins. Er steigt aufs Dach, macht die Musik an, legt sich auf seinen Liegestuhl und kuckt den Fledermäusen zu, die mit schrillen Schreien unter der nächsten Laterne durchzischen; fühlt den kühlen Nachtwind im Gesicht, an den Armen, auf der Brust; erfindet neue Sternzeichen; singt inbrünstig bei »Rooftops« von den »Lostprophets« mit, und bei »4 AM forever« auch; schaut dem Himmel beim heller werden zu und schläft so gegen halb fünf allmählich ein.

Für zweieinhalb Stunden.

Das Erste, was er denkt, als er den Wecker klingeln hört, ist, die Sache gleich zu stecken und heut nicht in die Schule zu gehen, wenn er eh demnächst im Knast hockt und nicht mehr hingehen *kann*.

Der Gedanke überrascht ihn. Er kann sich nicht erinnern, sich da dazu entschlossen zu haben. Aus lauter Protest steht er doch auf, macht sich fertig und ist heut ausnahmsweise mal der Erste mit dem Arsch auf der Schulbank.

Als er um dreiviertel vier wieder heimkommt, ist der Jakob grad mal mit Frühstücken fertig.

»I hann faih vorhin middam Aldingr gschwätzd«, informiert der Jakob den Otto, der sich auf den Stuhl neben ihm sacken lässt. »Morga nacham Schbiel kömmr vorbeikomma.«

Der Otto nickt, verschränkt die Arme auf der Tischplatte, legt den Kopf drauf und schläft ein.

»Beachparty«, sagt jemand. »Beachparty. Beachparty.«

Der Otto hebt den Kopf und wischt sich den Sabber vom Kinn.

»Ha?«

Jetzt ist es sieben. Der Jakob grinst ihm ins Gesicht. Der ist hellwach, der hat ja auch den ganzen Tag geschlafen.

»Komm, auf jetz, Kerle, mir wardad bloss no auf di.«

Der Otto kneift die Augen zusammen und kuckt sich um. Die Lotte macht sich auch schon fertig und lächelt das Wrack mit dem Gesicht mitleidig an, das die letzten drei Stunden den Küchentisch belegt hat.

Der Jakob lässt zwei kleine Pillen auf die Tischplatte purzeln und sagt: »Empfählung des Hauses.«

Der Otto schüttelt den Kopf. Da steht er nicht so drauf.

»Bissle Vitamin C wär mr liebr«, sagt er und geht sich erst mal umziehn.

Als er wieder in die Küche kommt, wartet die feine Sache auf dem Tisch auf ihn. Er lächelt, beugt sich runter und zieht sich das Zeug die Nase hoch.

»Henn 'r's gau?«, fragt die Lotte, die langsam los will.

Der Otto unterdrückt einen Nieser, schnappt sein Handtuch und folgt ihr und dem Jakob nach unten. Ab ins Auto, noch ein paar Leute einsammeln und dann raus zum Höhenfreibad.

Der Buzz setzt pünktlich ein, als sie oben am Killesberg ankommen. Der Otto sieht wieder zugänglicher aus und ist um Welten gesprächiger als gestern. Das Tanzen im Wasser und die Bikiniübermacht tun ihr Übriges, und der Otto johlt, was das Zeug hält, jede Liedzeile mit, die er kennt oder zu kennen glaubt, wenn er nicht grad einen Plastikbecher stürzt. So gegen eins merkt er plötzlich, dass ihm arschkalt ist; dass die Wirkung vom C nachlässt, er dafür stockvoll ist; dass der Jakob schon seit Stunden außer Sicht ist; dass er die Musik nicht mehr hört; dass ihn lauter Zombies umgeben; dass jetzt mit einer Hammerwucht alles zurückkommt.

Der Otto kriegt Panik und watet, so schnell's geht, Richtung Beckenrand. Dann krabbelt er über die Liegewiese auf der Suche nach seinem Handtuch. Die Beleuchtung scheint bloß aus ein paar altersschwachen Funzeln zu bestehen – keine Chance, das eigene Handtuch zu finden. Er ist so vernünftig, nicht zu verzweifeln, und sucht nach einem ähnlichen. Schlotternd wickelt er sich in eins ein. Dann kommt er hoch und macht sich auf die Suche nach dem Jakob. Der Otto braucht Hilfe, und der Jakob kann hoffentlich helfen.

»Jakob! Jakob!«, ruft er, während er durch die Menge irrt. Er selber hört die Musik kaum, aber er ist genug beieinander, um einzusehen, dass seine Stimme in dem Lärm komplett untergeht. Der Jakob kann ihn nicht hören.

Der Otto bleibt stehen und kuckt sich um.

Ist vielleicht auch nicht so schlimm, den Jakob jetzt nicht zu finden. Vielleicht braucht der Otto jetzt einfach bloß irgendjemand. Jemand zum Reden. Jemand, der mit der Sache nichts zu tun hat. Jemand, dem er von seinem Zwiespalt erzählen kann. Vielleicht einen Priester? Einen, vor den er sich hinknien kann und der seinen Kopf festhält und ihm beweist, dass der noch auf seinem Stiel sitzt. Einen, der inflationär die Anrede »mein Sohn« gebraucht und ihm die Geschichte von Dornröschen und den zwölf Aposteln erzählt. Einen, der ihn gelübdehalber mal nicht verurteilt für alles, was er tut. Zu dumm, dass es zwei Uhr morgens ist; zu dumm, dass das hier eine priesterfreie Partyzone ist; außerdem ist der Otto eh Heide.

»He, Oddo. Alls glar?«, fragt plötzlich jemand.

Der Otto kuckt runter, um rauszufinden, wer da vor ihm steht.

»Lo«, stammelt er dann, »Lo, alles mei Schuld, wenn dr Moritz ed nauskommd, weil wenn dr Moritz nauskommd, wandr i drfier nei, was solle 'n macha, Lo, Herrgodd –«

Die Lorelei gibt ihm keine Antwort; aber immerhin nimmt sie ihn in die Arme und fängt an, mit ihm zu tanzen … Der Otto beruhigt sich erst mal. Er legt eine Hand an der Lorelei ihre Hüfte. Dann die andere in ihren Nacken. Ihre Schläfe drückt gegen sein Schlüsselbein und ihr Atem auf seiner Brust macht ihm eine Gänsehaut.

»Kald?«, fragt sie und sorgt dafür, dass ihm das Handtuch nicht von den Schultern rutscht.

Der Otto sagt nichts. Der Otto steht bloß da und macht die minimalen Pflichtbewegungen, um das als Tanzen durchgehen zu lassen. Er fühlt die Lorelei in seinen Armen und noch mehr sich in ihren. Sämtliche Alkoholmoleküle und sonstige Restsubstanzen explodieren in seinen Blutbahnen, Neuronenfeuerwerk im Hirn, alles dreht sich, Erdbeben in der Achterbahn, und plötzlich sieht der Otto ein, besser wird's nicht; weiter kommt er nicht; er total breit, total blau, total verzweifelt in den Armen von diesem Mädel, bloß noch zwei Badehosen und ein Bikinioberteil voneinander entfernt, und das war's. Weiter geht's nicht. Bloß noch eine von den vielen Einbahnstraßen in Stuttgart.

Der Otto beugt sich runter zu ihrem Ohr und sagt: »Machd's dr was aus, me hoimzombrenga, Lo? I kann nemme.«

Auf der Heimfahrt haben sie kein Wort gesprochen. Als sie vorm Haus gehalten hat, hat er sich bedankt und ist ausgestiegen; Tür zu, Tür auf, Tür zu und versuchen, so unfallfrei wie möglich die Treppe hochzukommen. Dann gar nicht erst in die Wohnung rein, sondern gleich eins weiter hoch und überm Liegestuhl zusammenklappen. Für den Rest der Nacht beobachtet der Otto sich selber beim Runterkommen und nimmt sich Zeit für die erste Lebensbetrachtung in seinem Leben.

Der Otto spürt, wie sich seine Atome neu ordnen, zurück in die alten Molekülkombinationen. Ungefähr alle paar Atemzüge geht's dem Otto schlechter. Seine Hirnsuppe blubbert, bläht sich auf und versucht, sich mehr Platz im Schädel zu verschaffen, und was nicht mehr reinpasst, läuft ihm aus der Nase und über die Oberlippe in den Mund, den er ums Verrecken nicht zukriegt.

So bleibt's wenigstens vorläufig noch irgendwo im Organismus.

Wahrscheinlich läuft ihm der ganze Brei jetzt direkt in die Lungenflügel. Der Otto kriegt bloß noch über eine Art Schluckauf Luft und stellt die hochbrisante Überlegung an, dass er grad am Abkratzen sein könnte, wie ein Fisch an Land. Dann macht der Kreislauf schlapp, und der Otto fühlt sich wie mit Schweiß eingeseift. Jetzt hält er sich echt für einen Fisch, in einem Ablaufstrudel, glitschig und japsend und zuckend und zappelnd.

Der Otto fühlt sich nicht bloß körperlich am Ende einer Sackgasse. Nicht dass er jemals so was wie einen Weg verfolgt hätt. Außer Irrwegen und Holzwegen. Und Kaffeefahrten mit seinem Lieblingstransportmittel: dem falschen Dampfer. Insofern ist der Otto's gewöhnt, dass Pfade sich im Nichts verlieren. Der Otto ist eh immer viel lieber wie ein Schmetterling aufs Geratewohl durch die Gärten getanzt und hat nach Blumen und Blümchen gesucht, auch wenn er (oder grade weil er) gewusst hat, dass das nicht in alle Ewigkeit so weitergeht. Aber warum eigentlich nicht? Und warum soll es grad jetzt aufhören? Er ist erst zweiundzwanzig. Er spielt gern Fußball und baut und repariert gern Sachen vom Radio bis hin zur CNC-Maschine. Er hat sogar einen passablen Schulabschluss und ist total in die Schwester von seinem besten Kumpel verschossen. Er weiß, wie man schafft und wie man das Leben genießt. Und er ist dabei, sich das Gehirn rauszukiffenkoksensaufen und so ziemlich alle zu enttäuschen, die er kennt: den Jakob, den Heinrich, den Moritz, die Marie und alle, die gedacht haben, er würd wirklich versuchen, einem Freund in Not aus der Klemme zu helfen. Und sich selber, Herrgott. Das ist vielleicht sogar das Schlimmste: sich selber enttäuschen und das, ohne jemals Erwartungen gehabt zu haben.

Der Otto weiß ganz genau, dass er grad runterkommt und dass das der Hauptgrund für dieses Scheißgefühl ist, nicht die trüben Aussichten, die ihm die Wirklichkeit bietet. Jetzt verbindet sich beides, verbündet sich gegen den Otto und entwickelt so die doppelte Schlagkraft. Aber der Otto überlässt sich diesen beiden Mächten nicht kampflos als Schlachtfeld und Ehrenpreis, der kämpft selber mit dem scharfen Schwert der Logik, das grad im Rausch und im Traum am schärfsten zu sein scheint. Das einzig Wirkliche, sagt er sich, sind die körperlichen Schmerzen. Folglich sind seine Gedanken bloß Teil von einem transzendentalen Konstrukt, das sich des Drehwurms in seinem Kopf bedient, bloß um diesen Drehwurm noch zu verstärken. Aber der Otto ist nicht blöd, der durchschaut das Spiel.

Wie die Wirklichkeit die Rettung sein kann, ausgerechnet dann, wenn man am weitesten davon entfernt ist …

So hält er seine Gedankenwucherungen einigermaßen erfolgreich in Schach. Weil er aber ein interaktives Schlachtfeld ist, lässt er sie doch auch bis zu einem gewissen Grad zu. Und zwar deswegen, weil er weiß, dass trotz (oder grade wegen) Realitätsverlust was Wahres an diesen Gedanken dran ist. Das ist wie Wellenrauschen … im eigenen Hirn – fühlt sich neu an. Die Wellenbrecher bringen das Konstrukt fast zum Einsturz; aber die Art, wie sie den Strand abtragen, Sandkorn um Sandkorn weiterdriftet, das gibt Hoffnung auf Fortschritt. Der Otto hat keine Lust, sich allzu lang wie die Fliege zu fühlen, die ständig gegen die Fensterscheibe klatscht. Wenn er jetzt nicht drüber nachdenkt, wird er nie einen Ausweg finden.

Ausweg aus was? Ausweg aus der drohenden Gefängnisstrafe? Ausweg aus einem Leben, das grad ziemlich ausweglos aussieht? Ausweg aus seinem momentanen Tief, kucken, wie er so schnell wie möglich den vollen Blast zurückkriegt? Er weiß ja nicht mal, was er will. Klingt grad alles gleich scheiße. Was soll er sich vormachen? Sein Leben ist ein schlechter Witz für andre und mittlerweile sogar für ihn selber. Alle halten ihn für einen dauerbekifften Volltrottel und sind sich unsicher, ob er allein aufs Klo gehen kann. Er taumelt richtungs- und orientierungslos im Kreis, das ganze Geld geht für Pflanzenerzeugnisse drauf und die ganze Zeit fürs Breitwerden und

Wiederrunterkommen, Sichvolllaufenlassen und Wiederausnüchtern.

Der Otto ächzt. Jetzt denkt er schon genauso wie die Layhs und Seggls und Röhmers und wie sie alle heißen. Bisher hat dem Otto sein Selbstwertgefühl da nie drunter gelitten, aber alle gegen einen, das zeigt irgendwann mal Wirkung. Dabei hat der Otto gar nie vorgehabt, Position zu beziehen. Was wollen die eigentlich alle? Das ist sein Leben. Sein Körper. Seine Sache. Er sieht's nicht ein, sich über andere zu definieren. Das hat er lang genug gemacht. Da kann er sich ja gleich in die Hand Gottes legen und ins Kloster gehen. He, das wär erst eine Idee. Und kann man als Mönch noch für seine weltlichen Vergehen belangt werden? Ab ins Nonnenkloster, Otto!

Wer hat denn festgelegt, dass ein wertvolles menschliches Leben eine Richtung braucht? Wer hat gesagt, dass bloß Nüchternheit die Menschheit weiterbringt? Und warum meinen die Leute immer, sie müssten alles bekehren, was abweicht?

Gleichschalten trifft's eher.

Alles, was der Otto will, ist eine gute Zeit verbringen. Wahrscheinlich kann er sogar auf den Selbstrespekt verzichten, und auf den Respekt von anderen schon lang. Oder vielleicht wird's auch bloß Zeit, die Zahnbürste zu packen und nach einem neuen Horizont zu suchen. Wie wär's mit Estland? Da brauchen sie bestimmt noch Leute, die Sachen reparieren können, Old School. Oder zurück nach Wales. Da liegen die Messlatten anders, da würd man ihn für einen absoluten Engel halten. Beim Rhys und beim Ash sollt er sich eh mal wieder melden, wenn die beiden verdammten Hooligans noch nicht vom Zug erfasst worden sind.

Den Moritz raushauen und das Land verlassen, bevor das Haus umstellt ist: Das klingt nach einem Ausweg. Seinen richtigen Ausweis hat der Otto ja noch. Ja, Mann. So macht er's. So oder so ähnlich. Auf alle Fälle hat er keine Lust, sich länger von der Sache runterziehen zu lassen. Das ist nicht seine Art. Das Wichtigste ist, dass der Moritz freikommt und der Röhmer einen Tritt in den Arsch kriegt. Ob der Otto dabei mit auf die Schnauze fliegt, ist erst mal egal.

Der Otto wurschtelt nach seinem Telefon und ruft den Jakob an. Der ist nicht grad hocherfreut, als der Otto ihn und die Marlene morgens um fünf in ihrer Ruhe stört, ist aber cool, als der Otto ihm seinen Entschluss mitteilt.

»Du, wie 'sagd, ma' dr da koin Kopf, mir fendad scho en Wäg«, röhrt er ins Telefon.

Dann hört der Otto eine Zeitlang nichts mehr.

Als die Marlene zu stöhnen anfängt, legt er auf.

Gegen eins am nächsten Tag wird er vom Jakob wachgerüttelt. Er brät ungeschützt in der Sonne und hat einen Kopf wie ein Tanklaster. Er blinzelt, kuckt dem Jakob so lange in die blutunterlaufenen, in sämtliche Richtungen schielenden Augen, bis er ihn eindeutig identifiziert hat, dreht sich dann auf die Seite und kotzt dem Ernesto in sein Tabakpflanzenprojekt.

Mal wieder bloß Flüssigkeit. Der Ernesto wird nie erfahren, was seine armen Pflänzchen umgebracht hat.

»Wa 'n los?«, fragt der Otto, als er fertig ist und seine Sprache wiederhat.

»Schbiel«, krächzt der Jakob.

Der Otto stöhnt.

»Dr Pie' will doch eh ed, dasse schbiel«, hat der Otto als Ausrede, aber die gilt beim Jakob nicht.

»Schwäss koin Scheiß«, faucht er. Wenn er heut schon spielen muss, dann der Otto gefälligst auch. »Jess komm ... Isch glaub eh 's leschde.«

Der Otto gluckert schwach, der ist total im Leerlauf.

»Der schieß' ons eh uffan Mond, wenn der ons siehd«, sagt er.

Er kriegt die Augen nicht mehr auf. Zu grell.

Ob der Piet ihn heut auf allen Vieren spielen lässt?

Im Bad wird er ohnmächtig. Hilft alles nichts; der Jakob ist eine absolute Übermacht, sorgt dafür, dass er rechtzeitig fertig wird, schiebt ihm den Hals von einer Wasserflasche zwischen die Zähne und verfrachtet ihn ins Auto.

Dem Otto sein komatöser Zustand ist halbwegs überwunden, als sie unten beim Stadion ankommen, der nuckelt ganz artig an seiner Flasche. Er geht dem Piet aus dem Weg und der Piet geht ihm aus dem Weg: So signalisieren sich beide, ohne ihre männliche Würde zu verlieren, dass der eine spielen will und der andere will, dass der eine spielt. Und der Otto spielt wider Erwarten ganz passabel. Obsessive Selbstzerstörungssucht, schätzt er. Und Sport ist legal!

Nach dem Duschen fühlt der Otto sich schwach. Die Strecke von der Umkleide bis rüber in die Vereinsgaststätte kommt ihm vor wie eine Wanderung mit dem Ringträger. Dann stellt ihm einer ein Dunkles vor die Nase, das er am liebsten mit einem Röhrle trinken würd, weil er das Glas kaum hochkriegt. Jeder Schluck macht ihn aber stärker oder zumindest das Glas leichter, und als er den Boden vom Glas sieht, hat er sogar genug Energie, um an der Unterhaltung teilzunehmen.

Das war tatsächlich das letzte Spiel von der Saison, deswegen wird jetzt ein bisschen gefeiert. Der Piet steht sogar auf und sagt was. Für einen Haufen dauerverkaterte Dauersozialdienstschieber, sagt er, haben sie eine ganz saubere Bilanz hingelegt. – Das sagt er natürlich nicht so, macht aber in langen Ausschweifungen deutlich, dass er's so meint. Die Bilanz ist ganz knapp positiv, sie gurken irgendwo in der Tabellenmitte rum, und was die Zahlen nicht verraten, ist, dass sie in dieser Saison als Team zusammengewachsen sind. Und er freut sich schon auf die nächste.

Alle stimmen grölend zu. Auch der Otto nickt und hebt sein Glas, obwohl er sich nächste Saison schon für Cardiff City spielen sieht. Er macht's alle und winkt der Birgit um ein zweites, aber der Jakob meint, dass sie dafür keine Zeit haben, weil sie doch zum Aldinger müssen. Der Otto kuckt den Jakob an, wie wenn er dem gleich gewaltsam das imaginäre Sorgerecht entziehen will. Dann fällt ihm aber ein, dass er heut Nacht eine Entscheidung getroffen hat. Er steht auf, bestellt sein Bier wieder ab, indem er quer durch den Raum brüllt, und geht sich beim Piet verabschieden.

»Jetzad, Kerle«, sagt der Piet, steht auf und lässt sich packen und umarmen. »Bass uff de uff.«

Der Otto nickt und murmelt: »Wemmr nomml ebbas brauchad, meldmr ons.«

Der Piet hebt die Augenbrauen. Das überrascht ihn, dass die immer noch nicht aufgegeben haben.

»Jetz gehd's nimmr«, sagt der Jakob ganz ominös.

Dann drehen die Burschen sich um und marschieren Richtung Ausgang, cooler geht's nicht. Fehlt bloß noch der Soundtrack.

19

Der Otto und der Jakob sind gut vorbereitet, als sie beim Aldinger ankommen: was geraucht, um die Nerven zu beruhigen, Mützen und Sonnenbrillen auf, obwohl das Licht unterm Osthang schon lang weg ist, und den Wagen in den Hof gefahren, damit sie nicht an der Straße aussteigen müssen.

»Rondr vom Hof mid der Karre«, sagt der Aldinger gleich als Erstes.

Der Jakob will grad anfangen zu erklären, dass es hier um Leben und Tod geht, als der Alte vom Aldinger den Kopf zum Fenster rausstreckt und genau das Gleiche brüllt.

»... Isch glaub bessr, wenn bloss i gang«, sagt der Jakob tapfer und rollt vom Hof. Keine dreißig Sekunden später ist er zurück, samt hektischem Fleck.

»Kemmr neiganga?«, fragt der Otto, dem grad siedendheiß eingefallen ist, dass der Aldinger mal gesagt hat, der Röhmer schnüffele ständig hier rum.

Der Aldinger zuckt mit den Schultern. Sie gehen runter in den Keller, ein Bier holen und dann in den Hobbyraum.

»Was musse macha, drmid 'r me amal en Ruh lassad?«, fragt der Aldinger, der das echt langsam nicht mehr witzig findet. Keiner lässt sich gern verarschen, und der Aldinger kommt sich mittlerweile ganz schön schwer verarscht vor.

»Gscheid midmacha«, antwortet der Jakob, und der Otto zieht seine Notizzettel hervor und sucht nach einer unbeschriebenen Stelle. Kein Glück.

»Hasch du mir a Bladd, Aldingr?«, fragt er und kriegt eins.

»Jetzad«, fängt der Jakob an, als der Otto so weit ist. »Desch so: Mir warad doch ledschdhin zamma drüba bei deim Nachbr, gä? – Jetz hemmr des ausgwärded, was der gsagd had, on senn zu dem Ergäbniss komma, dass der Nachbr, der Röhmr – also

ganz teoreddisch jetz, dass der rein teoreddisch selbr vrdäch-
dich sei keed.«

Zum Glück steigt der Aldinger da voll drauf ein.

»Des kanne mr gud vorschdella, ja«, sagt er.

»On jetz brauchmr alle Imfos zo dem, wo de ons gäba
kasch«, schießt der Otto ein bisschen zu eifrig dazwischen und
kriegt vom Jakob einen zurechtweisenden Blick ab.

»Worom kasch dr des 'n so gud vorschdella?«, flötet der
Jakob dann den Aldinger an.

Der zuckt mit den Schultern.

»Woiß au ed. Desch hald a bissle so en Hendrfotzigr«, sagt
er. »Vornarom schmalzd 'r de ei, des henn 'r ja selbr midkrigd,
ond hendarom sauad 'r wäga jedam Scheiß zo meim Alda on
pätzd wie a glois Mädle. Der schdeggd sei Nas echd iebrall nei,
des glaubsch gar ed, ond manchmal hanne echd da Eidrugg, der
moind, er hedd bei allem midzomschwätza. Isch so a Machd-
sach bei dem, glaube … Desch oifach a Arschloch. Wenn der
gewalddädig wär, däd's me ed wondra.«

»Aha«, sagt der Jakob. »Abr so richdich gewaldtädich gwäsa isch 'r no nie?«

»Woiß ed«, sagt er Aldinger. »Bei sich drieba vleichd. Gsäa
hanne no nie was, abr schreia herd mr 'n en dr ganza Schdraß.
Da müschdesch mal da – da Anton odr so fraga, wo bei am
schaffad. I woiß errlich gsagd gar nix iebr den ond i will au gar
nix von dem wissa.«

»Isch vrschdendlich«, meint der Otto.

»Felld dr sonsch no ebbes ei?«, hakt der Jakob nach.

Der Aldinger verzieht den Mund und überlegt.

Irgendwann sagt er: »Em Momend grad ed. Wemmr no
was eifelld, melde me.«

Der Otto und der Jakob nicken, machen ihr Bier alle und
stehen auf.

»Au«, fällt dem Jakob noch ein, »koi Word faih zo dem, gell?«

Dem Aldinger seine Lache macht deutlich, dass er eher mit
dem Geist von Lady Di Kontakt aufnehmen würd wie mit dem

Röhmer. Der Otto und der Jakob nicken dankbar. Der Aldinger scheint da verlässlich zu sein.

Jetzt die Sonnenbrillen und die Mützen aufziehen und dann zack raus und ins Auto. Der Aldinger steht im Hof und schüttelt bloß entgeistert den Kopf.

Kiffen ist scheint's doch gefährlicher, als man denkt.

Der Otto hat die Hand schon am Griff von der Beifahrertür, da ruft ihn jemand. Der Otto dreht sich ganz automatisch um und zuckt zusammen, wie wenn der Türgriff ihm einen Elektroschock verpasst hätt, weil der Jemand, der gerufen hat, grad aus dem Röhmer seinem Hof kommt.

»He Oddo! Was machsch du 'n jenseids vom Näggr!«, brüllt der Anton fröhlich zu ihm rüber, dass man's garantiert auch in der ganzen Straße hört. So viel zum Thema Tarnung.

Im nächsten Augenblick kriegt der Otto einen kräftigen Klaps gegen den Schädel. Rasend schnell (findet er selber zumindest) schaltet der Otto, dass das *der* Anton ist, von dem der Aldinger geschwätzt hat: sein alter Kumpel Anton, und der schafft beim Röhmer! Der Otto weiß noch nicht so ganz, was er davon halten soll, und entscheidet sich für Überfalltaktik.

»Anton Antonjewitsch!«, ruft er, grinst, reißt die Autotür auf und befördert zuerst den Anton und dann sich selber etwas unsanft auf den Rücksitz.

»Mensch, schdeig ei, Jakob!«, herrscht er den Jakob an, und einen Sekundenbruchteil später ist das Fluchtfahrzeug in Bewegung.

Der Anton kuckt überrascht, grinst aber gleich wieder, als der Otto fragt, ob er Lust auf ein Bier hat.

»Des fragd mr normalrweis, bevor mr ein ens Audo schmeißd, oddr?«, sagt er.

Der Otto hat sich mittlerweile gesagt, dass vom Anton keine Gefahr ausgehen kann, und plappert los: »Ka sei, bloss mir henn's eilig, weil dr Jakob ond i, mir henn Durschd. Mensch

Kerle, di hanne glaub 's ledsch Mal en dr volla Windl gsäa, ka des sei? Desch dr Jakob, kennsch den? Fahrmr nom ens Pub, oddr? Glaub's mr oddr glaub's mr ed, abr mir henn grad ersch von dir gschwätzd, ohne's zom wissa. Mir warad grad beim Aldingr ond der had gmoind, schwätzad amal middam Anton, on jetz bisch des au no du! Rauchsch des?«

Der Otto steckt dem Anton den Spliff fast selber zwischen die Zähne und macht ihm Feuer. Dem Anton bleibt gar nichts andres übrig, als mal dran zu ziehen, und der Otto merkt sofort, dass das dem Anton sein Jungfernzug ist. Gerührt heißt er ihn im Land der grünen Wiesen willkommen. Dann zieht er selber kräftig dran und reicht das Ding nach vorn weiter.

»Jetz vrzehl, wo had's 'n di navrschlaga?«, fragt er, und so kriegen der Jakob und er ganz beiläufig mit, dass der Anton schon seit einem halben Jahr beim Röhmer schafft, als Fahrer. Nicht klasse, aber besser als arbeitslos, weil wenn der Anton nichts zu tun hat, macht er bloß Dummheiten. Jetzt macht er erst mal noch ein paar tiefe Züge und kriegt schon gar nicht mehr richtig mit, dass der Otto und der Jakob ungeheuer interessiert an seinem Job sind, was er da so macht, wie der Chef so ist …

Beim Bier im Pub erzählt der Anton ihnen dann bereitwillig sämtliche Stories vom Röhmer, die er draufhat. Der Jakob und der Otto sind froh zu hören, dass der Anton den auch nicht leiden kann, und lachen sich den halben Arsch ab, als der Anton beschreibt, wie er mal eine Lieferung total versemmelt hat, dann aber sauber den eigenen Arsch gerettet hat, indem er ins Büro eingebrochen ist und sämtliche Lieferscheine gefälscht und vertauscht hat, damit's so aussieht, wie wenn der Röhmer selber Scheiße gebaut hätt. Und der ist abgegangen wie eine Rakete, hat das halbe Büro in Schutt und Asche gelegt und hätt sich wahrscheinlich für den Rest vom Tag gern selber in den Arsch getreten, wenn das physikalisch möglich wär. Und keiner von den andern Angestellten hat was gesagt. Die haben sich bloß gegenseitig angekuckt und sich innerlich wohl den ganzen Arsch abgelacht. Sogar die Frau Röhmer selber.

Lohnt sich nicht, ein Arschloch zu sein.

»I hann echd Blud und Wassr gschwitzd«, schließt der Anton. »Abr 'r had's gschluckd. Eh Mann, i glaub, der hedd mi gvierteild, wenn 'r des rauskrigd hedd.«

Der Jakob und der Otto hören auf zu lachen und stimmen zu.

Dann setzt der Otto sein Glas ab und macht den Sack auf.

»Ehrlich gsagd isch des ganz gschiggd, dass mr grad en de neigladschd senn, Bua«, sagt er und kuckt dem Anton tief in die nebelverschleierten Augen, »weil mid dem Röhmr hedde no a Rächnong offa …«

Die Idee ist dem Otto wahrscheinlich gekommen, als er den Satzbaustein »ins Büro vom Röhmer einbrechen« aufgeschnappt hat.

Allerdings hat er nicht vorgehabt, das selber zu machen. Vor allem nicht jetzt gleich.

Aber der Anton steht mit ihnen vorm Auto und saugt am zweiten Joint seines Lebens, der ist megacool und meint, klar, das machen sie am besten sofort, weil bei den Röhmers ist heut Abend keiner daheim, die sind auf einem Feschdle, und so, wie der Röhmer bechert, haben sie vor Mitternacht auf jeden Fall freies Spiel.

Der Otto und der Jakob fühlen sich auf der Stelle komplett ausgenüchtert. Sie kucken sich kurz an.

Der Otto hätt's gern gesehen, wenn der Anton während der Arbeitszeit halt mal in den Schubladen gewühlt hätt. Und wenn er schon mitkommen muss, hätt er gern ein bisschen Zeit gehabt, um sich da seelisch drauf vorzubereiten. Aber er schaltet sofort, dass er hier die einmalige Chance hat, genau jetzt dem Röhmer das Ass abzujagen, das der gegen ihn im Ärmel hat, und dass er dann volle Kanne den Röhmer in den Arsch treten kann. Und das gibt am Ende den Ausschlag. Das und der letzte Rest von seinem Spliff.

»Du machsch da Fluchdfahrer«, sagt er zum Jakob, der ganz grün im Gesicht geworden ist. »Oin Muggs and you burn rubber, baby.«

Damit kann der Jakob leben. Sie steigen ein und fahren über die Wilhelmsbrücke zurück. Als sie halten, streckt der Jakob wortlos die Hand aus, und der Otto schlägt genauso wortlos ein. Dann steigt er aus und folgt dem Anton in den Hof vom Röhmer.

Das ist ja kein richtiger Einbruch, der Anton hat ja schließlich einen Schlüssel. Zwar nicht den vom Büro, aber immerhin weiß er, wo der Ersatzschlüssel versteckt ist. Dass der Röhmer dem Otto seinen Personalausweis weggenommen hat, findet der Anton echt unerhört. Gut, dass er nicht auf die Idee kommt zu fragen, warum. Das erzählt der Otto dem Anton natürlich nicht, dass er bald wieder auf der Straße sitzt, weil er mithilft, seinen Chef einzubuchten.

»Hoffndlich fendmr des Scheißdeng au«, sagt der Otto.

Der Anton nickt.

»Garandierd en 'ra Schreibdischschublad«, sagt er und fängt leise an zu pfeifen. Dann hat er die Tür vom Büro offen, und sie huschen rein.

»Daschalamp wär jetz gschiggd«, sagt der Otto.

Das Fenster zum Hof lässt Licht rein, aber mittlerweile ist es stockdunkel, und die Straßenbeleuchtung kommt hier nur schwach an. Der Otto macht sein Feuerzeug an und öffnet die erste Schublade.

Statt ihm zu helfen, holt der Anton die Flasche mit dem Birnengeist hervor, lacht dreckig, macht sie auf und nimmt einen beherzten Schluck. Der Otto lässt sich auch nicht lumpen, als der Anton ihm die Flasche hinstreckt.

»Woisch was?«, sagt der Otto. »Die 'sch komfiszierd, dui Flasch. Wemmr scho eibrächad, müssmr au ebbes glaua.«

»Jawoll. Weil der Ausweis isch ja eh deinr.«

»Jap. Hilfschmr jetz vleichd oddr was?«

Der Anton gackert bloß blöd vor sich hin, und der Otto hört, dass er wieder an der Flasche nuckelt.

Plötzlich kommt dem Otto ein Einfall: Was, wenn hier irgendwo Beweismaterial zum Moritz und zum Hansi lagert? Er nimmt sich vor, nicht bloß nach seinem Ausweis Ausschau zu halten, sondern auch nach irgendwelchen Beweisen, was die Sache für sein armes Hirn natürlich extrem verkompliziert. Ständig vergisst er, was er eigentlich sucht, und dann fallen ihm plötzlich Sachen ein, die er mit vier im Sandkasten verloren hat und hier garantiert nicht finden wird. Dann hält ihm der Anton nochmal die Flasche hin und kurz drauf gackert der Otto genauso blöd. Ist ja auch irgendwie cool: dem Otto sein erster richtiger Einbruch, and there's no time like first time, mun!

Noch eine Zusatzqualifikation, die er nicht in den Lebenslauf schreiben kann.

Der Otto unterbricht das Gegacker und fängt von Zusatzqualifikationen im Lebenslauf an. Der Anton wiehert, und der Otto merkt, der ist völlig hinüber, was die ganze Sache bloß noch lustiger macht.

»Gib dui Flasch her, Kerle«, sagt er grinsend zum Anton und gibt sie nicht mehr zurück, als er sie kriegt.

Als Nächstes macht dem Otto sein Herz einen Luftsprung, weil er in der dritten Schublade in einer Schachtel tatsächlich seinen Ausweis findet. Da ist er, sein guter alter falscher Ausweis! Das beste Geburtstagsgeschenk, das er je gekriegt hat. Der Otto beglückwünscht sich selber mit einem Schluck aus der Birnengeistflasche.

»I hann en!«

»Wen.«

»Da Ausweis, du Depp. Da isch 'r.«

»Subbr, dann kömmr ja gehn. Vrgiss die Flasch ned.«

»Ward no gschwend, i gugg des no gschwend vollends durch.«

Breit wie der Anton ist, jetzt wird er doch stutzig.

»Worom?«

Der Otto überlegt.

»Der keed ja sonsch no ebbes vommr glaud hann«, sagt er dann und gibt dem Anton die Flasche zurück.

Der nickt und meint: »Lass dr Zeid.«

Der Otto sucht die vierte Schublade und das Schränkchen auf der andern Schreibtischseite durch, findet aber nichts Verdächtiges und steckt mit seinem Feuerzeug bloß noch irgendwas in Brand. Aus Versehen.

Dann zuckt er mit den Schultern, steht auf und stellt fest, dass der Raum ganz schön wackelt. Er fühlt sicherheitshalber nach, ob er seinen Ausweis auch wirklich eingesteckt hat (könnt ihm grad noch passieren, dass er den vor lauter und so hier liegen lässt). Dann steuert er auf den Anton zu, nimmt ihm die Flasche weg, macht die Hose auf, füllt mit Präzisionsstrahl das, was sie zusammen weggehauen haben, in etwa wieder auf und schüttelt kräftig.

»So«, sagt er zum Anton: »I hammr's übrlegd. Die schdellsch da widdr na, wo de se herhasch.«

»Schbielvrderbr«, meint der Anton, macht aber, was der Otto ihm sagt.

Dann torkeln zwei fröhliche Einbrecher Arm in Arm über den Hof und raus auf die Straße. Das Einzige, was schiefgeht, ist, dass in dem Moment, als sie aus dem Hof kommen, der Jakob aufs Gaspedal steht und wie eine gesengte Sau wegrast. Der Otto bricht in schallendes Gelächter aus.

»Isch 'n ganz schöns Nerfabündl, dei Kumbl«, sagt der Anton zum Otto.

20

Der Otto hat dann erst mal sein Telefon aus der Tasche gefummelt und den Jakob zurückgepfiffen. Den Spott, den der Jakob abgekriegt hat, hat er selber natürlich nicht halb so witzig gefunden wie der Otto und der Anton. Dann sind sie zu dritt zu einer Party, zu der sie heut anscheinend noch erscheinen wollten. Der Anton pennt ziemlich schnell auf dem Sofa ein. Der Otto schafft immerhin noch ein halbes Bier, bevor ihm die Lichter ausgehen. Dann pennen der Anton und der Otto friedlich nebeneinander auf dem Sofa, der eine schnarcht selig und der andere scheint irgendwas zu singen, und der Jakob nimmt grausame Rache für die Spötteleien. Jemand schleppt ein paar Sachen von der Omma an: Der Anton kriegt ein Nachthemd mit passender Haube und der Otto eine bunte Arbeitsschürze und Lockenwickler. Ein bisschen Schminke, ein paar Arrangements und dann kommen die ersten Kameras ins Spiel, und jeder darf mal mit aufs Bild – so schlägt man Stunden rum!

Als der Otto am nächsten Morgen aufwacht, liegt er beim Veit daheim auf dem Sofa, und der Anton schneckelt sich ganz fest an ihn in der unbewussten Hoffnung, so nicht vom Otto vom Sofa geschoben zu werden. Der Otto kuckt den Anton eine Weile ganz genau an, bis er ihn unter der Schminke und dem Ommakostüm erkannt hat, und lacht sich noch schlapper, als er eh schon ist. Aber als er ins Bad kriecht und in die Kloschüssel kotzt, fällt ihm selber ein Lockenwickler aus den Haaren – auf den wird die Omma in Zukunft verzichten müssen – und als er sich am Waschbecken hochhangelt und in den Spiegel linst, erkennt er sich selber nicht. Locken stehen dem Otto auch überhaupt nicht.

Der Otto ist nicht anwesend genug, um hysterisch zu

werden. Er duscht, räubert im Veit seinem Kühlschrank und fährt dann raus zum See.

»Da hasch no a bissle Kajal«, sagt die Lorelei zur Begrüßung.

Dem Otto seine Ohren fangen Feuer.

»Isch ed gscheid abganga«, stottert er.

Seine Selbstbeherrschung ist in dem Zustand gleich null, und die Lorelei kämpft mit verdammt scharfen Waffen: Bikini, grün und cremefarben, Palmendruck; ein Bauchnabel wie ein Schwarzes Loch im All, mit einem kleinen Raumschiff drin; Sternzeichen aus kleinen braunen Flecken auf sahnekaramell-farbener Haut. Er kann nichts dagegen machen, er starrt einfach hin. Die Lorelei dreht sich Gott sei Dank um, bevor ihr dem Otto sein Sabber ins Dekolleté tropft, und zieht ihn an der Hand hinter sich her zu den Handtüchern. Oh Gott, und dann fängt sie auch noch an, sich mit ihm zu unterhalten. Der Otto kommt sich vor wie der letzte Depp. Was er zur Lorelei sagt, kapiert er selber nicht, weil sein Kopf komplett leer ist (na ja, nicht komplett, aber die Gedanken, die er so hat, zählt er nicht mit, die machen nicht unbedingt einen vorbildlichen Gesprächsstoff). Seit wann redet die Lorelei überhaupt mehr als zwei Sätze mit ihm? Der Otto hat grad absolut keinen Nerv, an der Sache zu arbeiten. Entweder sofort den Palmenbikini in Fetzen reißen oder –

»Hasch Luschd zom ens Wassr?«, fragt der Otto ganz schwach.

Die Lorelei nickt, und kurze Zeit später planschen sie zusammen mit dem Jakob, der Marlene und einer herrenlosen Frisbeescheibe mitten im See. Die Marlene schießt den Otto mit dem Frisbee am Kopf ab. Tut nicht weh, sieht aber sauglatt aus, und die Marlene lacht und lacht und lacht, die kriegt sich gar nicht mehr ein.

Bis der Otto abtaucht.

Die Marlene fängt an zu kreischen und zu strampeln, und so fängt die Wasserschlacht an. Die dauert zum Glück für alle unfreiwillig Beteiligten bloß kurz; bis der Bademeister die Flüstertüte ausgepackt hat und quer über den See den Otto anbrüllt, dass er den Scheiß lassen soll, wenn er sich hier auch in Zukunft noch den Schwanz schrumplig baden will.

Da wird der Otto auf einmal ganz brav, kuckt ein bisschen reserviert und lässt den Jakob wieder Luft holen. Er entscheidet sich dafür, erst mal ans Ufer zu waten. Die andern drei folgen ihm hustend und würgend.

»Wigsr«, murmelt die Marlene und lächelt scheißfreundlich, als er sich umdreht.

Der Otto schüttelt bloß grinsend den Kopf. Die ist wahrscheinlich immer noch beleidigt, weil sie sich im letzten Sommer hier von ihm hat nageln lassen.

Nicht sein Problem.

Er weiß nicht, woran's liegt – bestimmt an der Wassereinlage – auf alle Fälle kann der Otto sich auf einmal viel entspannter mit der Lorelei unterhalten. Sie liegen auf ihren Handtüchern im Schatten und der Jakob und die Marlene neben ihnen unterhalten sich in Körpersprache, die stören sie jetzt nicht. Der Otto und die Lorelei dösen beide rum. Das Gespräch verläuft schleppend, keiner kriegt die Kiefer richtig auseinander; aber das ist in Ordnung. Ein paar von der Lorelei ihren Haarsträhnen vermischen sich mit den Grashalmen und dem Otto seinen Fingern. Ein kleines Tier, halb Fliege, halb Käfer, erklimmt zuerst seine Oberschenkel und dann ihre, wandert am Saum von ihrem Bikini entlang und verschwindet auf der anderen Seite. Ihre Stimmen gehen fast unter im Pappelblätterrauschen, Amselgezwitscher und Kindergejohl. Und das macht nichts, das genügt.

Jedes andre Mädel hätt der Otto in der Situation jetzt wahrscheinlich an sich rangezogen und es abgeschlabbert. Aber ganz so entspannt ist er dann doch nicht, obwohl er sich die Sache schwer überlegt.

Er seufzt und macht die Augen zu.

Die Lorelei lacht.

»Hasch's schwär?«, fragt sie und verstrubelt ihm die feuchten Haare. Mädels haben's gut, die haben's viel leichter, andre zu begrapschen. Der Otto seufzt nochmal. Dann macht er die Augen wieder auf, kneift sie zusammen und grinst frech.

In einem Anfall von Vertraulichkeit flüstert er: »Em Gegadoil. Mir gahd's widdr, i muss doch ed auswandra, i hammr geschdrn mein Ausweis wiedrghold.«

Erst als er's sagt, fällt ihm ein, dass die Lorelei gar nicht wissen kann, wovon er da grad schwätzt. Aber die nickt allwissend und lächelt.

»Gligg ghed«, flüstert sie.

»Had's dr dr Jakob vrzehld?«, flüstert er.

Die Lorelei nickt wieder.

»Freilich. Alles. Moinsch, i hedd a Ruh gäba, bisse ed gwissd hedd, was bassierd isch?«, flüstert sie.

Der Otto brummt.

»Der ka au koi Sekond sei Gosch halda, dui Schwatzbas«, flüstert er.

Die Lorelei grinst.

»Isch ed dem sei Schuld, der war erbrässbar mid seim Gsichd.«

»Drotzdem«, flüstert der Otto. »Wenn 'r's dir scho vrzehld had, na had 'r 's derra da gwieß au vrzehld, ond wär woiß, wem no ellas.«

»D' Lodde had's eh gwissd«, flüstert die Lorelei.

»Woher?«, flüstert der Otto.

»Dui had doch gwissd, wo ihr naganga senn«, flüstert sie.

Der Otto schüttelt den Kopf. Warum bringen sie's nicht gleich im Radio? Der ganze Stuttgarter Kessel weiß ja Bescheid!

»Godd sei Dangg hann i den Ausweis widdr«, stöhnt der Otto.

»On jetz?«, flüstert die Lorelei.

»Jetz drädmr am Röhmr en da Arsch«, flüstert der Otto.

»On wie?«, flüstert sie.

»Koi Plan«, flüstert er.

»Na wird's Zeid, dass mr ons ans Werg machad«, sagt sie; und bevor der Otto sich über die erste Person Plural wundern kann, dreht die Lorelei sich um und rüttelt kräftig an ihrem Bruder.

Kurze Zeit später packen alle vier zusammen, verabschieden sich von den andern, machen einen Abstecher zum Aldi, um was zum Grillen zu besorgen, und fahren dann zum Otto. Die Lotte stößt auch noch dazu, und dann sitzen sie zu fünft oben auf der Dachterrasse und beratschlagen.

Der Otto kommt sich vor wie bei »TKKG«. Das passt ihm nicht so, dass die Mädels da jetzt ungefragt mitmachen, und der Jakob kuckt auch nicht so begeistert. Aber was sollen sie machen? Die haben ja immer sofort alles fest in der Hand, wenn man nicht höllisch aufpasst, und hier hat's der Jakob voll versemmelt. Hat andrerseits den Vorteil, dass sie dann vielleicht tatsächlich zu einem Ergebnis kommen.

»I will uff älle Fäll erschmal wissa, worom der Röhmr da Hansi hehgmachd had«, beharrt der Jakob.

Dann stellt sich raus, dass er deswegen sogar schon den Heiner angerufen hat, aber der hat noch nie was vom Röhmer gehört und kann sich nicht vorstellen, dass es da eine Verbindung gibt.

»Wasch 'n sonsch no alles gmachd, wo de mr nix drvo saisch?«, schnauzt der Otto.

Der Jakob hebt die Hände hoch.

»Reg de ab, Kerle, des war's scho.«

Der Otto schnaubt und beißt in seine Rote, dass es knackt.

»Oh. Heih«, murmelt er und muss hoch kauen, um sich die Zunge nicht noch mehr zu verbrennen.

»Jetz schdellmr ons des amal gschwend vor«, bestimmt der Jakob. Das hat schon mal geklappt.

Alle konzentrieren sich.

»Dr Röhmr, der Sagg, kommd von seinr Seide aus nei«, fängt er an.

»Der had sich gwieß wägam Grach beschwära wella«, vermutet der Otto.

Der Jakob nickt heftig.

»Der will eindlich bloss da durch, zom zom Aldingr marschiera ond en wägam Grach azompflauma, wie sich's gherd fr en rächdschaffana Birgr. Abr wo 'r neikommd en dui Halle, siehd 'r lenggs an dr Wand da Hansi on da Moritz, die zwoi Hagga, boide bsoffa on broid.«

»Vleichd henn se au grad ebbes gnomma oddr dauschd«, sagt die Lotte.

»Ja, onna siehd 'r, dass da ogsetzliche Sacha laufad. Als bsondrs nobls Midglied von dr Gsellschafd had 'r nadirrlich d' Pflichd, da eizomschreida ond fr Rächd on Ordnong zom sorga.«

»Na henn se vleichd a frecha Gosch an en naghedd, onna gud Nachd.«

»Na 'sch dr Hansi aus Vrsäa hehganga, onna had dr Röhmr da Moritz so vrschlaga, dass der sei Glapp held, so wie 'r 's mid ons had macha wella.«

»Onna war dr Hansi naggad on dr Röhmr, dui Sau, had no ozüchdige Vorgeng vrlangd, drmid dr Moritz –«

»Jetz schbennsch abr, Oddo«, unterbricht die Marlene ihre Mutmaßungen.

»Uff älle Fäll had der Tädr die zwoi bei ebbes vrwischd, isch sauer worda on had a bissle z' feschd neighaua«, schließt die Lorelei.

»Der war wahrscheinlich selbr scho bsoffa«, macht der Jakob aber weiter.

»Wemmr z' vill Schnaps saufd, krigd mr hald a Schlägrlaun«, sagt der Otto weise.

»On woisch, was mi grad akotzd?«, sagt der Jakob. »Dass so Leid au no moinad, se keedad uff andre rondrgugga. Herrgoddsblech, der had oin ombrachd on moind drotzdem no, er wär dr Oberehrabirgr von Schdurgrd.«

Der Otto nickt und will auch was sagen, aber der Jakob ist jetzt richtig in Fahrt.

»On der isch da sogar no schdolz druff, gä? Hasch ja gherd, was der gsagd had: Mir senn schlemmr wie d' Kanalradda, wenn da oinr hehgahd, isch's grad rächd.«

»Des had der gsagd?«, fragt die Lotte.

Der Otto und der Jakob nicken.

»Desch ja a geila Eischdellong«, sagt die Marlene. »En welcham Jahrhondrd läbd 'n der?«

»So a Eischdellong henn faih vill«, weiß die Lorclci.

Der Otto senkt den Kopf. Da würd er jetzt gern noch einen Kommentar abgeben, der der Lorelei ihre eigenen Eltern betrifft, aber das lässt er lieber bleiben, solang er bei ihr noch eine minimale Chance hat.

Stattdessen nickt er halt, scheinheilig wie er ist. Das geht dem Otto nämlich mal am Arsch vorbei, was der Röhmer für Einstellungen hat. Der kann Kleinbürger sein, so viel er will, die ganze Welt kann das seinetwegen, aber der Röhmer hat zwei Kumpels von ihm auf dem Gewissen, und dafür hat der Otto weniger Nachsicht. Er selber lebt vielleicht in den Randbereichen von Legalität und von anständigen Bürgern für akzeptabel Erachtetem, aber er hat sich wenigstens nie für einen Heiligen gehalten, wenn er Gott gespielt hat. Wozu die Leute fähig sind, wenn sie meinen, sie hätten das Recht im Rücken! Da ist es schon besser zu wissen, dass man's nicht im Rücken, sondern im Nacken hat, und den Unterschied kennt. Oder ist das jetzt schon rechtens, wenn Zahn mit Auge vergolten wird und Lappalie mit Leben, und das System wegschaut, weil's passt? Und woran soll man dann noch glauben? Der Otto hat seine ihm zugewiesene Rolle als jugendlicher Dauerstraftäter bisher immer unhinterfragt akzeptiert, und jetzt kommt er sich auf einmal vor wie der allerletzte Suppentrieler, weil er halt ab und zu mal irgendwelche Ommas erschreckt. Immerhin hat sich herausgestellt, dass Leute wie der Röhmer, die sich selber zu Kriegern im Kampf gegen die vermeintliche Gefahr ernennen, oft genug die wahre Gefahr sind! Das würd dem Otto jetzt poetisch vorkommen, wenn das ein Sprüchlein vom Goethe wär oder so; in Wirklichkeit findet er's einfach bloß beschränkt.

»I vrschdand des gar ed«, sagt der Jakob. »Wär had 'n feschdglegd, dass *mir* alle Ausschuss senn on die Alde emmr rächd henn, on wenn's en Mord isch?«

»Isch alles bloss Ideologie«, sagt die Lorelei, die dieses Semester ein Seminar zu dem Thema macht. »'s Wichdigschde isch da Schdadus kwo aufrächderhalda. Da senn scho meh iebr no meh Laicha ganga da drfier.«

»Isch doch Schwachsenn em Brinzipp«, sagt der Jakob. »Da schreibad se oim vor, Arschbagga zammagneifa on jeda Fuurz vrglemma, schee middam Schdrom schwemma, sonsch vrsaufsch, drweilsch keed's ja genauso andrschrom sei – schdell dr vor, i däd de Leid vorschreiba, se soddad's mal a bissle loggrer nemma on relägsa – dädad die ja au ed macha. Drweilsch däd's enne mal ganz gud. Isch alles bloss abhengig von dr Perschbegtif.«

»Schdemmd«, sagt der Otto. »Wemmr scho selbr koin Schbass vrschdahd, na ka mr's wenigschns denne lassa, wo's kennad!«

»Schbass isch glaub a Bedrohong fr d' Gesellschafd«, sagt die Lorelei.

»Wa fr a Gsellschafd?«, höhnt der Jakob. »Senn d' Leid da au no schdolz druff, wie der Safdlada organisierd isch? Wo so Granadadäggl wie dr Röhmr was geldad, bloss weil se ihre Schdeira zahlad on meh Haar am Arsch wie uffam Kopf henn?«

Der Otto fängt an zu lachen. In solche Sachen kann sich der Jakob ganz schön reinsteigern, da kommt irgendwann keiner mehr mit und der Otto schon lang nicht. Was soll's auch; heut regt man sich über die Leute auf, und morgen wacht man auf und stellt fest, man ist einer von ihnen. Am besten gar nicht drüber nachdenken. Sich nichts einreden lassen. Einfach weitermachen, solang's Sinn macht. Und warum soll's keinen Sinn machen? Bloß weil andre keinen Sinn drin sehen? Was ist das denn schon, der »Sinn des Lebens«? Jeden Tag von neun bis fünf ins Büro etwa? Garantiert. Aber der Otto, der hat's rausgefunden, der kennt den Sinn des Lebens, der weiß was, woran Generationen von Philosophen kläglich gescheitert sind. Und das ist ein Wissen, so heilig, das muss verborgen bleiben, weil sonst die Welt vergeht. Aber der Otto ist ein guter Hüter von Geheimnissen, von da geht keine Gefahr aus.

»Jetzad«, sagt der Otto irgendwann. »Henn 'r's gau mid eurer Sozialgridick? Kömmr mal weidrmacha?«

Die andern kucken kurz komisch; aber dann kommen sie zum eigentlichen Thema zurück.

»Die Schwierichkeid isch jetz: Wie übrführd mr ohne Beweis en Tädr?«, analysiert der Jakob.

Alle graben in ihren Hirnen nach Krimierfahrungen.

»A Siduazioh schaffa, wo 's Gleiche nomml bassierd midma Loggvogl«, sagt die Lotte irgendwann.

Der Otto beglückwünscht sie und fragt sie, ob sie sich freiwillig meldet, aber da winkt sie sofort ab.

Der Otto schnaubt.

»Falls ebbr moind, i däd da Loggvogl schbiela, na had 'r sich faih gschnidda«, sagt er gleich ganz kategorisch.

»Jetz sei ed so a Hemmad!«, sagt der Jakob, meint's aber nicht ernst – der Otto ist bei so was nämlich schnell mit wetten, und wenn der Jakob verliert, muss er's am Ende machen!

»Brinzipiell ausschließa däde die Meglichkeid abr drotzdem ed«, meint die Marlene, der's wahrscheinlich gar nicht unbedingt was ausmachen würd, den Otto im Sarg zu sehen. »Vleichd ergibd sich ja ebbes Idiodasichrs …«

Sie macht den Satz anstandshalber nicht zu Ende. Aber der Otto merkt nichts, beugt sich artig über sein Notizbuch und grummelt beim Schreiben mit: »Vrkabla on Loggvogl schbiela.«

»Wissad 'r was?«, sagt der Jakob. »I frag morga mal da Hodde, vleichd woiß der was.«

»Ond i schwätz mal middam Seggl, der had vleichd au no en Tipp«, äfft der Otto, dem das grad alles ziemlich auf den Geist geht, den Jakob nach.

»Wa hasch 'n jetz scho widdr?«, faucht die Marlene den Otto an, und jetzt würd's gleich Streit geben, wenn die andern nicht dazwischengehen würden.

Arg viel weiter kommen sie an dem Abend nicht mehr. Die Hoffnungen ruhen jetzt echt erst mal auf den juristischen Glanzleistungen vom Hotte.

Der Otto verdrückt zwei Rote samt Weckle und Senf, ein Steak, die halbe Salatschüssel, einen Maiskolben und ein paar Nürnbergerle. Auf alle Fälle ganz schön viel für einen, der sich hauptsächlich von Bier und Spaghetti ernährt. Irgendwann kommt bloß noch ein tiefer, langgezogener, hochzufriedener Rülpser, und dann dreht er den Kopf zur Seite und driftet in einen dringend notwendigen Verdauungsschlaf.

Den Hotte fragen hat natürlich überhaupt nichts gebracht. Erstensmal ist der Hotte Jurastudent und kein Kripochef, zweitensmal ist der Hotte erst im zweiten Semester und drittensmal spielt der Hotte sich wie wahrscheinlich alle Juristen bloß ziemlich auf, ohne die geringste Ahnung zu haben. Das ist zwar auch eine Kunst, aber das bringt den Jakob und den Otto in dem Fall nicht weiter.

»Lassmr da Hodde da Loggvogl schbiela«, schlägt der Otto vor, und der Jakob meint: »Des wär ersch a Idee.«

Außerhalb von der Saison treffen sich der Otto und der Jakob montag- und donnerstagabends meistens zum Joggen – zum einen, um in Form zu bleiben, und zum andern, weil beide sonst spätestens zwei Wochen nach Saisonende die Wände hochgehen. Entzugserscheinungen, wenn man's so will.

Beim Joggen selber können sie nicht arg viel besprechen, da haben meistens beide einen herrlich leeren Kopf. Später beim Jakob im Pool kann's aber weitergehen. Also das mit dem Hotte war nichts und das heißt, sie sind wieder auf sich allein gestellt. Die Lockvogelsache hängt immer noch bedrohlich im Raum, auch wenn keiner sich traut, das auszusprechen.

»Wie wär's«, sagt der Otto, »wemmr alles am Moritz vrzehlad, vleichd erennrd 'r sich na, on wenn ed, na keed 'r wenigschns so doa, wie wenn. Na henn mir nix meh zom doa, hegschns Zeiga kömmr schbiela.«

Der Jakob nickt so halb.

»'s Problem isch, wa machmr, wenn's wiedr hoißd: Ihr bekiffde Schbennr, eich glaubmr gar nix?«, wendet er ein. »Na hemmr nix erreichd, außr dass dr Röhmr Bscheid woiß ond ons mid dr Schdreidagschd zrhagga kommd.«

»Wie wär's mid Observiera?«

»Hasch du da Zeid drzu?«

»Noi.«

»I au ed.«

»On Psychoterror? So nacham Schema: Mir wissad, was du diesa Sommr tan hasch?«

»Drausch du di des, wenn der woiß, wär mir senn?«

Der Otto überlegt.

»So en Dregg«, murrt er irgendwann. »Jetz wissmr scho, wär dr Tädr isch, on kennad nix macha.«

»Emmr mid dr Rua«, sagt der Jakob, »mir fendad scho no was. I gugg nachher mal em Indrnedd. On woisch was? Du keedsch mal die Infos zom Hansi durchgugga ond dem seine Kumbls fraga, ob die wissad, ob dr Hansi da Röhmr scho vorher kennd had.«

Der Otto nickt und reibt sich das Wasser aus den Augenbrauen.

»Mache.«

21

Da beißen sich der Otto und der Jakob die ganze Woche über schon die Zähne aus an dieser Sache. Im Internet steht mehr drüber, wie man den perfekten Mord begeht, als wie man ihn aufklärt, die Freunde vom Hansi haben noch nie vom Röhmer gehört, und was Neues einfallen tut ihnen auch rein gar nichts.

Das macht die ganze Sache natürlich extrem unbefriedigend.

Am Donnerstagabend im Pub versuchen sie jemand zu finden, der für sie den Lockvogel spielt. Am besten jemand, den sie nicht leiden können. Damit haben sie aber auch keinen Erfolg.

Nachts um zwei ist der Otto ein bisschen zugedröhnt und lässt sich mal probehalber vom Jakob mit einem Tonbandgerät verkabeln. Dann springt er halbnackt und mit etwa zehn Meter Kabel umwickelt auf der Dachterrasse rum und macht zusammen mit dem Jakob ein paar Probeaufnahmen, die in die Weltgeschichte eingehen. Aber als er am nächsten Morgen aufwacht und sich wie ein komplett verschnürtes Paket vorkommt, kriegt der Otto einen Koller und reißt sich die ganze Ausrüstung panisch vom Leib. Darüber ist der Jakob nicht froh, weil so ein Tonbandgerät schließlich auch Geld kostet. Dann führt eins zum andern und beide brüllen sich freitagmorgens um sieben noch halb dicht und schon halb verkatert an, bis der Jakob bloß in Boxershorts runterrennt, in sein Auto springt und wegrast.

Im Lauf des Vormittags kapiert der Otto, dass das passiert ist, weil beide langsam die Geduld verlieren – weil sie nicht weiterkommen und weil's so aussieht, wie wenn der Röhmer recht hätt: Sie können nichts machen. Der Otto schüttelt den Kopf und bäumt sich verzweifelt dagegen auf, das zu akzeptieren, aber ausgerechnet bei so Sachen ist der Otto eiskalt realistisch. Sie können nichts machen. Sie können nichts machen.

»Du, Jakob, dud mr leid wäga heid Morga«, meint der Otto mürrisch, als er ihn in der Mittagspause kurz anruft.

»Scho rächd. Mir au«, meint der Jakob genauso mürrisch und fragt: »Bassd's dr heid Abad om naine? Was drengga ganga onna en d' Disko?«

»Mmh.«

Das lenkt vielleicht ab.

Aber heut klappt's mal wieder nicht so richtig, wie das so ist, wenn den Otto was wurmt, und heut macht er den Fehler es zu forcieren, und wenn der Otto es forciert, dann übertreibt er meistens maßlos. Und das merkt er in der Regel erst, wenn's zu spät ist.

Heut scheint er's gar nicht zu merken. Es ist schon eins vorbei und der Otto macht überhaupt keine Anstalten, in die Disko umziehen zu wollen. Der ist mit Alice im Wunderland und gibt bloß irgendeinen Brei von sich, der sich total dagegen anhört, als der Jakob ihn antippt und drauf anspricht.

Als sich dann rausstellt, dass auf Grund von einem Logistikfehler eh keiner mehr nüchtern genug ist, um den Transport zu regeln, wird einstimmig beschlossen, im Club zu bleiben. Die Lorelei ist nämlich im Streik, die muss sonst immer fahren, die hat die Schnauze voll davon, dass das schon fast selbstverständlich ist. Dass der Ersatzfahrer das jetzt verschnarcht hat, interessiert sie nicht beziehungsweise kommt auch schon zu spät. Die Lorelei trinkt sonst ja so gut wie gar nichts; heut macht sie's mal fast aus Trotz, bloß damit der Jakob auch mal merkt, dass sie nicht seine Bedienstete ist. Von der Marlene wird so was auch nie verlangt.

Als der Otto so um zwei aus dem Klo stolpert, sieht er die Lorelei im Loungebereich auf einer Couch liegen. Einsam und verlassen. Er kommt näher und sieht, die Lorelei schläft.

Der Otto kniet sich vorsichtig vor die Couch. Wenn er jetzt umfällt, ist das Mädel platt. Geht aber alles gut.

»Lo. Lo.«

Der Otto versucht, sie zu wecken, aber sie rührt sich nicht. Wahrscheinlich packt er's zu zaghaft an. Atmet die überhaupt noch? Ja, Gott sei Dank. Gott, ist die schön, wenn sie schläft, wie Schneewittchen. Wie Schneewittchen ... Und was stellt man mit Schneewittchen an? Der Otto hofft, dass er als Prinz durchgeht, robbt sich auf Knien und Unterarmen an der Couch entlang, beugt sich über sie und küsst sie zuerst schamhaft irgendwo aufs Gesicht und dann, als die Beschwerden ausbleiben, auf den Mund.

Der Otto überlegt ernsthaft, ob er im Anschluss vom Dach springen soll. Das ist so schön, das ist fast nicht zum Aushalten. Das ist der Höhepunkt, der Sinn und das Ziel seines Lebens, findet er, weiter als bis hier braucht's nicht gehen, und er braucht auch nicht in den Himmel zu kommen, er macht der Lorelei ihre Mundhöhle zu seinem Walhalla. Warum hat er bloß nicht schon früher um Einlass gebeten? Warum hat er so lang gewartet? Wie hat er das Warten so lang ausgehalten? Und warum fühlt sich das so anders an wie bei anderen Mädels? Wie überhaupt alles, was er so für gewöhnlich fühlt? Und warum nimmt immer alles so berauschend Schöne so ein absturzartiges Ende?

Der Otto bemüht sich, ganz vorsichtig zu küssen, um die Lorelei nicht aufzuwecken, weil wer weiß, was passiert, wenn die aufwacht. Irgendwann regt sie sich aber doch, macht »mmh«, legt ihm die Arme um den Hals und fängt an mitzumachen. Der Otto fühlt sich, wie wenn ihn was Giftiges sticht, was seine Hemmungen lähmt und sein letztes bisschen Selbstbeherrschung tötet. Der Otto macht nichts mehr, der Otto spürt nichts mehr und der Otto weiß auch nichts mehr, höchstens eins noch: Das ist kein Traum, das passiert grad wirklich. Der Otto stirbt mit Wonne willenlos in der Lorelei ihren Armen. Die ist nicht nur die absolute Hammerschwester von seinem besten Kumpel, sondern scheinbar auch ein Alien-Wirt: Die verwandelt sich nämlich grade in eine Art Riesenskorpion und fängt an, dem Otto den Lebenssaft auszusaugen. Und das fühlt sich gut an, das fühlt sich richtig richtig gut an, was das Ungeheuer da mit ihm macht, da lohnt sich's gar nicht, den Helden zu spielen … Wer denkt bei dem Gegner schon noch ans Widerstand leisten?

Bloß auf einmal wacht die Lorelei richtig auf, stutzt und drückt den Otto von sich, um zu kucken, was da grad überhaupt läuft und mit wem. Überrascht erkennt sie den Otto über sich, der's nicht auf die Reihe kriegt, die Augen aufzumachen, und merkt, dass eine Hand von ihm schon unter ihrem Top und in ihrem BH steckt. Da wird aus Überraschung schnell was andres – was bildet sich der Typ ein, sich ohne zu fragen über sie herzumachen!? Und wie weit wär der gegangen, wenn sie nicht aufgewacht wär!?

Sie stößt ihn mit voller Wucht von sich, was nicht viel ist, aber beim Otto seiner Schlagseite schon mehr als ausreicht, um ihn umzuschmeißen. Dann wirft sie ihm irgendwelche wüsten Schimpfwörter an den Kopf, die sie in ihrem Leben bestimmt noch keine zehn Mal benutzt hat, springt auf und rennt Richtung Ausgang.

Der Otto kommt wieder hoch und versucht ganz instinktiv, der Lorelei zu folgen. Im Treppenhaus fällt er hin und knallt gegen die Wand, ist dafür aber umso schneller unten. Die Lorelei steht draußen vorm Eingang und weint, wenn er das richtig erkennt. Als er rauskommt und sie ihn sieht, dreht sie sich weg und marschiert los.

»Lo –«

Der Otto versucht, sie zurückzuhalten und streckt die Hand nach ihr aus, erwischt sie aber nicht.

»Lo – Lo –«

Die hört nicht. Der Otto versucht, ihren vollen Namen auszusprechen, um seinem Anliegen mehr Gewicht zu verleihen. Irgendwie kommt statt »Lorelei« aber so was wie »Lotterie« raus. Dafür kriegt er echt übel eine gescheuert. Die Lorelei dreht sich auf dem Absatz um und knallt ihm eine, die ihm das halbe Gesicht wegputzt. Einen Augenblick später hat ihn einer von den Türstehern im Würgegriff.

»Alls 'n Ordnung? Machd der Ärgr, der Tübb, ha?«, hört er hinter sich fragen.

Die Lorelei rettet ihm das Leben, indem sie jede Hilfe ablehnt. Der Otto wird losgelassen, lehnt sich japsend gegen die Wand und lallt: »Lo, dud mr laid, des w...«

»Du Schwein, echd!«, schreit sie.

Er versucht sich noch kurz damit zu rechtfertigen, dass das bloß passiert ist, weil er hammermäßig einen sitzen hat; da schreit die Lorelei die magischen Worte: »Du kiffsch on saufsch doch eh bloss no!«

Und sie fügt hinzu: »Du dädsch me uff dr Schdraß wahrscheinlich eddamal erkenna, wenn de amal nüchdrn wärsch! I hann echd faih langsam d' Schnauze voll von dir! Schdendich bloss bsoffa on broid! I kenn de ja gar nemme! Da gang widdr nei, mach weidr ond such dr a andrs Huhn, hasch ja gnug!«

Sie will gehen, doch diesmal hält der Otto sie fest und versucht ihr mit äußerstmöglicher Disziplin klarzumachen, dass sie da jetzt nicht allein durch halb Stuttgart rennen soll.

»Bass auf – du gahsch jetz dahanda widdr nei – on i gang«, sagt er. »Na brauchsch me au nemme säa. Dud mr leid, Lo, echd …«

Die Lorelei hat sich schon umgedreht und verschwindet wieder im Club.

Der Otto steht eine Zeitlang bloß da und hofft, dass das grad entweder alles gar nicht passiert ist oder dass jetzt sofort einer kommt und ihm den blöden Schädel einschlägt. Aber er merkt mit der Zeit, dass das beides eher unwahrscheinlich ist. Die beste Chance, die er hat, ist, eine Schlägerei mit den Türstehern anzufangen, aber da ist der Otto grad trotz allem nicht so scharf drauf. Kopfschuss wär ihm lieber.

Weil die Typen von sich aus schon so komisch kucken, setzt er sich irgendwann lieber in Bewegung. Wo's hingeht, weiß er nicht, aber erstens ist ihm das im Moment so was von schnuppe und zweitens kommt er heut eh nirgends mehr an, selbst wenn er sich's vornimmt. Zur Not findet sich irgendwo ein freundlicher Blumenkübel, oder vielleicht ergibt sich was, ist meistens der Fall.

Heute auch. Er biegt um eine Ecke und stolpert volle Kanne in einen Polizeieinsatz rein.

Die beiden Beamten, die auf dem Gehsteig rumstehen, kucken um einiges überraschter als der Otto selber. Das ist aber auch kein Wunder, weil den Otto überrascht in dem Zustand nicht mehr so viel. Sein Gehirn sendet kurz vorm Kurzschluss noch einen Fluchtalarm, aber das kriegt der Körper schon nicht mehr mit. Der Otto gibt auf der Stelle komplett auf, grinst blöd, hebt die Hände hoch und röhrt: »Eimal feschdnemma bidde.«

Vor lauter Hände hoch verliert er dann das Gleichgewicht, versucht noch drei ewige Sekunden lang, die Sache wieder auszugleichen, und landet nach unzähligen Verrenkungen am Schluss dann doch auf der Schnauze.

»Momend amal, den kennamr doch«, sagt einer von den beiden Polizisten. »Desch doch der Gschuggde, wo ons vor vier Wocha wie gschdocha drvo isch, oddr?«

Der andre kuckt, nickt dann und meint: »Der sauad heid nirgngs meh na.«

»Koi Angschd, i bleib da«, röhrt der Otto von unten. »I schdeh auf Handschella …«

Er will ganz kooperativ seine Hände hinstrecken und kugelt mit dem ganzen Körper hinterher. Die beiden Beamten schütteln grinsend den Kopf, und der eine will sich schon dranmachen, ihn festzunehmen, da sagt jemand: »Isch scho gud, Robrd, om den Schbezialischda kümmr i mi.«

Dem Otto ist's gleich. Er lässt sich aufheben, zu einem Wagen schleifen, mit dem Sicherheitsgurt an den Beifahrersitz fesseln und irgendwohin mitnehmen. Das lässt er alles ganz zahm mit sich machen, wahrscheinlich weil er instinktiv merkt, dass ihm da grad eine Nacht auf der Wache erspart wird. Zum Dank erzählt er die ganze Fahrt über lustige Geschichten.

22

Als der Otto am nächsten Tag aufwacht, weiß er nicht, wo er ist. Das ist dem Otto in letzter Zeit nicht mehr so oft passiert. Entsprechend wundert er sich jetzt. Er hat auch keine Erinnerung mehr, weiß nicht, wie er hergekommen ist und wo er gestern war. Er weiß nicht mal mehr, dass das diesmal auch besser so ist.

Jetzt kuckt der Otto sich erst mal um. Der Rollladen ist unten, aber durch die Ritzen erkennt er, dass es draußen helllichter Tag ist. Er liegt auf einem etwas zu kleinen Schlafsofa in einer Art Gästezimmer. Ein Schrank, ein Sessel, ein Sideboard mit einer vertrockneten Ikebana-Konstellation drauf. Zwei geschmacklose Kunstdrucke an der Wand und seine Sachen auf dem Sessel.

Der Otto stöhnt ausgiebig. Das macht's besser.

Er weiß, dass er nicht weiß, wo er ist, und dass er da nie im Leben selber draufkommt. Also macht er sich ans Aufstehen, schafft's rüber zum Sessel, zieht sich im Sitzen seine Sachen an, pennt nochmal eine Runde, checkt seine SMS, steht dann wieder auf und bewegt sich Richtung Tür. Sobald er die Türklinke zu fassen kriegt, macht er auf und geht raus in den Flur.

Das Erste, was er sieht, ist ein höchstens sechzehnjähriges Mädel, das ihm völlig unbekannt ist. Ob das die Auserwählte von gestern Abend ist?

Das Zweite, was er sieht, sind die Eltern von dem Mädel. Dem Otto bleibt fast die Pumpe stehen.

Willkommen bei Familie Seggemann, Otto.

Der Otto reißt die Augen auf, dem kommt sofort der Magen hoch. Au ja, jetzt dem Seggl auf den Teppich kotzen. Der Seggl schaltet aber Gott sei Dank schnell, packt den Otto am Kragen, schleift ihn ins Bad und tunkt seinen Kopf keine Sekunde zu früh in die Kloschüssel. Der Otto bricht Schleim, Blut, Knochen und Gewebe, bis er meint, er besteht bloß noch aus seiner äußersten Hautschicht und ein paar Haarbüscheln; alles andre ist jetzt draußen.

Als ihm das Wasser von der Klospülung ins Gesicht spritzt, merkt er, dass er noch am Leben ist. Während der Seggl ihn zur Dusche schleift, da ablegt und seinen Kopf abspritzt, versucht der Otto, sich das Sprechen wieder beizubringen. Er würd gern rausfinden, ob da heut noch eine Hinrichtung stattfindet, zum Beispiel wegen Schändung minderjähriger Hauptkommissarstöchter. Glücklicherweise versichert der Seggl dem Otto, als er endlich verstanden hat, was der Bursche wissen will, dass ihm so was nicht mal im Traum jemals gelingen wird und dass es ihm, wenn, dann nicht halb so gut gehen würde wie jetzt. Der Otto traut sich nicht zu fragen, wie zum Teufel er dann in der Wohnung von seinem Lieblingskommissar gelandet ist und warum der Seggl nicht gleich die Situation ausgenutzt hat, ihm vier Wochen Einzelhaft aufzubrummen. Das würd dem Otto irgendwie logischer vorkommen. Alles andere ist im Moment zu viel für sein armes Hirn.

Die Frau Seggemann erscheint in der Badezimmertür und fragt den Otto, ob er irgendwas möchte. Mann und Frau kucken beeindruckt, als der Bursche am Boden mit erstaunlicher Präzision auflistet, was er alles braucht zum Wiederauferstehen. Im Gegensatz zum Seggl lacht die Frau Seggemann irgendwann los und marschiert wieder Richtung Küche.

»Bisch na gau so weid?«, fragt der Seggl.

Der Otto antwortet: »I komm ed hoch.«

Der Seggl greift ihm unter die Arme und stellt ihn auf die Füße. Als er sich halbwegs sicher sein kann, dass der Bursche nicht gleich wieder zusammenklappt, lässt er ihn los.

»Du hasch doch echd en Schbarra weg, Kerle«, sagt er.

Der Otto dreht sich langsam um, kuckt den Seggl eine Weile blöd an und senkt dann irgendwann den Blick.

Das könnt schon stimmen.

»Isch 's Bad gau frei?«, fragt das Mädel vom Seggl plötzlich ungeduldig.

Die beiden Männer tappen brav in den Flur. Der Otto kuckt mal kurz ganz genau hin. Sieht aus wie der Seggl, ungefähr hundert Jahre jünger, geschminkt und mit Brüsten. Ab wann sind Sechzehnjährige nochmal volljährig?

»Hai«, sagt er im Vorbeigehen, und wenn er sich nicht verguckt hat, zwinkert sie ihm zu.

Der Otto schüttelt entgeistert den Kopf. Wird langsam Zeit, seine Lebensgeschichte niederzuschreiben. »Memoiren eines Karnickels« oder so. I'm the last of the big time …

In der Küche erwartet den Otto ein Viergängemenü: große Tasse Kaffee, großes Glas Salzwasser, Aspirin, so viele er will, und eine dicke Scheibe Brot. Er würgt an allem außer an den Tabletten, die gehen bei jeder Gelegenheit runter, während die Frau Seggemann auf ihren Gatten einredet. Der muss scheinbar nochmal kurz ins Büro, obwohl er diesen Samstag eigentlich frei hat, soll aber nicht schon wieder zu lang wegbleiben, weil sie nachher den Auflauf in die Röhre schiebt und so auf halb fünf kocht. Der Otto hockt daneben und hört sich aufmerksam den Familienalltag vom Seggl an. Der erscheint plötzlich fast menschlich, vor allem, wie er dahockt und seiner Frau ein bisschen brummig antwortet, wahrscheinlich weil's ihm nicht passt, dass der Otto Details aus seinem Privatleben mitkriegt.

Irgendwann scheint's dem Seggl dann zu viel zu werden. Er steht auf und sagt, er muss jetzt los, und fragt den Otto, ob er ihn irgendwo absetzen soll. Der Otto will echt lieber laufen, aber die Frau Seggemann nötigt ihn dazu, sich heimfahren zu lassen, was bei seinem Zustand ja vernünftiger sei, wer weiß, was ihm da alles zustoßen könne. Gegen so eine geballte Ladung mütterlichen Charme kann der Otto nichts ausrichten – und der Seggl scheinbar auch nicht. Der Otto lässt sich breitschlagen und steigt mit mulmigem Gefühl beim Seggl ins Auto.

Der Seggl muss nicht fragen, wo's hingehn soll, der weiß ja, wo der Otto wohnt. Der war selber schon zweimal beim Otto daheim. Allerdings nie, um seinen Suff auszuschlafen. Der Otto kann sich nicht helfen, jetzt sind sie so was wie Kumpels, Ehrensache, nachdem man mal beim andern daheim gecrasht ist.

Der Otto schüttelt grinsend den Kopf.

»Echd krasse Gschichde, Mann«, sagt er.

Scheint ja keine Konsequenzen zu haben. Fängt sogar an, Spaß zu machen.

Der Seggl hat den Eindruck, da hockt ein Tier neben ihm, das grad seine Scheu vorm Menschen ablegt. Der ist sich aber nicht so sicher, ob das gut oder schlecht ist. Wahrscheinlich eher schlecht. Grottenfalsche Entscheidung gestern Nacht, den Burschen mitzunehmen, bloß aus Mitleid oder so. War selber völlig übermüdet, da passiert so was schon mal.

Der Seggl schnaubt und sagt: »Du, wenn du faih moinsch, Bua –«

Den Satz kann er aber nicht zu Ende sagen, weil der Funk anspringt. Der Otto kriegt einen Adrenalinschub, als der Seggl zu einem Einsatz gerufen wird, der findet's schon fast cool, da jetzt mit reinzugeraten – ohne selber das Zielobjekt zu sein. Aber der Seggl fährt rechts ran, klatscht das Blaulicht aufs Dach und sagt zum Otto: »So, dud mr leid, 's isch was drzwischakomma. Von da schaffsch's scho voll hoim.«

»Wie«, sagt der Otto, der sich da jetzt schon drauf gefreut hat.

Der Seggl hat keine Geduld.

»Raus jetz«, sagt er, macht dem Otto den Sicherheitsgurt und die Tür auf und schmeißt ihn raus.

Der Otto macht ein paar Schritte rückwärts, bis er sich gefangen hat. Er kuckt zu, wie der Seggl die Beifahrertür zuknallt, das Blaulicht anschaltet und Gas gibt.

Dann stützt er sich erst mal mit den Armen auf den Knien ab. Das kommt ihm grad am stabilsten vor. Er kuckt sich um.

Wenn der Otto nicht so total verkatert gewesen wär, hätt er womöglich schneller gemerkt, wo er ist: in der Straße vom Aldinger, direkt vor der Einfahrt vom Röhmer. Und der hat im Hof gestanden und ihn gesehen.

Der Otto kuckt lahm dem Seggl hinterher.

Der hat ihn gesehen, wie er aus einem Polizeiauto ausgestiegen ist.

Der Otto hat nicht mal genug Zeit, sein sagenhaftes Pech zu verfluchen, geschweige denn sich wieder in eine aufrechte Position zu bringen. Der Röhmer klopft ihm auf den Rücken, sagt: »Ha, desch amal a Fraid, Oddo, komm rei«, packt ihn wie einen guten Kumpel und schleift ihn auf den Hof und von da in die Halle. Türen zu und R.I.P.

Der Otto erlebt weniger ein Déjà-vu als vielmehr ein Déjà-souffert, als er mal wieder beim Röhmer gegen die Hallenwand klatscht. Mit dem Unterschied, dass er diesmal weiß, was ihm blüht.

Sein ganzer Körper schreit jetzt nach einem Tonbandgerät. Er könnt sich in den Arsch beißen vor Ärger, dass er sich dagegen gewehrt hat. War ja von Anfang an klar, dass es am Ende an ihm hängen bleibt, oder?

»I hann faih nix vrzehld«, versucht er's. »Desch bloss en ganz bleedr Zuf…«

Der Otto kriegt gleich mal ein paar auf die Fresse zum Zeichen, dass er mit seinem Charme hier nicht weit kommt.

»Isch mir egal, Oddo«, sagt der Röhmer. »D' Bedingonga senn von vornherei feschdgschdanda.«

Der Otto grunzt, schnauft und sagt: »Also gud, i hann em alles vrzehld, der hold bloss no d' Vrschdärgung. Jetz mach's hald ed no schlemmr, Röhmr, oddr?«

Der Röhmer lacht.

»Ond du moinsch, des däd i dr abnemma. Des had koin Wärd mid dir, Oddo, i hedd de doch glei zammaschdambfa solla.«

»Des kasch na abr nemme auf da Moritz schieba, wenn da jetz nomml a naggada Laich romschdraggd.«

»Da brauchsch dr koine Sorga macha, du bleibsch ed schdragga. Dr Anton fehrd am Mehdich en d' Türkei na. Na nemmd 'r hald no oi, zwoi Paked egsdra mid. Warsch schomml en dr Türkei, Oddo? Isch schee da.«

Der Otto kriegt nochmal saumäßig eins auf die Fresse. Aber Verzweiflung macht stärker und Gewohnheit abgeklärter, und der Otto schafft's diesmal, selber zwei, drei Schläge anzubringen, und macht den Röhmer um ein Nasenbein und zwei Zähne ärmer.

»Ka e selbr scho lang«, schnauzt er, macht sich los und versucht Richtung Ausgang zu kommen. Irgendwie kommt er aber nicht richtig voran, sein Kopf fühlt sich ganz blöd an, da stimmt irgendwas nicht.

Jetzt bloß nicht auf die Schnauze fallen, Otto.

Dass der Röhmer eine Eisenstange aus einem Magazin zieht, hört er dafür ganz genau. Das Hirn schaltet: lieber wieder umdrehn.

Der Röhmer sieht aus wie das Rumpelstilzchen, der ist komplett zur Furie mutiert und schwingt tatsächlich ein Eisenrohr mit mindestens drei Zentimetern Durchmesser. Der Otto weiß sofort, jetzt gilt's, wenn er das Ding gegen den Kopf kriegt, kann er einpacken und mit dem Anton einen Ausflug in die Türkei machen. Wenn er nicht so verdammt verkatert wär, würden ihm diese ganzen Sekundenbruchteile auch nicht so zu schaffen machen. Wenn er das hier überlebt, geht er echt mal auf Entzug.

Der Otto dreht sich weg und streckt den Arm aus, um die Stange abzuwehren. Von der Wucht des Aufpralls brechen ihm wahrscheinlich sämtliche Knochen, aber das bremst wenigstens den Schlag und lenkt ihn vom Kopf weg. Das Schlüsselbein zertrümmert er ihm trotzdem noch.

Dann hat der Otto die Stange allein in der Hand.

Der Röhmer hat losgelassen und stiert am Otto vorbei Richtung Tor.

»Omdräa! Da an d'Wand na!«, brüllt der Seggl, komplett mit durchgestrecktem Schussarm. Der Röhmer dampft und kocht, aber er gehorcht – wahrscheinlich auch bloß, weil's ihm an ebenbürtiger Bewaffnung mangelt – dreht sich um, geht langsam zur Wand und stützt sich mit den Händen dran ab.

So kann der Röhmer wenigstens nicht sehen, wie stark der Lauf von der Dienstpistole zittert, als der Seggl eine Hand wegnimmt, um übers Mobiltelefon Verstärkung zu rufen.

»I däd gern a Azeig wäga Hausfriedns...«, fängt der Röhmer schon an, als der Seggl ihm Handschellen anlegt, aber der fährt dem Röhmer sofort übers Maul.

»Des kasch deim Awald vrzehla, Eigen.«

»Jetz komm, Waldr –«

»Hald dei Glapp, Eigen, i will nix hera.«

Der Seggl kuckt sich nach einer günstigen Stelle um, wo er den Röhmer festmachen kann, weil er sich langsam um den Otto kümmern sollt, der immer noch stocksteif im Raum steht. Er schließt ihn provisorisch an einem Metallregal an. Nicht sehr stabil, aber wenn der Röhmer da weg will, macht er erstens einen Allmachtskrach und zweitens muss er das Ding mitschleifen.

Es kann sich bloß um Minuten handeln, bis die Kollegen und der Krankenwagen eintreffen. Der Seggl spult im Geist die Erste-Hilfe-Schritte durch und merkt, dass es mal wieder Zeit für einen Auffrischungskurs wird. Vorsichtig geht er auf den Otto zu. Der steht reglos da. Das Blöde ist, dass er das Eisenrohr immer noch in der Hand hat. Zwar ist der Bursche rein physikalisch gesehen bei Bewusstsein, hat aber dem Aussehen nach einen schweren Schock und kann jeden Moment anfangen, mit der Stange um sich zu schlagen.

»Oddo. Oddo«, sagt der Seggl leise. Keine Reaktion.

»Oddo. Isch vorbei jetz. Kannsch dui Schdang loslassa.«

Beim Sprechen umfasst der Seggl behutsam das äußerste Ende von der Stange. Der Bursche hält eisern fest.

»Oddo. Kannsch dui Schdang jetz loslassa«, wiederholt der Seggl. »Isch gud jetz. Glei kommd dr Granggagawaga.«

Der Otto gibt die Stange aber nicht her. Er stiert ein bisschen vor sich hin, sucht irgendwann kurz den Blick vom Seggl und stiert dann weiter.

»Bass auf, Oddo, hogg de mal na«, sagt der Seggl, kommt noch näher, umfasst den Otto und sorgt dafür, dass er sich auf den Boden setzt. Keiner von beiden lässt auch nur einen Augenblick das Eisenrohr los.

Dem Otto werden sie das Ding wahrscheinlich aus der Hand operieren müssen, der kann nicht mehr loslassen. Und das, obwohl in seiner Hand alle Knochen zerpulvert sind und ein Unterarmknochen aus dem Ellbogen hervorlugt.

»Hasch Schmerza?«, will der Seggl wissen.

Der Otto schüttelt kurz leicht den Kopf.

»Dud gar ed weh«, sagt er.

Der Seggl hockt sich mit dem Otto auf den Boden und hält ihn fest, und der Otto lehnt schwer atmend seinen Kopf am Seggl seine Schulter.

Der Seggl erzählt: »Dr Paul, mein Eldeschdr, der wär jetz au so ald wie du.«

Der Otto befindet sich in einem Zustand göttlicher Erkenntnis und kapiert genau, was der Seggl da sagt. Er merkt sogar, dass er dem Seggl grad aufs Hemd sabbert, aber im Augenblick kann er dagegen nichts machen.

»Du, Seggl ... der had faih da Hansi ombrachd ... dr Moritz war's ned ...«, sagt er matt.

Der Seggl überhört den Spitznamen gnädig und nickt.

»I woiß.«

»... Echd? ... Woher jetz?«

»Hasch mr's geschdrn Abad en deim Suff vrzehld. Da hasch faih Gligg ghed, Kerle, sonsch wäre ed omdrähd, wo e gsää hann, dass dr Eigen nauskommd.«

»... A Hoch auf da Rüggschbiegl ...«

Dann sind plötzlich die Kollegen da und ein paar Sanitäter. Der Seggl bleibt am Tatort und der Otto wird in den Krankenwagen gepackt. Samt Eisenstange.

»I sag am Jakob Bschaid«, sagt der Seggl.

Der Otto nickt und düst ins Krankenhaus. Erst als er da eine Vollnarkose verpasst kriegt, macht's plötzlich Klonk! – und die Stange rugelt herrenlos am Boden. Aber nicht lang; die wird konfisziert. Beweisstück.

Als der Otto die Augen wieder aufmacht, hocken die Lorelei und der Jakob an seinem Bett. Die Lorelei fängt gleichzeitig an zu lachen und zu weinen, als er sie ankuckt. Der Otto hat das Bedürfnis, sie zu trösten, und versucht den gesunden Arm zu heben, um sie am Kopf zu streicheln. Irgendwie ist er aber zu schwach und muss mit dem vorliebnehmen, was sich auf Matratzenhöhe befindet.

»Aldes Fergl«, sagt die Lorelei, lacht aber immer noch und nimmt seine Hand in ihre.

Das ist wie in die Steckdose fassen, und die Nachwirkungen von der Narkose machen alles so schön. Der Otto hat zwölf Knochenbrüche: zwei im Gesicht, einen am Schlüsselbein, zwei im linken Unterarm und die restlichen an Hand und Handgelenk. Die Karriere als Rockstar kann er auf alle Fälle abhaken, außer er sattelt auf Rechtshänder um oder lernt mal ordentlich den Ton halten.

Der Otto erklärt dem Jakob und der Lorelei eine Viertelstunde lang, wie lieb er die beiden hat, und stammelt mindestens fünfmal, dass die Lorelei das absolut hübscheste Mädel ist, das er je gesehn hat.

Und grad, als es anfängt zu nerven, pennt er überglücklich wieder ein.

23

Als er das nächste Mal aufwacht, ist er allein. Das ist ganz gut, das gibt ihm Gelegenheit, sich ein bisschen zu finden. Er merkt nach und nach, dass er irgendwas intus hat, ruft und klingelt und führt mit der Nachtschwester um vier Uhr morgens ein halbstündiges Fachgespräch über Schmerzmittel.

Irgendwann vormittags schaut der Seggl vorbei und erzählt dem Otto, was passiert ist. Der Otto kann sich nämlich an absolut gar nichts erinnern, nicht mal, als er's erzählt kriegt. Der Seggl ist fast enttäuscht, aber er lässt sich's nicht anmerken und kommt zu dem Schluss, dass das eh besser ist: Das Tier hat seine Scheu wieder. Zumindest so halb; der Otto lässt den Seggl ganz schön spüren, dass er findet, dass alle, allen voran der Seggl selber, sich gewaltig in ihm getäuscht haben.

Der Otto ist felsenfest davon überzeugt, dass der Seggl ihn bloß deswegen gerettet hat, weil er gehofft hat, den Otto da irgendeiner Straftat überführen zu können. Das wird den Seggl ganz schön umgehauen haben, dass dann genau das Gegenteil der Fall war! Und jetzt ist er bestimmt beleidigt, weil er zugeben muss, dass der Otto ja doch ziemlich was drauf hat, und das sogar, obwohl er eigentlich die meiste Zeit über immer irgendwie indisponiert ist.

Der Seggl macht ihn aber gleich zur Schnecke, weil der Otto fast abgekratzt wär, und macht deutlich, dass er viel besser davongekommen wär, wenn er nicht so indisponiert gewesen wär. Und er sollt sich mal überlegen, ob er so weitermachen will. Dem Otto scheint's auch tatsächlich peinlich zu sein, dass er sich von einem Polizisten und noch dazu vom Seggl hat das Leben retten lassen müssen. Vielleicht hilft's ja, vielleicht wacht er jetzt auf.

Vielleicht aber auch nicht. Der Otto ist letztendlich ja doch komplett von sich überzeugt und sonnt sich im Seggl seiner –

ja, was ist das? Anerkennung? Das blöde Grinsen weicht ihm am Schluss auf alle Fälle nicht mehr vom Gesicht.

Dann wird der Seggl nochmal geschäftlich und erzählt dem Otto, dass der Röhmer ein umfassendes Geständnis abgelegt hat.

»Subbr«, sagt der Otto. »On had 'r au gsagd, worom 'r da Hansi jetz hehgmachd had?«

»Angäblich had 'r 'n beschdrafa wella, weil 'r mid illegale Subschdanza hantierd onna au no a frecha Gosch ghed had.«

»He, genau des hemmr ons denggd!«, triumphiert der Otto. Was schon wieder beweist: Sie sind absolut geniale Ermittler!

Der Seggl schnaubt ein bisschen verächtlich, aber der ist bestimmt bloß neidisch. Dann wünscht er gute Besserung und geht.

Zum Mittagessen gibt's für den Otto Hühnchen mit Kartoffelbrei und Soße und mit Gemüse und zum Nachtisch ein Stück Kuchen, alles schön weich, da braucht man kaum kauen. Der Otto fragt zaghaft, ob er dazu ein Bier haben kann, und ist ganz perplex, als es »klar, gern« heißt. Als er beim Abräumen schon nicht mehr so zaghaft nach einem zweiten fragt, wird die aufgekeimte Hoffnung allerdings wieder zunichte gemacht. Erst zum Abendessen kann er wieder eins kriegen.

Der Otto kuckt fern, schaut aus dem Fenster, wo Wolken sich türmen und ein Baum im Wind rauscht, und fragt sich, wie er mit zwei Bier am Tag über die Runden kommen soll. Ob man zum Frühstück auch schon eins kriegen kann? Statt Kaffee? Auf den Kaffee kann er verzichten. Er will's ja auch nicht zum Frühstück trinken, er könnt's ja aufheben bis um elf …

Auf die Frage gibt ihm die Schwester keine Antwort. Bloß so einen bedeutsamen Frauenblick, den er interpretieren soll. Versucht er gar nicht erst.

Irgendwann geht die Tür wieder auf und die Lorelei und der Jakob kommen rein. Die bringen jemand ganz Besonderen mit, da macht der Otto richtig große Augen.

»He Oddo, aldr Krübbl«, begrüßt ihn der Moritz.

Der Otto lacht, so gut er kann, und streckt seine Hand aus.

»Welchr Irre had 'n den Schlägr aussam Gnaschd glassa?«, fragt er.

»Du«, rufen alle drei im Chor und der Otto fühlt sich wie Supermann und Hulk und Lucky Luke zusammen.

Er schlägt im Jakob seine Hand ein. Beide beglückwünschen sich stillschweigend. Worte wären verloren, die ganze Geschichte ist jetzt selbstredend, da braucht man kein großes Aufhebens mehr machen.

Im Laufe der Woche kommen alle zu Besuch: die Geschäftskollegen, der Piet und die ganze Mannschaft, der Aldinger, der Schenkler, der Karle und der Veit, die Lotte, der Ernesto und die Lena, der Alex, der Anton, der's noch gar nicht glauben kann, die Marie, sämtliche sonstige Mädels, die der Otto kennt, und einige, die er nicht kennt, der Bruder vom Hansi, der Heiner, und sogar der Oppa vom Otto, den die Lorelei anschleppt. Dem Otto sein Krankenzimmer verwandelt sich immer mehr in ein Zirkuszelt. Der Otto klagt lautstark über Biermangel und Rauchverbot und kriegt jeden Tag Carepakete aufs Zimmer geschmuggelt, bis der Arzt mal bei einer Visite feststellt, dass der Patient eine Bierfahne hat und breit ist. Da wird dem Treiben ganz schnell Einhalt geboten und es wird wieder friedlicher auf der Station.

Die Einzigen, die jeden Tag kommen, sind die Lorelei und der Jakob, und die Lorelei verbietet dem Jakob grundsätzlich, dem Otto was mitzubringen. So gemein das ist, dem Otto gefällt's, wie die Lorelei sich um ihn kümmert.

»A bissle wenigr däd dr glaub mal ganz gud«, sagt sie.

»Hollaa, Lo«, sagt er und lacht spitzbübisch. »Na musch mr abr au drbei helfa.«

Die Lorelei lacht auch.

»Aldr Erbrässr.«

»Schdemmd doch gar ed«, rechtfertigt sich der Otto. »Was solle 'n macha? Irgngwie musse me ja ablengga, on desch ganschee schwierig, wemmr so ans Bedd gfessld isch, woisch, da ka mr ed so vill macha …«

Der Otto ist auch heilfroh, als er nach geschlagenen drei Wochen rausgelassen wird. Er muss ja trotzdem noch all Furzlang zum Arzt rennen, seine Brust und sein linker Arm sind auch immer noch dick eingepackt, und bis zum Wasen will er wieder fit sein, wo jetzt schon Mitte August ist. An einem Sonntagmorgen holt ihn der Jakob vom Krankenhaus ab. Der Otto steht schon an der Straße mit seiner Sporttasche, der bewegt sich wie ein Gockel und hat Schwierigkeiten beim Einsteigen, weil er sich grade halten will und keine Hand frei hat. Und dann lacht der Jakob auch noch.

Der Otto kuckt wie ein Gorilla und sagt: »Du, bass uff, i hann a harda Lengga grad.«

»Kasch ja no noid haua«, höhnt der Jakob.

»Abr schubsa«, sagt der Otto und denkt ans nächste Treppenhaus.

Sie fahren zum Otto, schmeißen die Tasche ins Zimmer, holen sich ein Bier aus dem Kühlschrank und steigen aufs Dach. Der Otto macht Augen: Da stehen fünfzig Leute auf der Dachterrasse!

Mindestens zwanzig Kameras halten dem Otto seinen Gesichtsausdruck fest. Alle lachen und schreien wild durcheinander, dann geht die Musik an: »Rooftops«, die offizielle Dachterrassenhymne, und der Otto kriegt einen Haufen Umarmungen und Küsschen ab. Die Marie, die Klara und die Johanna überreichen dem Otto und dem Jakob eine Collage mit allen Zeitungsartikeln, die sie gefunden haben, und fett in der Mitte die halbseitige Story aus den Stuttgarter Nachrichten mit dem riesigen Foto vom Otto und vom Jakob ihren Gesichtern, wo sie schon komplett hinüber im Club beim Abrocken waren. Kaum zu glauben, dass das das beste Bild war, das die Presse in die Finger gekriegt hat.

Der Otto liest nochmal kopfschüttelnd die Kommentare vom Seggl, obwohl er die schon auswendig kann. Und die

Wortwahl von den Journalisten. Wie die einen Heldenmythos um Freundschaft und Rechtschaffenheit aufziehen. Wackere Burschen … auf einem Kreuzzug im Namen der Gerechtigkeit … ruhen nicht eher, als bis … mit eisernem Beharrungsvermögen … wahre Helden … die sogenannte »Jugend von heute« … Verantwortung übernehmen … Wir sind stolz auf euch, Jungs …

Wenn die wüssten!

Bundesverdienstkreuz gibt's zwar trotzdem keins; aber die Meli verkündet immerhin lauthals, dass sie da ein Buch drüber schreiben und den Jakob und den Otto so für immer verewigen wird als das, was sie sind: zwei bekiffte Spinner, die so ganz nebenher einen Mord aufgeklärt haben.

Der Otto lacht bloß. Ist ihm alles recht. Er hat sein Bier in der Rechten und den Spliff zwischen den Zähnen und guckt die Lorelei mit seinem Heut-ausnahmsweise-Blick an, den er schon richtig gut draufhat. Dem geht's prächtig.

Dann stellt er sein Bier ab, gibt den Spliff weiter und nimmt sich vor, jetzt sofort einfach mal auf das Mädel zuzusteuern, sie zu schnappen und festzuhalten, damit sie nicht wegrennt, und sie endlich mal so richtig abzuschlabbern. Er grinst, so schief das bei seinem lädierten Gesicht grad geht, und stelzt auf die Lorelei zu, die scheinbar keine Einwände hat.

Der Otto umfasst die Lorelei und zieht sie vorsichtig ran. Problem: Er müsst sich entweder runterbücken oder sie hochheben. Er überlegt grad, wie er's am schlausten anstellt, ohne gleich wieder ins Krankenhaus eingeliefert zu werden, da kommen noch ein paar Leute an, und eins von den Mädels ruft: »He Oddo, lang ed gsäa! Sammal, hasch du mein Tanga no?«

Der Otto macht die Augen zu.

Und dann kracht Gott sei Dank die Dachterrasse runter.

Unser Bestseller

Mord in Stuttgart

Thomas Hoeth

Herbstbotin

Ein Stuttgart-Krimi

Ein Polizistenmord im Deutschen Herbst. Katja, die Tochter der untergetauchten RAF-Terroristin Monika Gütle, forscht viele Jahre später nach der Wahrheit und nach ihrer Mutter. Zusammen mit dem ehemaligen LKA-Zielfahnder Amon Trester begibt sie sich auf eine gefährliche Spurensuche.

224 Seiten. ISBN 978-3-87407-852-8

Sigrid Ramge

Tod im Trollinger

Ein Stuttgart-Krimi

Wer hat den smarten Industriellen Rolf Ranberg so gehasst, dass er ihm tödliches Gift ins Viertele schüttete? Der abgeklärte Hauptkommissar Schmoll und seine engagierte junge Kollegin Irma Eichhorn stechen bei ihren Ermittlungen in ein Wespennest aus Hass und Intrigen. Und plötzlich erscheint der Saubermann Ranberg in einem völlig anderen Licht …

208 Seiten. ISBN 978-3-87407-854-2

Silberburg-Verlag

www.silberburg.de